Claire Marsac

Signé,
en bas à gauche

Roman

Couverture : Claire Marsac
Photo : Valentine Rdl
ISBN : 978-2-9550656-3-1

A Heckel & Geckel,
mes soleils.

« C'est par leur murmure
Que les étangs mettent les fleuves en prison. »
Jacques Brel

Probabilité

J'ai quinze ans. Depuis la traverse de ma chambre, une fesse posée su l'angle de mon bureau de stratifié blanc, je contemple le saule du jardin dans ses moindres détails, tout en mordillant les peaux autour de mes ongles. Recouverts de vernis fuchsia, parce que c'est la mode. C'est moche, les ongles rongés. Les peaux, ça ne se voit pas, enfin presque.

Pendant que je grignote méticuleusement le pourtour de mon majeur, en recrachant du bout de la langue les petits morceaux blancs d'épiderme, le jour se noie à la surface du jardin. C'est l'été. Il fait encore très chaud, malgré l'heure tardive.

Je serai fatiguée au lycée, demain. Je suis élève en seconde, au Lycée Paul Valéry de Vincennes. Bonne élève, brillante même, à en croire les profs. Brillante comme une chaussure astiquée ou une étoile sur le ciel d'été, je n'en sais trop rien. Un truc qui ne sert pas à grand chose, en tout cas. Suis accessoirement jolie aussi, d'après les copains qui rôdent dans mon sillage. De cela, je suis encore moins convaincue. Le reflet que me renvoie la baie vitrée m'est insupportable : un visage effilé, planté d'une paire d'yeux bleus trop pâles et encadré de longs cheveux noirs, surplombant un mètre soixante dix-huit de silhouette gracile.

A la radio, en sourdine, Prince, de son étonnante voix qui hache les mots, chante que je n'ai pas besoin d'être riche pour être sa nana. Je devine plus que je ne les vois les ondulations des fines branches du saule qu'on ne distingue quasiment plus sur le bleu marine. Il est maintenant une heure du matin. Je n'ai pas envie de dormir. Ni de lire. Ni de rien.

Je m'ennuie. J'ignore pourquoi. Je m'ennuie. Pas seulement là, tout de suite, en ce soir de canicule où l'air asphyxie la pensée. Je m'ennuie tout le temps. Je m'ennuie ferme. Je fais mille choses pourtant. Je comble les heures avec application et acharnement. Tout est bien rempli. Chaque page, chaque jour, chaque colonne de mon agenda d'étudiante. Y sont notés dans tous les sens, au feutre bleu ou à l'encre noire, des rendez-vous, des cours de sport après les cours tout court, des listes de choses à faire, à ne pas oublier, afin de pouvoir les cocher une fois accomplies. Comme pour être sûre d'avoir existé, à la fin de la journée.

Tout est bien plein, autant que je suis vide. Je m'ennuie. Je m'ennuie depuis longtemps. J'ai la sensation étrange de vivre derrière un miroir sans tain. Je vis derrière une vitre. J'observe les autres, la vie. J'observe la vie des autres derrière une vitre. Depuis toujours, je crois. « C'est sain de s'ennuyer ». « Ca va passer ». « C'est l'âge ». « C'est l'âge » !... Tu parles ! Je déteste ces aphorismes ridicules censés donner un sens cartésien à ce qui n'en a pas, histoire de se rassurer. Je sais que c'est faux. Ca n'a rien à voir avec l'âge, je suis comme ça, c'est tout. Dans dix ans, ce sera pareil. Dans vingt ans, ce sera pareil. J'en suis certaine. Je serai derrière la vitre, planquée, partout où j'irai. La vie aura changé derrière la vitre. Moi pas. Je continuerai de regarder le monde, derrière la vitre. J'en mets ma main à couper.

Je suis une sorte d'extra-terrestre, inadaptée à mon environnement. Wrong time, wrong place. Comme si tout avait été trop tard. Je suis un clown aussi affable que triste. Je parle de tout, tout le temps, je ris, je fais rire les autres. J'ai toujours un truc à dire, sur tout. Un seul sujet reste dans l'ombre : je ne dis rien de moi. Jamais. L'âme blindée, je passe entre les gouttes d'une humanité qui m'échappe, en silence.

Une question : combien de temps la grande comédie devra-t-elle durer – je veux dire, raisonnablement ? Combien de temps encore vais-je devoir faire semblant d'être vivante ? Voyons voir… J'ai quinze ans. C'est pas mal, quinze ans, pour tirer sa révérence. C'est rond, c'est joli, ça sonne bien. D'un autre côté, j'arrondirais bien à vingt ans. Juste pour voir l'effet que ça fait de changer de dizaine. Parce que ce serait encore plus rond, aussi. Ca ne fait que cinq ans à attendre, finalement. Après tout, ce n'est pas grand-chose, cinq ans de plus. Et puis ça me laisserait le temps de la réflexion. Pour faire une sortie de route en beauté. C'est vrai, c'est important la fin. On accorde tellement d'importance au début et jamais à la fin. Alors que, quand même, ça change tout, le point à la fin d'une ligne, le deuxième guillemet, le couvercle sur la dernière boîte.

Même en plissant les yeux, je ne vois plus le saule. J'entends juste les subtiles plaintes bruissantes que le vent tire aux longues et fines ramures. J'aime ce saule. Sans lui, comment comprendre la beauté du vent ? J'arrache une dernière peau à l'extrémité de mon index. Je l'ai tellement décortiqué, celui-là, qu'à force, je n'ai plus aucune sensation au bout du doigt. C'est curieux. C'est tout lisse. Je me demande s'il laisserait encore une empreinte digitale. Je descends de mon bureau. J'éteins la mini chaîne. Pas la lumière, que je n'ai pas allumée. Tire le rideau. Je m'assieds sur le lit, me glisse sous la couette fraîche, avec mon T shirt et mon bas de jogging blanc, tous deux en coton élimé. C'est doux, tant ils sont usés. J'ai l'impression d'avoir grandi dedans. C'est un peu le cas. La tête sur l'oreiller qui sent l'herbe coupée, comme mon parfum, je ferme les yeux.

Cinq ans encore, donc…

Concours de circonstances

Ca avait été un jeu d'enfant. Enfin, pas tout à fait, l'ensemble avait nécessité préparation, méticuleusement. Le genre de discipline où le droit à l'erreur était exclu.

Il avait fallu poireauter des heures, des jours, des nuits entières même. Ils en avaient descendu, des litres de coca et de café, pour tenir (et pour la vidange, on était plutôt dans le spartiate). Jamais une goutte d'alcool. La dernière des choses à faire, c'était de se troubler l'esprit ou de perdre sa concentration. Ca aurait pu tout compromettre.

Ils devaient bien l'avouer, cette partie là n'avait pas été un moment de plaisir. Menu, dans l'ordre : surveiller les allers et venues, identifier chacun des occupants, noter leurs habitudes, estimer les visites possibles, observer les voisins, faire le tour de la bâtisse dans les moindres détails, examiner la configuration de l'endroit, évaluer les possibilités de repli éventuel, vérifier les portes, les fenêtres. Et contrôler le système de sécurité. C'était ça, en fin de compte, le plus sidérant : après une expertise scrupuleuse entre deux absences, ce dernier était rudimentaire. Vraiment rudimentaire, malgré l'adhésif délavé qui annonçait une installation de pointe. Le plus sophistiqué, dans l'histoire, était finalement l'autocollant pelliculé d'argent. Pas le moindre blindage, pas de vidéo-surveillance, même pas un clébard. Juste un vague capteur sur chaque travée du rez-de-chaussée, relié à un central derrière la porte d'entrée, également connectée. De l'extérieur, les jumelles avaient mis en évidence un modèle ultra basique et neutralisable a priori en moins de soixante secondes (après, en revanche, c'était la vrille de tympan assurée à coups de sirène hurlante).

Dans l'ensemble, du velours.

Il y avait seulement la môme d'à côté qui avait failli poser problème. Dès que le soleil mettait les voiles, elle restait des plombes, assise sur son bureau à regarder par la fenêtre, parfois jusqu'au milieu de la nuit. A se demander ce qu'elle pouvait bien trouver à voir par cette saleté de fenêtre. Parce que franchement, mis à part un méchant arbre planté au milieu du jardin dont les branches toutes minces se mettaient à frétiller dès que le zéph' envoyait un peu, il n'y avait pas grand chose à reluquer.

Heureusement, vers une plombe du mat' dernier carat, ils finissaient par voir sa silhouette disparaître derrière l'infra rouge des jumelles. Puis elle fermait la fenêtre, tirait le rideau et ils étaient peinards.

Pourquoi personne n'y avait pensé plus tôt ? C'était presque trop beau pour être vrai, ce premier vrai coup de pro. Comme si Dieu se mettait à te tendre la main. Et là, objectivement, ça devenait difficile de lutter...Un gros pavillon bien cossu, limite hôtel particulier, aucun vis à vis (à part les carreaux de la môme d'en face), collé au milieu d'un jardin bourré d'arbres, avec autour un timide muret en pierres et un mètre cinquante de barreaux de fer forgé au dessus. Rien qu'avec ce qu'ils avaient pu apercevoir par les vitres, ça filait le frisson. Il y en avait pour un paquet de pèze et de quoi tenir un sacré bail, même se la faire belle au soleil pour quelques mois, vas savoir.

Le reste avait été simple, dans le goût classique, sans fioritures. Début de l'été. En voiture Simone, les parents, la môme et son frangin qui prennent le large pour un bon moment, à en juger par le format des bagages et le tralala qui va avec. Et hop, tout le monde à bord du monospace lustré, en route pour de joyeux embouteillages comme tous les cons qui partent le 1er juillet, des fois que les vacances attendent cinq minutes pour qu'on puisse rouler au calme.

Même le hamster, embarqué de force dans sa cage, qui allait devoir tourner pendant mille bornes dans sa roue. Soit dit en passant, ça devait lui donner une vision étrange du paysage.

Mais bon, la p'tite famille avait bien raison de se casser prendre l'air, parce que du coup, tout le quartier s'était vidé en même temps, tous attirés comme des mouches sur...disons...un pot de miel.

Ca laissait Paris l'été et le champ libres.

Par mesure de précaution, ils avaient attendu au moins une heure, après que la voiture ait tourné au coin de la rue. Au cas où. Cà n'aurait pas été la première fois que des touristes oublient un truc et se sentent obligés de faire demi-tour. Ensuite, neuf fois sur dix, au bout de trente minutes, c'était bon : tout le chemin parcouru dans un sens devait l'être de nouveau dans l'autre et ça donnait à réfléchir quant à l'importance de ce qu'on n'avait pas pris. Parfois, une paire de tongs en plus ou en moins, quand on devait se retaper cinquante bornes de bouchons...

Frantz était quand même resté devant, dans le break, pour faire le guet. Ceinture et bretelles (enfin lui, il disait toujours « prudence est mère de sûreté ». Et eux, la Sûreté, justement, ils préféraient ne pas avoir affaire avec de trop près).

Après ça, Loulou et les deux autres étaient gentiment rentrés par le portail après un rapide crochetage, à la portée du premier venu (ou presque, parce que ça ne s'improvisait pas le crochetage. La serrure fastoche qui te sort un gracieux « cling » dans la demi-seconde, y'avait qu'à Hollywood. Fallait un minimum de doigté, de finesse et de feeling pour que la clenche bascule, c'était un métier). Puis ils avaient calmement traversé le jardin. Deuxième tour de passe-passe sur la porte d'entrée, et quarante six secondes pour déconnecter le système. Ils étaient à l'intérieur. Jolie perf'. Faire le tour du proprio n'avait pas pris trop longtemps et le choix de la came avait été rapide. Pas question de s'embêter à décrocher un lustre ou à démonter une armoire. On visait l'essentiel : tableaux, argenterie, bibelots, bijoux. Le reste, de toute façon, ne tiendrait pas dans les deux breaks et serait plus dur à écouler. Rien qu'avec ça, il y avait déjà largement de quoi faire : une quinzaine d'huiles sur toile (dont une paire de grands formats, style paysages d'Italie ou un machin dans le genre), trois caisses d'argenterie, un petit bureau marqueté, deux sellettes, quelques belles pâtes de verre signées et de la quincaille en veux-tu en voilà. Une commode aussi – toute bonne XVIIIème – parce qu'avec une commode et un bon ébéno, on pouvait toujours en faire deux. Une heure quarante cinq plus tard, l'affaire était pliée et les deux Volvo chargées ras la gueule. Trois ou quatre coups de fil le lendemain à des marchands pas trop regardants et, bien mené, on devrait pouvoir avoir fourgué l'essentiel avant midi. Un cas d'école.

Gianni, au volant du premier véhicule, prit le temps de replacer d'une main élégante une mèche de cheveux qu'il rajusta dans le rétroviseur. Puis il fit un petit signe à Frantz et Loulou, qui suivaient, mit son clignotant et déboîta soigneusement de son stationnement. Parvenu sur la nationale, il jeta un oeil à Anton et glissa dans l'autoradio une cassette de Mozart qui seul pouvait conclure la perfection de leur travail (ce n'était pas Anton, compatriote et mélomane accompli, qui dirait le contraire) : le sublime Requiem en Ré mineur. A l'écoute des premières notes, Gianni sourit. Wolfgang Amadeus eût sans aucun doute mérité d'être italien.

Cauchemar

C'est un samedi. L'automne apporte ses premières touches fraîches et orangées sur Paris. J'ai garé la Golf un peu plus loin, sous les platanes de la Porte Dorée, empoigné mon gros sac de sport et marché en direction du cours. Je remonte instinctivement la manche de mon pull de coton. Le cadran de ma montre indique 11h30, je suis pile à l'heure.

Parvenue à la salle, je la vois, elle, dont le visage m'est vaguement familier sans savoir pourquoi. Elle semble attendre quelqu'un. Je n'ai pas fait le rapprochement. Elle a l'air triste, quelconque ; elle attend debout à côté du banc. Le cours vient de débuter. Nous nous lançons avec précision dans les méandres obscurs d'un tao de Tai Ji que je ne maîtrise pas. Je suis la mélopée, concentrée sur le geste, du lent tempo asiatique et cristallin qui émane du cd glissé dans le lecteur.

Quelques passants, un peu plus loin dans la rue, s'arrêtent parfois pour nous observer, par delà la baie vitrée, intrigués par notre curieux ballet martial.

Puis je te vois, au milieu des badauds, engoncé dans ton blouson de cuir noir, les mains dans les poches, la tête vissée sous une casquette dont la visière dissimule le regard, te diriger hâtivement vers la salle. J'ai espéré chaque samedi, je me suis lancée dans l'aventure, j'ai renfilé mon kimono, repris l'entraînement et je sais maintenant pourquoi. Dans quelques instants, tu vas entrer dans le hall, descendre rapidement les marches blanches, longer le couloir et pousser la porte du dojo. Dans quelques secondes, tu seras là. Juste là.

Et la porte s'ouvre, et tu ne me vois pas, et tu la vois, elle. Elle te prend dans ses bras, tu l'entoures fougueusement des tiens et tu l'embarques dans le vestiaire et la porte se claque sur vos rires étouffés et un précipice s'ouvre sous mes pieds et le monde s'effondre et mon cœur explose.

Ca a duré à peine quelques minutes. De ma détresse infinie, personne n'a rien vu. Un discret brouhaha moqueur et collectif s'empare des murs. Je ravale une larme coupante comme le silex, continue le mouvement que j'ai commencé et qui n'a désormais plus aucun sens, en essayant de contrôler les fourmillements qui se sont emparés de mes membres soudain cotonneux. Zak corrige la courbe de ma main, délicatement, sans mot dire. Une douceur inhabituelle éclaire son regard sombre. Lui seul sait. Lui seul a compris que je suis en train de me noyer et qu'il faut me ramener d'urgence à la surface des choses.

Printemps

Je me réveille en sursaut, trempée. Mon informe tee-shirt siglé aux lettres de NYC ramené de la Grosse Pomme il y a bien longtemps, collé à la peau. Je l'enlève, essuie avec la sueur qui me glace et le jette en boule, par terre, sur le parquet ciré. Dans la pénombre, mon cœur palpite à en défoncer la poitrine. Un bref coup d'œil au radio réveil m'indique qu'il me reste encore deux heures à dormir. Enfin, si j'y parviens après ce rêve de merde. Ce rêve de merde qui n'en est pas un. Cette minute fatale où ma vie s'est cassée la figure, une fois encore et que je revis dans mon sommeil pour la Nième fois. Cette minute qui me fait amèrement regretter d'avoir bêtement signé cinq ans de plus, une nuit de juin, il y a bientôt trente ans. La vitre ne s'est jamais brisée… Je ne m'étais pas trompée.

Dans la pénombre de la chambre, je tends instinctivement le bras vers l'ébène du chevet et y attrape la bouteille d'eau. Je dévisse le bouchon bleu et bois goulûment quelques gorgées salvatrices. Je sens avec plaisir l'eau tapisser de lisse ma gorge sèche. Une fois rebouchée, je repose la bouteille, vide aux deux tiers. Je lève le couvercle de la boîte cylindrique en étain, juste à côté, attrape une cigarette. L'extrémité rougeoie et grésille à l'approche du briquet. Je tire une bouffée de tabac qui me monte à la tête. Je tapote mon oreiller et me redresse en position assise, le long du bois sombre de la tête de lit, froid sur mon dos nu. Je suis des yeux les volutes légers qui emplissent la pièce avant de s'évanouir, aspirés vers la baie entrouverte. Pourquoi ? Pourquoi en suis-je là ? Pourquoi en suis-je toujours là ? Pourquoi suis-je toujours de retour sur la case départ ? J'y ai vraiment cru, cette fois, pourtant. Qu'est-ce qui a foiré ?

Je me revois, dix-huit mois plus tôt, en ce matin où les premiers rayons caressaient l'eau avant de se lever sur la baie encore entre chien et loup. Il était 6h30, sur la plage d'Hossegor. Le concert sourd des rouleaux qui léchaient les pieds de l'hôtel à marée haute m'avait tirée du sommeil. Laissant les enfants sous la couette, je m'étais habillée sommairement et avais décidé de répondre à l'invitation du grand large. A une centaine de mètres, j'avais rejoint le bord de l'Océan. Calées sur la mince frange un peu humide de sable résiduel, la fumée de ma cigarette et moi étions à présent happées par l'opéra marin qui se jouait devant nous. Le fracas azuré des flots laissait place à un fragile solo de calme blanc, secondé d'écume, qui appelait à son tour les harmonies vigoureuses de la vague suivante. Quelques nuages mordaient l'horizon, l'eau gommait au loin la ligne céleste en une symphonie d'or pâle. Les rafales de vent s'arrachant tour à tour sur l'air puis l'eau scellaient la partition. Une fausse note, puis d'autres, commencèrent de poindre derrière moi, rompant l'alchimie. Le sable avait gagné une centaine de mètres sur l'eau et les premiers surfeurs, planche sous le bras, s'apprêtaient à défier l'Atlantique en duel.

Il était temps de regagner l'hôtel et de réveiller Avril et Perceval, qui devaient probablement dormir encore du sommeil des justes. Nous avions roulé six cent cinquante kilomètres, la veille, pour être là. Dans quatre heures à peine, la Coupe de France de Kung-Fu ouvrirait ses portes et nous serions juste derrière, pour la première participation d'Avril au tournoi national, à l'aube de son quatorzième anniversaire. Tandis que je regagnai le chemin qui me ramenait vers la chambre, je ramassai au sol une affichette qu'une bourrasque venait de déposer à mes pieds. Elle annonçait une compétition de surf, le surlendemain, à la plage. Je pliai la publicité en quatre avant de l'enfouir dans la poche de ma veste en jean et jetai un dernier regard sur la mer, tout au bout du sentier. Une voix familière qui me hélait depuis le balcon du deuxième étage de l'hôtel m'extirpa de ma rêverie.

−Hou houuuu ! Mam ! On te cherchait, t'étais passée où ? Dépêche-toi, faut pas qu'on soit en retard.

−J'arrive, j'arrive... répondis-je à Avril, consultant ma montre qui n'indiquait qu'un petit 8h20.

Une heure trente plus tard, tous trois fébriles, nous avisions les toits ondulés du gymnase qui s'étiraient sur les premiers numéros de l'avenue Edmond de Rostand, derrière les courbures racées du stade d'athlétisme. Après avoir garé la voiture sur le parking adjacent, nous franchîmes enfin les deux portes de verre.

La salle était comble de sportifs enthousiastes, motivés et stressés à l'idée des titres qu'ils allaient ou non décrocher. Petits et grands avaient endossé leurs tenues d'apparat et chacun révisait, s'échauffait dans une concentration extrême. Les semelles des Fei Wei crissaient sur les tatamis verts et rouges, les lames luisantes des épées et sabres claquaient, les conseils prodigués par les entraîneurs ponctuaient l'ensemble. Au fond, alignées sur une table recouverte de toile pourpre, coupes et médailles brillaient comme autant de promesses. Des messages déferlaient de temps à autre des hauts parleurs du plafond.

« …inscriptions…catégories…11h…début…compéti tion……arbitres…café…vous demande de respecter…silence ». Bref, les consignes d'usage. Je rassurai ma progéniture anxieuse, entre deux bises appuyées à celui ou celle de mes anciens coreligionnaires que je n'avais pas vu depuis belle lurette. Le tout accompagné des nécessaires et incontournables nouvelles « Eh, coucou, qu'est-ce que tu deviens, un sacré bail qu'on t'a pas vue » « Ca va, ça roule » « et toi ? » « moi, ça va », suivies des mensonges de rigueur assortis d'un sourire, « super ! On se voit bientôt ».

J'avais toujours été perplexe devant ce besoin si humain de parler pour rien. D'un autre côté, je m'imaginais mal répondre à une de ces questions standard autre chose que ce que mon interlocuteur attendait. Je me voyais assez bien dire ce que j'avais à l'esprit dans l'instant, la vérité, un truc du genre « Non, ça ne va pas, je suis en pleine galère, je viens de me faire larguer, mon banquier m'insulte, j'ai fait de sacrées coupes sombres dans mes potes, ma voiture ne démarre qu'un matin sur deux et je n'imagine pas mon avenir autrement que noir foncé, là toute de suite. Et toi, ça roule ? ». Mais outre le fait que ça aurait mis l'autre très mal à l'aise, cela n'aurait en rien solutionné mes problèmes. Donc, le basique « ca-va-toi-oui-super-merci-et-toi-ça-va-oui-je-suis-au-top-sourire-fin-de-la-conversation » présentait au moins l'avantage de ne pas s'étendre sur l'incommensurable pile d'emmerdements sur laquelle j'étais inconfortablement assise depuis un bon moment. J'allais très bien, donc, version officielle.

J'avais pour ma part raccroché gants et kimono depuis pas mal de temps, pour une durée indéterminée voire définitive. J'étais donc là, pour la première fois peut-être, en pure spectatrice, sans participer à la compétition ni même l'arbitrer. Je regrettais un peu de ne pouvoir goûter aux premiers rayons du soleil printanier qui perçait au travers des hautes travées de la bruyante cathédrale sportive. Enfermée pour une journée martiale mais pour la bonne cause : j'allais enfin pouvoir admirer en maman attentive les prouesses sur tatami de ma chère tête brune.

Mea Culpa

Face au huit de l'avenue Edmond de Rostand, sous les premières clartés du printemps naissant, trois cafés et autant de verres d'eau venaient d'être déposés dans un léger tintement sur le guéridon de bois rehaussé d'un parasol crème. La main qui s'abattit fermement sur la table fit trembler la faïence blanche et les sucres emmaillotés dans leurs papiers siglés.

–Tu veux que je te dise Gianni, vraiment, tu nous commences à nous faire chier, avec ta Toscane.

Louis, dont les rides de la cinquantaine n'avaient rien de rieuses, toisait l'Italien d'une prunelle statique derrière le verre de lunettes sombres.

–Quoi Loulou? Comment jé vous fais chier ?

Gianni, malgré trente années d'exil parisien, s'exprimait comme ceux qui n'avaient jamais pu se résoudre à abandonner tout à fait le soleil de leur terre natale. Tout particulièrement dès qu'il s'emportait, ses racines transalpines effaçaient les efforts d'années de lissage linguistique et l'Adriatique tout entière se mettait à résonner dans sa voix.

—Putain ! Louis a pas tort, Gianni... poursuivit Frantz dont l'instinct lui indiquait qu'en la circonstance, il était plus sage d'emboîter les idées de Louis. Les condés sillonnent le marché dans tous les sens en ce moment. Tu vas vraiment finir par nous attirer la poisse.

—Et alors ? Tou veux quoi ? Qué jé lé balance dans la prémière poubelle qué jé trouve? répondit Gianni, le regard ombrageux, accompagné d'un éloquent geste de la main qui appelait l'aide du ciel.

—Arrête ! Personne ne t'a demandé ça. Tu le sais très bien, Gianni. Mais tu ne peux pas le garder, confirma Frantz.

—Si ce con d'Anton était là, il te dirait exactement pareil. Y'a vraiment que toi d'assez cave pour ne pas piger un truc aussi simple, insista Louis dont la stature imposante renforçait la voix grave, ferme et neutre.

—Arrête Louis ! Né récommence pas avec Anton, s'il té plait !! Lé carton en bagnole, il y a bientôt dix ans, j'y étais pour rien moi. C'est pas moi qui condouisait cé jour là ! Ca mé fout les boules autant que toi qu'il soit plous là, le frangin de Frantz, merde ! répliqua Gianni d'un air grave, en tapotant au bois du guéridon comme s'il eût s'agi d'un clavier.

Le regard pâle de Frantz se voila d'une ombre de tristesse, soulignée par un léger rictus qui parcourut ses lèvres fines. Il leva les yeux et reprit posément, tentant de faire redescendre la pression qui avait plombé la table.

−Ok, Ok, Gianni... C'était de la faute de personne. Merde, Louis, c'est vrai, reconnais-le, on en faisait tous trop, pire que maintenant. A bosser la nuit et le jour, sept sur sept. Ca, plus le stress, y'a personne qu'est fait pour ça. Mais là, ça craint, ça devient dangereux. Faut vraiment qu'on lève le pied... et que tu te débarrasses de ton foutu tableau, mec.

−Quand je pense que t'en as gardé un, Gianni !... siffla Louis, la mâchoire serrée. T'as quoi dans le citron ? Oubliée, la règle de trois ? on braque, on fourgue, on se casse ! Ni vu, ni connu. C'est pourtant pas compliqué, ça ! reprit-il d'un calme trop olympien.

−... Jé sais, jé sais qué jé merdé, Loulou ! Mais cé tableau, les gars, dépouis notre pétite visite à Vincennes y'a trente piges, il né m'a jamais quitté. J'sais pas pourquoi. Dou blé, j'en ai perdu autant qué j'en ai gagné, des « ragazza », j'en ai largué à la pelle...Tout ça, j'm'en fous...Mais loui, c'est con, jé n'ai jamais pou m'en séparer. La Toscane en hiver, ça me rappélait trop de trucs. J'vais réfléchir, tenta de justifier Gianni, ses prunelles brunes plongées vers un ailleurs dont il était le seul passager.

−Gianni, je crois qu'on ne s'est pas très bien compris... Je vais te faire économiser du neurone, vu que tu l'as plutôt rare de toute évidence... T'as pas à réfléchir : j'ai réfléchi pour toi. « ça me rappélait trop de trucs ». Connard ! Ma patience a des limites et tu viens juste de franchir la ligne blanche. Je vais te rappeler un truc, mon grand, un seul : si tu veux revoir l'Italie autrement que sur une carte postale punaisée derrière les barreaux de Fresnes, tu te démerdes comme tu veux, mais ta putain de toile, dans deux jours, elle est plus là et on n'en a jamais entendu parler, détailla Louis, les pupilles d'une fixité absolue, mordillant l'extrémité d'une branche des lunettes qu'il venait d'ôter. Hors de question qu'on se fasse serrer pour une connerie, tout ça parce que Monsieur Gianni est incapable de dégager une « maîtresse » de cent cinquante balais et d'un mètre vingt par cinquante. Alors ton trémolo de rital de mes deux, tu le remballes et tu règles la question. Sinon, c'est moi qui m'en occupe. Et de toi avec. Quand il y a un problème, on règle le problème. Tu as 48 heures. Capice ? conclut-il avec un regard dont l'intensité troublante se mêlait du plus profond mépris.

A la mine de Gianni qui venait de hocher la tête, et à son silence, les yeux baissés sur le café refroidi, oui, cela semblait assez explicite. Frantz, nerveux, triturait un carré de sucre bien à l'abri dans son emballage en enviant un peu la maigre enveloppe protectrice du parallélépipède blanc. Ca sentait méchamment l'orage.

—Bon, sur ce, puisque tout le monde est d'accord, je m'arrache. Mon fiston a une compét' dans le gymnase d'en face – karaté ou un bazar dans le genre. J'ai promis d'y aller. Et mes promesses, j'les tiens toujours, hein Gianni ?!...

Sur ces paroles sans appel, Louis se leva prestement, fouilla au fond de sa poche, en sortit un billet froissé de cent euros qu'il jeta négligemment sur la table, puis ajusta sur son nez aquilin la paire de Ray Ban derrière laquelle disparut son regard glacé.

—Gianni, « tou m'appèle », n'oublie pas. Tu sais que je n'aime pas être déçu... Explique-lui, Franky, s'il te plaît, couronna-t-il dans un ricanement funeste, laissant les deux autres vissés à la table, seule amarre rassurante dans leur champ de vision immédiat. Puis il traversa la chaussée vers le trottoir d'en face.

Parenthèse

Avril avait enfilé sa tenue et s'affairait au laçage de ses tennis, Perceval commençait déjà à trouver le temps long et tournait en rond comme un poisson dans le bocal d'un autre. Je songeais quant à moi qu'il y avait déjà plus d'un quart de siècle depuis que j'avais mis les pieds dans le monde du Wu-Shu pour la première fois, un peu par hasard et surtout par défi.

J'avais dix-neuf ans. Mon frère, de deux ans mon cadet, s'était attaqué avec ferveur à cette pratique sportive depuis une paire d'années et, faute de pouvoir être titulaire du permis de conduire, avait régulièrement recours à mes services de chauffeur. Probablement plus à cause de l'heure tardive des fins d'entraînement que pour la qualité de ma prestation, si l'on considérait les deux accrochages de carrosserie à mon actif.

Curieuse, j'aimais assister aux derniers instants de ces sessions dynamiques, au manège virevoltant de la vingtaine d'hommes en noir, chaussettes blanches et chaussures souples, précisément orchestré par le Maître de Cérémonie, Zak.

Le petit bonhomme d'une bonne trentaine d'années et d'à peine un mètre soixante-cinq qui invectivait vigoureusement l'ensemble de ses troupes m'avait au premier coup d'œil amusée. Mes silencieux lazzis avaient été stoppés nets la première fois où je l'avais vu exécuter un saut à plus d'un mètre de haut, suivi d'un second puis d'un troisième et de toute une série de mouvements stupéfiants à une vitesse tout à fait inhumaine. Si le sens de l'exercice m'échappait alors, j'étais au moins certaine d'une chose : le petit homme était issu d'un croisement scientifique à mi-chemin entre le kangourou et le martien. Médusée, j'avais donc gardé pour moi mes sarcasmes et développé un profond respect pour le personnage, convaincue dès lors qu'on pouvait mesurer moins d'un mètre soixante-dix et être un grand Monsieur quand-même.

Ce dernier, qui s'était habitué à ma fréquente présence en fin de cours, venait allègrement me saluer lorsqu'il apercevait ma tête dans l'entrebâillement de la porte du dojo. Le dialogue ressemblait invariablement à quelque chose du genre :

Lui : Salut, Morgane, ça va ?

Moi : Oui, merci. Et toi ? (sourire)

Lui : Quand est-ce que tu t'inscris ? (rires)

Moi : Tu plaisantes ! Je risque de faire un peu tache dans le décor : y'a que des mecs ici ! (yeux au ciel)

Lui : Tu as tort, tu es sportive, je suis sûr que tu te débrouillerais bien. (sourire appuyé)

Moi : Hmmm (air goguenard).

Puis j'embarquais le frangin dans mon sillage, convaincue que M.C. Zak doublait décidément son mystérieux art de la guerre d'un sacré talent de commercial. C'est qu'il devait en falloir, du monde, pour faire tourner correctement un club...

J'avais pourtant fini par signer, un lundi soir d'hiver où, après son traditionnel « coucou », Zak avait enchaîné un «bon, ben, à vendredi, alors !… », auquel je m'étais entendue répondre, par orgueil, et avec un sourire de défiance « Oui, O.K., à vendredi ! ».

Le ridicule ne tuant pas – du moins l'espérais-je vivement - et la fierté l'emportant, je m'étais mentalement préparée à affronter la gageure.

Quatre jours plus tard, je m'étais fondue parmi les kung-fu men (frangin compris) discrètement amusés de ma présence, en bas de survêtement, tee-shirt et chaussons de cuir noir.

Je ne m'en étais pas trop mal sortie. Outre le côté combat, qui fut un désespoir. Pour le reste, l'échauffement était comparable à celui que j'avais l'habitude de pratiquer en danse. Les sessions de saut, quant à elles, ressemblaient à s'y méprendre à mes entraînements passés de patinage artistique. Ceux-ci n'avaient bien entendu aucune vocation guerrière mais m'avaient néanmoins appris au fil des ans à réaliser l'exécution d'un saut avec un kilo et demi à chaque pied, sur un sol dur et glissant. Sur un tatami, j'avais l'impression d'avoir des ailes.

J'avais terminé la séance en ayant échappé aux moqueries précédemment craintes et gagné la confiance de l'assemblée, certes point par mes qualités guerrières mais grâce à une bonne détente. C'était toujours ça.

Zak, dans l'espoir d'une nouvelle recrue, m'avait félicitée pour ma prestation et en avait profité pour recueillir mes premières impressions. Il avait rapidement déchanté : je trouvais l'exercice sympathique mais le tout manquait définitivement de musique. Il était effondré...

J'avais cependant fini par m'inscrire. Après réflexion, le Kung-fu présentait un atout de taille : il fallait des dizaines et des dizaines d'heures d'entraînement avant de voir se profiler le moindre progrès à l'horizon de l'excellence. Des dizaines d'heures que je pourrais remplir à l'infini de mon néant... Que demander de mieux ? Aux côtés de ceux qui emmagasineraient du savoir, j'assècherai du vide.

Trois mois plus tard, de retour d'une joyeuse soirée un peu arrosée, après m'être fait agresser en bas de chez moi à 2h30 du matin, dans la pénombre du hall bourgeois de mon petit immeuble de quatre étages, par un individu que mon sac à main ou mes bijoux de pacotille n'intéressaient guère, je me dis que j'avais peut être été bien inspirée. Face contre terre, figée par une trouille viscérale et dans l'incompréhension totale de ce qui m'arrivait, j'étais néanmoins parvenue à rassembler mes maigres connaissances défensives, à me débattre, me retourner et faire fuir le triste sire au bout de quelques minutes qui eurent figure d'éternité.

Ni le raffut, ni mes hurlements n'avaient perturbé le lourd sommeil de mes très chers voisins. Cette nuit-là, il m'était apparu judicieux de ne pas avoir choisi le ping-pong comme discipline de prédilection… J'étais indemne, saine et sauve. Sauvée par ce curieux instinct de survie. Envers et contre tout.

Négo

−M'man, t'as les clés de la voiture s'te plaît ? me demanda Perceval, menton calé sur mon épaule et sourire aux lèvres.

J'avais, dois-je dire, un peu de mal à m'habituer à devoir, depuis quelques temps, regarder mon fils vers le haut pour admirer ses dix sept printemps pousser.

−Pour ? questionnai-je machinalement en retour.

−Bah ! Pour l'ouvrir, la blague ! obtins-je narquoisement pour toute réponse.

−Ca, j'avais compris, merci ! Tu as besoin de quoi, dans la voiture ? insistai-je en soupirant.

−J'ai oublié mon i.pod à l'arrière et j'écouterais bien un peu de 'zic. Tel que c'est parti, ça va durer mille ans leur truc... Le Kung-Fu, ça va bien deux minutes. Mais moi, à part le combat de ma sœur... Enfin, voilà, quoi, le reste, ça me gave grave, en fait ! argumenta-t-il piètrement.

−Punaise, Perceval, tu pourrais faire un effort, quand-même... Ca fait à peine quarante-cinq minutes qu'on est là. T'es pas marrant, vraiment. Les clés sont dans la poche droite de ma veste, sur le banc, là-bas, à côté du sac, lui indiquai-je, un peu dépitée, tandis que je prenais quelques instants pour regarder l'assistance nombreuse, bigarrée et inconfortablement entassée sur les gradins qui s'étalaient tout au long de la salle. Il y avait de tout, comme il y avait toujours eu : des coachs survoltés, des participants anxieux, des fans gesticulants, des parents nerveux. Il me semblait reconnaître la plupart des têtes, bien qu'elles aient vieilli. Je souris à la vue d'un gamin en plein échauffement, affublé d'une tenue aux couleurs criardes et dont le sérieux extrême contrastait avec les « Hoouuuss...houuusss... » aigus, assourdissants et poussés avec ferveur pour accompagner les poings qu'il boxait dans le vide. Le tout devant la mine sérieuse et fière de celui que j'imaginais être son père et qui aurait pu sans peine tourner dans un film de série B, tant sa mine patibulaire s'apparentait à celle du « méchant ». L'ensemble confinait au comique et me conforta dans l'idée que les Powers Rangers avaient encore de beaux jours devant eux.

Quelques minutes plus tard, alors que j'essayais de calculer approximativement l'horaire de passage d'Avril en suivant de l'index le récapitulatif affiché des combats annoncés pour la journée, je vis Perceval retraverser la salle en petite foulée, un large sourire sur le visage.

—Hey, M'man, où est-ce que t'as trouvé ça ? me demanda-t-il en agitant fièrement un prospectus chiffonné au bout des doigts.

−Où est-ce que j'ai trouvé quoi ? repris-je sur un ton plutôt sec, agacée à l'idée de devoir recompter le nombre de combats précédant celui de ma fille, l'intervention de son frère m'ayant fait perdre le fil de mes minutes scrupuleusement additionnées.

−Ben ça, t'as pas lu ? La compét' de surf à Seignosse, cet aprèm. CA, c'est cool ! C'est juste à côté de l'hôtel en plus. Et t'as vu le temps qu'il fait ? Sérieux, M'man, on peut pas louper ça ?! termina-t-il avec l'oeil enjôleur du matou qui supplie qu'on lui ouvre la porte pour sortir.

−Ah...Ca !... J'ai trouvé la pub par terre, en rentrant de ma balade, ce matin. Oui, pourquoi pas... On verra... répondis-je, laconique, examinant de nouveau la liste pour tenter de reprendre mon calcul.

−Pfff... Je déteste quand tu dis « on verra »... Ca veut dire non de toute faç...maugréa Perceval.

−Non ! On verra, ça veut dire on verra ! coupai-je fermement. Tout dépend à quelle heure ça finit ici. Merde, Perceval ! On vient de faire plus de six cents kilomètres pour que ta sœur puisse participer à ce championnat. On peut éventuellement prendre le temps de la regarder, non ? Si c'était pour tirer une tête pareille, il ne fallait pas venir ! conclus-je.

−Pas faux. En même temps, il ne m'avait pas semblé qu'on m'avait donné le choix... insista-t-il d'un regard défiant.

Je commençais sérieusement à regretter le temps où nos joutes verbales consistaient exclusivement à trouver des réponses plausibles, le plus rapidement possible, à ses avalanches récurrentes de pourquoi (dans le désordre : pourquoi le ciel est bleu, la terre tourne, on entend la mer dans les coquillages, mamy a de la moustache, le monsieur est noir, la pluie ça mouille, les poissons dorment les yeux ouverts.)

—Ecoute, là, je suis un tout petit peu en train de faire autre chose. Maintenant, si c'est pour me saouler avec ça toute la journée, vas te renseigner et trouve le moyen pour y aller tout seul. Ta sœur sera déçue. Que veux-tu que je te dise ! Elle comptait sur toi pour l'encourager. Tu verras ça avec elle, après tout, répliquai-je d'un air las et calculé, comptant sournoisement sur l'effet fratrie censé dissuader Perceval de son projet d'évasion.

—Top ! OK, M'man! J't'adore ! Je me renseigne à l'accueil et je reviens te dire. Ils doivent bien savoir ça. Et puis après, vous n'aurez qu'à me rejoindre. Ca vous fera un bien fou de prendre l'air après avoir été enfermées toute la journée, termina joyeusement mon fiston en filant vers l'entrée du gymnase, sans même m'offrir le loisir de lui répondre.

Définitivement, au fil des ans, les effets escomptés avaient une nette tendance à s'émousser de façon précoce.

Je repris mes comptes.

Apparences trompeuses

La compétition avait débuté avec un retard d'usage.

A l'écart de l'assistance, assis de biais sur une marche de béton peint qui n'offrait aucun confort, Louis ôta la paire de lunettes sombres qui voilaient ses rétines de saurien et les remonta d'un geste sec sur ses cheveux courts et drus. Il glissa une main au revers de sa veste anthracite et exhuma de la poche intérieure une enveloppe blanche contenant une série de clichés, ainsi qu'un petit carnet de notes à spirale, complété par un stylo.

Il leva un œil sévère sur la foule braillarde qui encombrait la salle, au milieu de laquelle s'agitait son fils en short et haut noir, en compagnie d'autres du même acabit. Il lâcha un soupir entre ses lèvres pincées, haussant les yeux au plafond d'un air de dégoût. Beaucoup de bruit pour rien. A son poignet, la montre affichait 11h, le cirque n'était pas prêt de finir. Autant prendre son mal en patience et utiliser les heures à tuer, bien qu'il ne fût pas simple de se concentrer au sein d'un tel vacarme.

Il prit la pile de photographies qu'il tenait à présent posée sur ses genoux et en entreprit l'examen détaillé et méthodique. La qualité des images laissait à désirer. Les rabatteurs n'étaient franchement pas les rois du cadrage et bien qu'il leur eût expliqué à maintes reprises qu'en matière d'oeuvres d'art, le détail était essentiel, c'était rare d'obtenir autre chose qu'une vue générale des bibelots ou pièces de mobilier. Louis savait aussi qu'il n'était pas toujours facile de prendre des photos lorsqu'on se trouvait en « repérage » chez les particuliers : ceux-ci se montraient méfiants à la vue du moindre numérique, craignant que leur « trésor » leur échappât pour finir adjugé au plus offrant dans les circonvolutions du net. Pas toujours à tort, du reste. Pour Louis et sa bande, la question n'était plus de savoir quand on viendrait prendre possession des pièces – le sujet avait le plus souvent déjà fait l'objet d'une étude et d'un timing précis – mais de consacrer le temps nécessaire à l'évaluation de ce qu'on avait entre les mains et combien on pouvait en tirer. On attaquait simplement la phase documentaire et chiffrage qui permettait ensuite de déterminer ceux qu'on appellerait pour refiler la came.

Cela dit, avec un peu de doigté et un costume élégant mais sobre, faire passer la pilule n'était pas si sorcier. La plupart des « clients » n'y pigeaient rien. Il suffisait de pouvoir s'esbaudir au bon moment devant une chambre à coucher de style Louis XV, milieu XIXème dont les sculptures tape-à-l'oeil et les dimensions obscènes en faisaient un produit somptueusement invendable. Restait ensuite à promettre à l'ensemble d'exception un avenir glorieux en vente aux enchères sous la férule d'un commissaire priseur médiatique – qui, de part son étiquette d'officier ministériel, valait tous les sésames - en prendre des clichés sous tous les angles qu'on effacerait d'un clic dès la visite terminée, avant de s'intéresser discrètement à la pendule de taille insignifiante posée sur le recoin de la table de nuit. Pendule dite « squelette », d'époque Louis XVI, mouvement suspendu à fines colonnes de marbre blanc en fuseau avec sphères armillaires à l'amortissement, cadran en verre églomisé à chiffres romains dorés qui laissait apercevoir le mouvement au centre. L'inspection censément scrupuleuse de l'arrière du chevet confirmerait qu'au dos de la pendule, aucune pièce ne manquait et qu'un passage chez l'horloger lui rendrait son joli battement de coeur. L'annonce d'un chiffre assuré à quatre zéros pour la chambre à coucher achevait de mettre les quidams en confiance et de faire briller leurs prunelles d'un reflet doré.

Deux serrages de louche plus tard, sur le perron de la demeure, non sans avoir chaudement remercié les hôtes pour leur charmant accueil et promis qu'on repasserait dans une dizaine de jours pour charger l'ensemble (ce qui était exact, sauf qu'à la nuit tombée, et en leur absence, l'équipe de ramassage se contenterait des belles pièces de mobilier, des bibelots, bijoux et tableaux de valeur), on partait souriant. Avec en acompte la pendule sous le bras, acquise pour une centaine d'euros. La révision de l'horloger ne coûterait pas les trois zéros de plus qu'on tirerait de la pièce si on ne s'était pas planté.

Pas grand chose, au milieu des photos que Louis faisait glisser rapidement les unes sous les autres, qui justifiât véritablement de prendre des risques, cette fois. Même si l'accès au pavillon ne présentait rien de compliqué, au dire de Frantz et Gianni. A part une cave à liqueur en marqueterie Boulle, peut-être. Il examina de plus près le coffret recouvert du minutieux travail d'écaille et de laiton. Si la verrerie qui complétait l'intérieur de la pièce et que dévoilait le second cliché était d'origine, si l'ensemble était réellement d'époque Louis XIV, il y avait un beau billet à prendre.

Il se gratta le menton, esquissa une moue pensive et compulsa de nouveau le reste du mobilier qui s'étalait sous les pixels. Les proprios devaient vraisemblablement rêver sur le prix de la salle à manger Henri II des années 40, certains de posséder là une merveille Haute-Epoque. A trois siècles près, on y était presque. Au kilo de sculpture dans le chêne, en tout cas, on n'était pas volé. C'est là que résidait en gros le seul atout, même si d'un point de vue technique, on pouvait au passage saluer le boulot de l'ébéno. Belle lurette que plus personne n'achetait ce genre de truc Rococo, plus même les Américains depuis que l'écran plat et la technologie avaient sonné le glas des gros meubles qui permettaient de planquer télé et Hi Fi. Exit le trumeau au dessus de la cheminée, exit le portrait de rombière ou le sous-bois, maintenant que le must du beau, c'était le home cinéma. Goût de chiottes des nouveaux riches qu'avaient besoin de montrer.

En attendant, ça valait le coup d'aller faire un saut rapide chez les heureux gagnants du somptueux cercueil à deux places. Il serait simple d'expliquer qu'on avait entendu parler de la salle à manger par untel, qu'on souhaitait la voir car on avait un acquéreur potentiel et leur faire miroiter les talbins correspondants. Une visite rapide pour confirmer la chose et le prix, une habituelle promesse de rappel dès qu'on avait l'accord de l'acheteur. Pour rendre service et les débarrasser d'un objet inutile et encombrant, Louis, après vérification, embarquerait la cave à liqueur pour un maximum de deux-cents euros. Pas même la peine de faire repasser une équipe derrière pour une seconde moisson nocturne.

Tandis qu'il procédait à l'inspection de son agenda pour tenter de voir où il pourrait caser son excursion future, Louis fut interrompu par une main longue et fine qui frôlait son épaule.

–Salut P'pa. C'est cool que tu sois venu, lança l'adolescent souriant à son père. J'ai regardé les tableaux des combats, je dois passer dans une petite heure. Je tire contre un mec du coin. En moins de soixante kilos.

–Et bien j'espère que je ne suis pas venu pour rien et que tu vas le sortir en deux coups de cuillères à pot parce que je n'ai pas que ça à foutre. En attendant, je vais boire un café. On se revoit tout à l'heure.

Une fois remis le paquet de photographies en place dans sa veste, Louis fit valser d'une pichenette une poussière blanche sur son revers, rechaussa ses lunettes et se leva froidement en direction du bar, à l'angle opposé de la salle, laissant derrière lui un fils sans voix, sidéré du manque d'encouragements et d'enthousiasme auxquels il s'était naïvement attendu.

Arrivé devant le comptoir, il essuya un regard de prédateur sur les courbes girondes d'une jeune femme surveillant d'un œil fébrile l'adolescente qui venait de rentrer sur la surface émeraude du tatami.

Exercice de style

Une voix dans le micro venait d'appeler la catégorie des filles, moins de cinquante kilos.

« Jagolicz – Van de Ren – Delande ». Avril et les deux autres participantes – les filles étaient rares en combat - vinrent saluer le jury à l'appel de leur nom, puis sortirent du tapis en attendant fiévreusement leur tour. A en juger par ses doigts torturés dans le dos, droite comme un i et le regard fixe, mon « bébé » était aussi concentrée qu'anxieuse.

Je savais ce qu'elle pouvait ressentir, en cet instant et me rappelai soudain mes quelques médailles, maintenant poussiéreuses et ternies au fond d'un tiroir, remportées il y avait bien longtemps. Les mois de travail, la répétition cent fois d'une technique qu'on n'exécutait pas parfaitement, les bleus, les muscles qui font mal, les coups de gueule du maître, les moments de ras le bol...Tout cela ne comptait plus lorsque l'on était sur le tapis vert. Là, il ne s'agissait pas d'une simple partie de cartes. Ou si, mais on devait sortir la bonne. Il fallait assurer, affûter sa stratégie, être la meilleure. On se remémorait les derniers conseils : Penser aux corrections.

Etre dans le rythme. Avoir une bonne garde. Tenir la distance. Ne pas oublier le regard, « le regard traduit l'intention ». Ne rien lâcher. Jamais. Enchaîner. Et se faire plaisir…

Zak terminait toujours par « allez, fonce, et fais-toi plaisir », accompagné d'une amicale claque dans le dos, d'un large sourire et d'un regard profond qui disait « ne me déçois pas ». Puis, au signal donné par le gong, on entrait prestement dans l'arène, une boule dans la gorge et le palpitant calé sur fréquence dix, pour 1'30 de tout ce qu'on avait dans le ventre, sous les yeux scrutateurs des arbitres, costume sombre, chemise blanche, cravate bleue à chevrons. Un dernier salut à l'adversaire : la paume gauche tendue vers le ciel à hauteur de buste, le poing droit serré lui faisant face. Les dés étaient jetés.

Perceval, qui venait à ma rencontre en trottinant, m'extirpa de ma méditation.

—Mam, c'est top ! J'ai discuté avec un mec là-bas qui est venu voir un pote. Mais celui contre lequel il devait combattre est forfait. Il part à la plage dans cinq minutes. Son père fait je sais pas trop quoi au championnat de surf. Si t'es OK, il m'emmène. Il est en scoot'. Mais t'inquiète, il a un casque, évidemment, débita mon fiston d'une traite, sans reprendre son souffle.

—Ca ne peut pas attendre une minute, Perceval?! Ta sœur va passer, là !... rétorquai-je, énervée par le peu d'intérêt que mon fils témoignait à sa sœur. Aussi parce que je détestais savoir Perceval sur un deux roues, conduit de surcroît par un gamin de seize ou dix-sept ans que je n'avais jamais vu.

−M'man... s'te plait ! Sois cool pour une fois... Il est super sympa. Il s'appelle Enzo ! J't'appelle dès que je suis là-bas pour te rassurer, si tu veux... Y'en a pour à peine dix minutes de scoot jusqu'à la plage. Tiens, regarde, le voilà, justement ! argumenta Perceval, tandis que je regardais Avril, le regard animé de fièvre derrière son casque, poser le premier pied sur le tapis.

Prise de court et désireuse de ne pas manquer la prestation de ma fille, je rendis bêtement un sourire à l'athlétique jeune homme blond et avenant qui me faisait face et octroyai rapidement mon accord à Perceval, contenant la flopée de recommandations maternelles qui me brûlaient les lèvres.

−Bon OK. Mais fais gaffe, hein ! Et appelle-moi quand tu seras là-bas. Pour qu'Avril et moi puissions te rejoindre lorsqu'elle aura fini, justifiai-je, sans duper Perceval qui me répondit par un clin d'oeil. Tu regardes le premier combat de ta sœur avant de filer, quand même ? poursuivis-je sur un ton qui invitait vivement à l'affirmative. Donnant donnant.

−Euh... Oui bien sûr, M'man... affirma Perceval qui avait bien compris le message, avant de reprendre, un peu gêné, à l'attention de son nouvel ami : « Tu m'attends Enzo ? J'en ai pour deux minutes. Ma sœur attaque son premier round, là... ».

—Pas de souci, mec. Je ne suis pas à une seconde près ! répondit le gamin avec pétulance.

Je considérai le môme avec attention et fouillai instinctivement les dédales de ma mémoire. L'intensité rieuse de son regard bleu gris avait quelque chose d'étrangement familier.

Avril avait salué l'adversaire et monté sa garde. Coup de poing direct, crochet, poum, poum, coup de pied direct enchaîné sur circulaire... Pas mal si elle continue comme ça, pensai-je….Gauche, droite, uppercut... L'arbitre central siffla subitement, pointant ma fille d'un index accusateur. Non ! J'avais peine à y croire… Ma guerrière avait omis d'enlever ses chaussettes... Comment diable avait-elle pu commettre pareil oubli ? Avril, après un court instant d'incompréhension, baissa les yeux vers ses pieds, puis, blême, sortit du tatami. Elle ôta ses protège-tibias puis la somptueuse paire de chaussettes roses qui en dépassaient. Elle revint sur le tapis la mine déconfite, déconcentrée de surcroît par la pénalité légitime qu'elle venait de prendre : Betty Boop faisait partie des tenues non conformes. C'était terminé. Elle n'était plus dans le combat. Cinquante secondes plus tard, elle se faisait sortir par une adversaire qui s'était intelligemment engouffrée dans la faille. Une minute plus tard, Avril se tenait devant moi, des larmes plein les yeux.

—Tu m'as vue Mam ? me demanda-t-elle.

—Bien sûr que je t'ai vue ! (Certes, de justesse, mais oui, j'étais sincère, non, je n'avais rien manqué de sa prestation). C'était pas mal du tout ma grande! Bon, le coup des chaussettes, t'aurais pu éviter, mais c'est pas grave ! répondis-je, feignant l'enthousiasme.

—Non, mais t'es sérieuse ? Trop pas ! J'ai été nulle, archi nulle ! Tu dis ça pour me faire plaisir. C'est relou, j'ai fait porte-nim-oiq, j'ai flippé, sérieux, ça me vénère trop, maugréa-t-elle en retour.

Une précision s'impose... Ma délicieuse et raffinée brunette était parallèlement à cette époque en plein apprentissage d'une langue qui, à défaut d'être étrangère, me semblait définitivement très étrange : le verlan de banlieue.

En conséquence de quoi, au même titre qu'on pouvait être tenté d'ingurgiter quelques notions de Mandarin, au préalable d'un voyage en Chine, pour envisager d'en mieux saisir les fonctionnements autochtones, je m'étais attaquée à la découverte de ce dialecte - en fin de compte assez exotique pour essayer de comprendre ma fille...

Je m'étais donc, par la force des choses, habituée à décoder puis traduire ses obscures tirades - grammaticalement affligeantes – tout en persistant à lui soutenir, en génitrice butée que j'étais, qu'en lieu et place, par exemple, d'un « C'est relou, j'ai fait porte-nim-oiq, j'ai flippé, sérieux, chuis grav' vénère», un sobre « je suis super déçue, j'ai fait n'importe quoi, j'ai eu peur, cela m'énerve vraiment » eût été tout aussi gracieux et présenté l'avantage non négligeable d'être intelligible du plus grand nombre.

Au lieu d'être félicitée pour l'excellence de mes traductions simultanées, j'étais en principe gratifiée en retour d'un « c'est bon M'man, t'es grave relou, c'est les 'ieuv qui parlent comme ça! », auquel je surenchérissais immanquablement d'un « non, c'est pas bon, il n'y a pas que les vieux qui parlent comme ça mais seulement les p'tites connes qui parlent comme toi. Oui je sais, c'est un gros mot (gardant pour moi le « et je t'emmerde » qui, s'il me brûlait les lèvres n'en eût pas moins été superfétatoire) ». Regard généralement instantané très bleu et très noir d'Avril, lourd de désespoir, qui visait à me faire comprendre que je n'avais justement rien compris et que vraiment, j'étais définitivement grave relou.

Pour une fois, dans un élan de mansuétude maternelle, et considérant aussi le minois affligé de mon grand bébé, je m'abstins de me lancer - surtout en public – dans mon usuelle diatribe de lutte anti-destruction de la langue française. Je serrai Avril dans mes bras, remettant à plus tard les questions sémantiques et protocolaires, non par procrastination ou laxisme mais parce qu'il y avait un temps pour chaque chose et que là, n'étant pas adepte du redressage public de minette, le moment était mal choisi.

L'adolescence – et à tout le moins son prémisse - était quand même une drôle de passerelle entre deux vies, qui pour offrir l'avantage d'avoir huit et vingt ans à la fois (ce qui, tout bien considéré, donnait effectivement une moyenne de quatorze) demandait en contrepartie l'exécution permanente d'un inconfortable grand écart entre enfance et âge adulte. La sensation d'avoir un pied dans le vide et l'autre dans rien : voilà ce en quoi se résumait probablement le numéro d'équilibriste auquel ma fille se livrait au quotidien.

J'entourai Avril de mes bras. Elle enfouit son visage déçu au creux de mon pull et je sentis sa tristesse perler lentement au travers des fins replis de coton blanc.

—Allez ma belle, c'est pas si grave... Ce sera mieux la prochaine fois, susurrai-je en lui frottant doucement le dos, espérant lui apporter un peu de réconfort.

Elle releva la tête, affichant un sourire pâle, chargé de gratitude.

—Je t'aime, lança-t-elle sobrement, dardant son regard fier aux yeux rougis au plus profond des miens, émus.

Trois mots qui éclairaient la route sombre, les jours où on doutait de tout.

Je cherchai un mouchoir dans le fond de mon sac – habile subterfuge qui me laissa le temps de contenir les gouttes salées sur le point de couvrir à leur tour la surface de mes prunelles – et lui tendis le rectangle immaculé dans un sourire.

—Barbapapa les pieds dans le sable, ça te tente ? Longtemps qu'on ne s'est pas fourré le museau dans un bon gros nuage rose plein de sucre qui colle... proposai-je.

—Génial ! Tu trouves toujours les mots qu'il faut !... Où est Perceval, au fait ? interrogea-t-elle, tournant la tête de droite et de gauche à la recherche de son frère.

—Il vient de partir à l'instant. Il a vu ton combat mais a évité de justesse ton élan de délicieuse humeur, le veinard... Incontournable compétition de surf, à Seignosse, sur la plage des Bourdaines, semble-t-il. Il y a filé en scooter, avec un copain, détaillai-je.

—En scooter ?? Avec quel copain ? Je rêve ! Et tu l'as laissé y aller?? reprit Avril, interloquée.

—Ben...Oui... admis-je, penaude comme une petite fille qui vient de se faire prendre le doigt dans le pot de confiture.

—Waouuh ! Il est fort, le frangin ! Il faudra qu'il me donne la recette du sortilège qui permet de faire céder une sorcière, ça m'intéresse... répondit-elle, un sourire moqueur à mon intention venant joliment éclairer son minois de nouveau radieux.

—Allez, fonce, affreuse ! Dépêche-toi d'aller te changer...La taille de ta barbapapa est en train de réduire...considérablement ! Je t'attends dehors, terminai-je en lui assénant une légère tape derrière la tête.

Parfois, le bonheur tenait à quarante grammes de sucre centrifugé.

Patria Potestas

−Quand je pense que j'ai planté des trucs sérieux pour venir voir ça !... Franchement, y'a vraiment des fois, j'me d'mande…

Louis marchait d'un pas preste, invectivant l'adolescent dépité, épaules rentrées, qui le suivait à quelques mètres en arrière, traînant les pieds.

−P'pa, attends moi, putain ! J'ai fait c'que j'ai pu… Y'avait du lourd, en face, argumentait vainement le gamin, sac de sport sur le dos et mains dans les poches de son jean délavé.

−T'as fait c'que t'as pu ! T'as fait c'que t'as pu !... Sérieusement, Kevin, dis moi qu'je rêve ! Tu t'es juste fait défoncer la gueule oui !...continuait Louis sans relâche.

−T'es vraiment pas juste, P'pa...répondit Kévin d'une voix devenue murmure.

−Et arrête les messes basses, tu veux ?! Ca me gonfle. Quoi, je ne suis pas juste ? Ca veut dire quoi ça ? T'es plus à la maternelle, là, réveille-toi ! Depuis quand la vie c'est juste, bordel ? Tu peux me dire ? questionna

Louis, tandis qu'il tendait nerveusement le bip de la voiture en direction de celle-ci, garée un peu plus loin.

−Mais P'pa, t'as bien vu, quand même, merde, le mec en face était super technique ! Ouais, OK, j'ai pas fait le poids, j'aurais p't'être pu faire mieux... Et alors ? Ca change quoi ? Juste qu'à preuve du contraire, c'est moi qui était sur le tatami, c'est moi qui ai l'arcade ouverte, et, pour être clair, des fois que ça t'intéresse, c'est moi qui ai mal, là, tout de suite ! Alors arrête ton cirque deux secondes, s'te plaît...se défendit le môme, reprenant du poil de la bête face aux insultes paternelles.

Louis s'arrêta brusquement, fit volte-face et considéra son fils, dont le visage était à présent impavide.

−Dis donc, p'tit con, je crois que t'as juste oublié à qui tu parles, là. Alors, ce qui serait pas mal, c'est que tu la mettes en veilleuse et que tu redescendes d'un ton. Parce que tes excuses à deux balles, t'as beau être mon fils, j'm'en tape. Le mec en face, c'est pas la technique qu'il avait – OK, il se débrouillait pas trop mal– c'est surtout qu'il avait un truc que TOI t'avais pas. Que t'as jamais eu d'ailleurs. Et ça, y'a pas besoin d'aller faire le zozo déguisé dans des gymnases confortables. Tu l'as ou tu l'as pas. Le reste de ton folklore, c'est rien que de la connerie, du vent, d'la merde. Le truc qui te manque, bonhomme, - et imagine bien que ça me fait chier de te l'dire mais il faut bien que tu l'entendes un jour, même si j'ai l'impression d'pisser dans un violon ; le truc qui te manque, c'est la gnaque, la hargne, les tripes. T'as pas faim. Et ça, t'auras beau brasser de l'air, continuer de faire cent pompes par jour et jouer les athlètes, c'est là-dedans que ça se passe, termina Louis en appuyant fermement son index raide qui imprima une trace rose au front lisse et pâle de son fils.

L'adolescent, livide, baissa les yeux pour éviter le regard métallique de son père. Bras ballant et sans mot dire, il contourna le break, en ouvrit la portière avant droite, s'engouffra dans le véhicule et laissa son corps tomber douloureusement sur le siège. Partagé entre une violente montée de haine et le désespoir infini d'être affublé d'un tel père qu'au fond, il ne pouvait s'empêcher d'admirer, Kevin pensa à sa mère qui s'inquiéterait à la vision de la balafre sanguinolente qui zébrait le dessus de son œil droit. Il pensa à la douce tiédeur de ses bras, aussi, qui ferait le tour de ses dix-sept ans trois quarts, à peine la porte poussée.

Louis monta à son tour à bord de la voiture, calmement, comme s'il en avait été l'unique occupant. « De toute façon, la gnaque, il l'aura jamais » fut sa dernière pensée avant que la clé de contact ne fasse ronronner le moteur.

Ground Zero

Avril et moi avions quitté le gymnase depuis une bonne quinzaine de minutes et roulions à présent en direction de la plage.

Trois fois que la sonnerie résonnait dans le vide et finissait sur la voie de garage du répondeur. Je lâchai nerveusement mon cellulaire dans le réceptacle de plastique sombre, entre les deux sièges, et passai la première. A quoi bon laisser de nouveau un message. Il aurait déjà dû appeler. Depuis longtemps. Il avait au moins quarante minutes d'avance sur nous. Et il circulait en deux roues. Donc a priori plus vite. Les deux kilomètres qui me séparaient encore des Bourdaines me paraissaient interminables, truffés de feux tricolores qui viraient systématiquement au rouge à l'approche du capot de ma Golf, pour oublier insidieusement ensuite de verdir.

J'avais réduit le volume sonore de l'autoradio à son minimum, incapable de supporter tout parasite musical susceptible de faire obstacle à ma réflexion. J'évaluais toutes les explications possibles. Aucune n'était acceptable et aboutissait à une conclusion identique :

c'était trop long. L'habitacle baignait à présent dans les remugles figés d'un silence de plomb. Mains moites convulsivement agrippées au volant gainé de cuir, maxillaires serrées à m'en rompre l'émail, je pestai intérieurement contre le monde en général parce que c'était à moi que j'en voulais en particulier. Mes entrailles se vrillaient en circonvolutions maladives. Comment avais-je pu être assez stupide et inconsciente pour laisser Perceval décamper sur la selle passager d'un inconnu ? Abominable sentiment d'avoir poinçonné mon ticket pour l'enfer, au guichet d'une faiblesse impardonnable.

Je tressaillis en sentant la main d'Avril se poser délicatement sur la mienne, recroquevillée autour du levier de vitesse. Je pivotai la tête sans mot dire. Le sourire mince et chargé de compassion qui barrait son visage inquiet me rasséréna malgré tout.

—T'inquiète pas Mam. Tu connais Perceval. Il a peut-être juste oublié d'appeler... chuchota-t-elle doucement, maintenant sa main chaude emboîtée sur la mienne.

Malgré l'étau qui persistait à me comprimer la poitrine, je me forçai à formuler une réponse brève.

—Tu as sûrement raison... Tiens, regarde, nous sommes arrivées de toute façon. L'entrée du parking est là.

Je stationnai la voiture sur le premier emplacement disponible, en sortis précipitamment dans un puissant claquement de portière et m'abstins de glisser une pièce dans l'horodateur. S'il était arrivé quelque chose à

Perceval – ce dont j'étais convaincue - l'amende morale, payable à vie, était, de toutes, la seule que je redoutais.

Avril s'engouffra dans la traînée d'angoisse que je laissai derrière moi, l'obligeant à accélérer le pas pour ne pas me perdre au milieu de la foule qui se pressait en grappes bruyantes sur le ruban de sable déroulé face à la mer. Tout en me frayant un chemin dans la cohue, je composai de nouveau le numéro de mon fils. Une oreille rivée au portable, l'autre compressée par ma paume qui tentait désespérément d'étancher les cris alentour, je cherchai Perceval du regard parmi les spectateurs venus applaudir en nombre les stars du surf international.

Au bout de vingt longues minutes passées à jouer des coudes, tout en m'assurant qu'Avril continuait de me suivre - pas le moment de la perdre, elle aussi - je me retrouvai subitement au premier rang, le visage fouetté par les embruns. L'océan grondait éternel en rouleaux sourds. L'horizon aveuglant crépitait d'étincelles sous un ciel vierge de nébulosités. Une planche de surf affleurait les vagues de caresses longues et élégantes. En d'autres circonstances, j'aurais trouvé le tableau magnifique. Là, exsangue, je m'effondrai sur le sable, sanglotant comme une môme, laissant le ressac happer l'écho de mon chagrin.

−Ah M'man, vous êtes arrivées ! Cool ! T'as vu l'aerial de folie que vient de réaliser le mec ? Une figure de ouf !

Je redressai la tête vers le soleil, plissai les yeux pour m'assurer de reconnaître la silhouette elfique qui se dessinait en négatif dans le contre-jour et dont semblait émaner la voix qui bruissait gaiement en surplomb. Je fus soudain prise d'un léger vertige.

Bien sûr ! C'était limpide…J'étais exténuée ces derniers temps... Quoi d'étonnant, aussi, avec toutes ces heures de boulot accumulées, à force de vouloir en faire trop ?! Je n'étais pas Wonderwoman, non plus ! J'avais dû m'écrouler sur le canapé devant une série TV quelconque, m'étais endormie, presque comateuse. On allait me taper sur l'épaule, me secouer gentiment, j'allais me réveiller, un peu engluée dans les bribes résiduelles du songe, le sourire aux lèvres à l'idée que ma cervelle épuisée ait pu construire de toutes pièces un cauchemar aussi invraisemblable… J'attendis donc sereinement qu'une main tapotât mon biceps, jetai un œil autour de moi et fixai d'un air ahuri la parfaite modélisation 3D de Perceval…Magique, l'inconscient, quand même ! C'était ahurissant ce qu'il avait l'air vrai !...

–...M'man... T'es sûre que ça va ? T'as l'air super bizarre, demanda le lutin qui me fixait, une pointe d'inquiétude dans la voix.

–P... Perceval ? Mais tu étais passé OU ? Ca fait une heure et demie qu'on te cherche, Avril et moi ! Tu ne te rends pas compte ! Je me suis fait un sang d'encre... J'étais persuadée que... enfin, qu'il t'était arrivé un truc grave !

—Mais M'man, trop pas ! Ca fait plus d'une heure que je suis là ! Je t'ai même envoyé un sms pour te dire où on se trouvait...

Abasourdie, je me levai lentement puis ouvris les doigts qui enserraient toujours fermement mon cellulaire et en consultai l'écran, cliquant sur l'icône « messages ». Aucun n'émanait de Perceval. Je lui jetai un regard d'une noirceur confondante.

Litotes

—Je comprends pas, M'man, je ne te raconte pas de salades, je te jure que je t'ai envoyé un sms. Ca m'a même un peu étonné que tu ne m'aies pas répondu. C'est facile...Tiens, regarde !

Perceval extirpa son portable de sa poche arrière de jean et, après avoir cliqué sur deux touches, me mit sous le nez l'irréfutable preuve de son assertion. Je détaillai l'objet du délit avec une circonspection emprunte de méfiance.

—Exact. Tu as effectivement composé un sms... En revanche, il n'est jamais parti. Je ne voudrais pas jouer les « Schtroumph à lunettes » mais tu vois, le petit ovale bleu là, où il y a écrit « envoyer » ? Il suffit d'appuyer dessus. Et, là, j'ai une chance de recevoir le message et conséquemment de te répondre, expliquai-je, une très distincte pointe de moquerie dans la voix, bientôt complétée par la raillerie d'Avril.

—Ca, c'est fait ! dit-elle, accompagnant sa remarque d'une leste oblique du bras qui fendait l'air de haut en bas, à l'intention de son frère.

—Oh, toi, ça va, hein, tu me lâches, riposta-t-il, vexé, avant d'enchaîner, pantois, à mon adresse « J'suis vraiment désolé, M'man !... »

—Ok, affaire classée, terminai-je dans un soupir de soulagement. Bon, maintenant que tout va bien, qui a une idée pour la suite du programme ? demandai-je à la paire d'ados devant moi, la mine réjouie de constater que j'avais enfin retrouvé mon usuel entrain.

Détendue par l'issue heureuse de l'affaire, je parvenais à faire abstraction du bruit de la foule et commençais à profiter en toute quiétude du paysage atlantique dont l'ondoyant infini liquide exhalait une subtile note de vacances.

—En fait, exposa Perceval, le père d'Enzo a proposé qu'on passe boire un coca chez eux, en fin d'aprèm, après la compét. Il fait partie du comité d'organisation. Il écrit des articles pour des magazines spécialisés « sports de glisse ». Tu verras, il est super cool. Je lui ai dit que vous étiez là, avec Avril, et il a répondu que ça ne posait pas de problème. Vous êtes les bienvenues. Il a une sœur qui a un an de plus que toi, Avril. Une petite jeune, quoi... mais canon, soit dit en passant ! On peut y aller, vu qu'on n'avait rien de prévu pour ce soir ? De toute façon, tu as dit qu'on ne prenait la route que demain, non, M'man ? Autant en profiter...

Vu sous cet angle.

J'ignorai si mon fils parviendrait à franchir le seuil de la classe prépa qu'il projetait d'intégrer après le bac mais pouvais envisager sans peine de miser sur une future carrière d'avocat : ses plaidoiries étaient déjà assez au point. Face à moi, les lèvres entrouvertes d'Avril mimaient déjà, quant à elles, un « oui » afin de m'aiguiller dans le choix de la réponse.

—Difficile de ne pas obtempérer devant pareille coalition, j'imagine... répondis-je à l'auditoire fiévreux qui attendait impatiemment ma sentence.

—Ca veut dire oui ? investigua la cadette, le visage troublé par une once d'appréhension.

—On va dire ça... Et avant notre soirée mirifique, y-a-t-il d'autres choses de prévues dont je serais censée être au courant ? ironisai-je.

—Bah, moi, je rattrape Enzo pour voir la fin de la session mais si ça vous saoule, les filles, vous pouvez aller vous poser à la terrasse du Waves. C'est le café où tout le monde va. Celui qui a des parasols bleu marine, là-bas, pointa Perceval, en direction de l'embarcadère dont le ponton dressait ses pilotis de bois noir ébouriffés d'écume crème, à l'autre bout de la plage.

Message subliminal : mon cher fils supporterait plutôt bien l'idée que je ne me trouvasse pas dans son champ de vision immédiat. Quoiqu'un tantinet vexée sur le coup par ce gentil rappel générationnel, je n'envisageais pas de rester debout pendant les prochaines heures, plantée dans le sable, en plein cagnard, à admirer les arabesques technico-aquatiques d'une horde d'inconnus – aussi sculpturaux fussent-ils. A dire vrai, après avoir expérimenté une heure et demie durant tous les stades insidieux de l'angoisse maternelle, j'aspirais au calme. L'option farniente qui s'offrait généreusement à moi était donc assez tentante, in fine. Surtout en compagnie d'Avril, avec laquelle, travail prenant oblige, je n'avais passé que peu de temps au cours des dernières semaines.

–Reeegarde un peu les sauts de tarés qu'ils font sur les vagues. C'est trooop cool, je reste avec toi, Perceval ! Ca t'embête pas, hein, Mam ? lança Avril, avec frénésie, la réponse cette fois intégrée à la question, se découvrant soudain une passion pour l'art de dompter les flots (ou, plus probablement pour leurs athlétiques dompteurs – détail qui n'avait pas échappé à mon attention mais que je m'abstins de mentionner).

Le tête-à-tête mère fille était donc partie remise...

–OK, je vois. Et bien, devant votre insistance à ma douce présence à vos côtés, je vais aller me caler devant un café, sous les parasols bleus, du coup. A toute ! Tenez-moi au courant, svp. Et... Perceval, si ton portable vibre, c'est la touche verte pour décrocher, terminai-je en lui décochant un clin d'oeil.

Je déposai sur leur front respectif un baiser délicat, accompagné d'une main glissée dans leurs cheveux en bataille. Après avoir ramassé mon sac à main échoué à la chaleur du sable, je tournai le pas vers la dizaine de cotonnades marines qui dessinaient des disques réguliers au loin sur l'azur aveuglant. Un peu amère, cependant.

La silhouette familière du personnage noir qui ne cessait de croiser ma vie, toisait de nouveau, de toute sa superbe, mon âme ridiculement blessée par la maladresse des enfants. Encore un de ces jours où, pour une broutille, devoir vivre les heures suivantes me semblait bien plus terrible que l'idée de mourir.

Carton pâte

Louis, après avoir activé son clignotant et emprunté la sortie d'autoroute, gara la Mercedes métallisée entre deux lignes blanches tracées sur le bitume du parking de la station service puis coupa le contact.

—Si t'as envie de pisser, c'est maintenant. Après, je m'arrête plus avant Paris. Assez perdu de temps comme ça, indiqua-t-il sèchement à son fils dont le silence depuis leur départ d'Hossegor, deux heures trente plus tôt, avait été meublé par le son de la radio.

Kevin, terré dans son mutisme, attendit que son père claquât la portière pour laisser quelques larmes embuer son regard, à mi-chemin entre rage et douleur. Louis étant exempt du plus petit atome de compassion. Il s'en voulait à présent d'avoir eu la bêtise de lui parler du tournoi de Kung-Fu et se mordait les doigts d'avoir offert qu'il l'accompagne. A quoi bon s'escrimer à faire des pieds et des mains pour communiquer avec lui. Tout effort était d'avance voué à l'échec. Louis ne comprendrait jamais rien. Rien de plus facile que d'être père. Papa, en revanche, ça ne s'improvisait pas. Et Louis avait un cœur stérile.

L'adolescent essuya ses yeux humides d'une main leste et, abrité derrière la vitre teintée de la voiture, considéra gravement la solide carcasse paternelle qui se tenait à quelques mètres, café en main, devant l'entrée du magasin de la station. Portable en paume, Louis déclamait à voix haute une tirade bien huilée que Kevin avait malgré lui entendu à maintes reprises et qui le dégoûtait à chaque fois.

—Madame de Clermont-Chabrol ?

—….

—Antoine Delcourt, antiquaire à Paris. Je me permets de vous contacter, Chère Madame, car un galeriste de mes amis, que vous avez récemment rencontré, m'a parlé en termes élogieux d'un ensemble de mobilier dont vous envisageriez de vous défaire.

—...

—C'est tout à fait cela. Vu la qualité des pièces, je me proposais de venir vous rendre visite, à votre convenance, afin de vous en faire une estimation précise. J'ai quelques appuis au sein des Commissaires Priseurs de la Capitale et votre salle manger pourrait très bien figurer, si j'en crois la description de mon ami, en bonne place au catalogue d'une des ventes de prestige de cet automne. Qu'en pensez-vous ?

—...

—Bien entendu, Chère Madame, toutes les modalités seraient étudiées avant la mise aux enchères.

—...

—Demain 9h ? Et bien...Laissez-moi vérifier...Oui, c'est parfait. Auriez-vous l'obligeance de me confirmer votre adresse ?

—...

—C'est noté. Je vous remercie, Chère Madame. Je vous souhaite une excellente journée et à demain, 9 heures précises, donc. Au revoir.

A l'avant de la voiture, Kevin était ulcéré à la vue de ce personnage si charmant qu'il n'avait jamais aperçu que dans les instants d'identité usurpée et qui s'était évanoui, une fois le cellulaire raccroché, sur un éloquent « connasse ! ». Un jour viendrait où se présenterait à Louis la note salée de ses forfaits. Et ce jour-là, il n'était pas certain que son père ait les moyens de payer l'addition. Pour l'heure, Kevin s'efforçait d'oublier sa vessie pleine, comprimée dans son jean, à deux heures et trente minutes de Paris.

Louis, ayant ferré sa nouvelle prise, allongea le pas vers le break, un sourire aux lèvres qui en disait long, estafilade incongrue en travers de son visage impassible.

Boomerang

Les heures de la journée avaient défilé plus vite que je ne l'avais craint. Avril et Perceval, attirés par la faim, avaient fini par faire tinter mon portable sur le coup de 13h30 pour s'assurer de ma présence au Waves, puis, profitant de la pause officielle de la compétition, m'avaient rejointe à l'ombre des parasols bleus.

Nous avions déjeuné, sous la fraîcheur relative qu'offrait la terrasse balnéaire, de généreuses salades composées, arrosées de thé glacé. J'avais eu droit par le menu à la description exaltée des différentes prouesses nautiques réalisées par les équilibristes de la vague, le tout accompagné d'un lexique technique exhaustif. A la fin du repas, bottom turn, cut back et roller n'avaient plus de secret pour moi. La fascination de mes enfants, restés debout à admirer l'ensemble depuis le début de la matinée et prêts à y retourner dès la dernière cuillerée de tiramisu avalée, restait en revanche un mystère entier.

Après m'avoir remerciée pour leur festin d'une accolade sincère, Avril et Perceval avaient couru, l'estomac plein, suivre la suite des réjouissances, laissant dans leurs brisées quelques paillettes de rires joyeux qui éclairèrent une partie de mon après midi.

L'autre partie fut consacrée à la lecture d'un polar, acheté à la hâte dans la matinée pour meubler les heures à venir, en même temps qu'un paquet de Dunhill longues, à la maison de la presse qui jouxtait le bord de mer. Celle-ci affichait des articles élogieux parus sur l'ouvrage. Rien n'était moins sûr : le dos du livre évoquait une sombre enquête policière sur fond de guerre d'Irak, de trafic de cocaïne et de recel de prothèses. Je m'étais néanmoins laissée convaincre par les quatre lignes de la main de l'auteur, quant à elles assez engageantes. De toute façon, il fallait bien s'occuper en attendant le retour de mes deux têtes blondes et je doutais qu'une collection de cafés suffise à combler l'après-midi.

Le soleil commençait de décliner à peine lorsque je levai le nez en entendant le couinement du fauteuil de rotin que l'on venait de tirer en face de moi. Avril venait de s'y asseoir.

—Ca va Mam ? me demanda ma fille d'un air inquisiteur et soucieux.

—Ben oui, ma grande, quelle question ! répondis-je sur le ton de la surprise, la mine hébétée.

—...Ben... Disons que... Ca fait une demi-heure qu'on t'attend à l'entrée du parking, avec Perceval... Tu avais dit rendez-vous là-bas à 17h30 et... il est 18h00...

Je sursautai et consultai ma montre. Les deux aiguilles de celle-ci formaient effectivement une droite parfaite en travers du cadran...

−Miiince ! Je suis absolument désolée. Je n'ai pas vu passer l'heure, m'excusai-je platement, le souvenir de mon sermon du matin à Perceval encore gravé sur mes circuits.

−C'est pas grave, M'man... C'est des trucs qui arrivent... Enfin, quand même, venant de toi, qui adore remettre les pendules à l'heure − si tu vois ce que je veux dire − c'est plutôt marrant, je trouve, enchaîna Avril dans un magnifique sourire.

−No comment... Allez, je paye et on file ! Ton frère nous attend à la voiture, j'imagine ?

−Exact ! conclut ma fille, tournant déjà les talons vers la sortie de la plage.

J'exhumai les différents tickets de mes consommations dont les angles flottaient au vent, sous les courbes cendrées du galet posé sur la table, en additionnai le montant puis déposai la somme correspondante de nouveau sous la pierre.

Je refermai le livre ouvert que je n'avais pas lâché, prenant soin d'en mémoriser la page, avec un sentiment de regret. Les cinq derniers feuillets devraient attendre. Je regardai le ciel se mordorer progressivement au contact de la mer et souris. Jamais je n'aurais imaginé me prendre au jeu d'une histoire de magouille orthopédique. A croire que mon âme bancale avait besoin de béquilles.

Illusion d'optique

Bras croisés et lunettes de soleil sur le nez, Perceval nous attendait, en mode beau gosse, assis sur le capot de la Golf. Je fus accueillie par le commentaire sarcastique auquel je m'étais préparée.

—Alors, on a des soucis avec sa montre ? Rien de super techno sur ta Swatch pourtant, M'man... On a du mal avec la petite et la grande aiguille ?

—OK, OK... Un partout, la balle au centre... J'étais plongé dans un bouquin, je n'ai pas vu l'heure. C'est sûr que ce n'est pas le genre de choses qui risque de t'arriver, étant donné la fréquence de tes échanges entre une page de livre et ta rétine... On y va ? terminai-je, assez fière d'emporter le deuxième jeu sur un ace.

—Point accordé ! La remarque est plutôt pertinente, rétorqua Perceval, sourire en coin, en montant sur le siège avant de la voiture.

—Parfait ! Quelles sont les instructions du copilote ? demandai-je en actionnant la clé de contact.

—Deuxième à droite après le premier rond point, direction Golf d'Hossegor. Temps de trajet estimé : six minutes, répondit-il, après avoir jeté un œil aux indications portées à l'écran du GPS.

Six minutes et trente secondes plus tard, après avoir longé rues et boulevards aussi sinueux que les pins qui les rythmaient, la monotone voix féminine nous signala notre arrivée au numéro quatre-vingts de l'Avenue de la Grande Dune. Je stationnai la voiture devant le petit portail de bois bleu vif derrière lequel s'élançait la verdure sombre de résineux touffus.

Une fois sorti de la Golf, Perceval poussa le portillon.

—Tu ne sonnes pas ? m'étonnai-je dans un haussement de sourcil.

—Non, l'interphone fonctionne pas. T'inquiète ! Enzo nous attend, je lui ai envoyé un sms, répondit-il d'une voix assurée.

Avril et moi lui emboîtâmes le pas. Moi, un peu mal à l'aise de mettre les pieds chez des inconnus, tandis que je foulais le chemin sablonneux au bout duquel on devinait une porte entrouverte.

—Toc toc ! C'est nous ! lança Perceval, accompagnant son annonce d'un martèlement de doigts sur le bois clair.

Une silhouette parut dans l'encadrement et l'ouvrit largement, nous incitant à entrer.

A la vue du visage qui se détacha de la pénombre, je crus défaillir.

Y.K.

J'avais bien vu les deux initiales sur la boîte aux lettres, à gauche du portail, sans faire le rapprochement.

Yann Keledjian.

D'arménien, Yann Keledjian n'avait que le nom. Pour le reste, un sourire éclatant et des cheveux blonds péroxydés en bataille, surplombant 1m90 de musculature sèche. Une sorte de Viking des temps modernes avec un faux air de Brad Pitt. Autant dire un cadeau que toute nana d'une bonne quarantaine d'années normalement constituée – moi par exemple – aurait rêvé trouver sous le sapin un 24 décembre, avec - voire sans - emballage…

La dernière fois que j'avais vu ce fantasme sur pattes, c'était sur un podium de Vendée, levant au ciel le trophée du vainqueur. Il venait de remporter le Raid La Tranche - L'Ile de Ré pour une traversée de vingt-deux kilomètres aller-retour en trente-cinq minutes et planche à voile avec contournement de bouée. Cette épreuve, qui comptait pour le classement national et permettait à trois cents véliplanchistes de tous niveaux de se mesurer, était la plus longue du genre en France mais avait pour lui un air de vacances.

A l'époque, Yann était une des « figures » du circuit. Entendez le circuit PWA, le Professional Worldtour Association. Il mangeait windsurf, respirait windsurf, dormait (peu) windsurf et n'existait que par la vision de l'épreuve suivante du Tour, quelque part sur la Planète. Le Viking, comme tout viking, naviguait. Mais sur des mers plus chaudes que celles de ses pseudo-ancêtres. C'était sous les cieux exclusivement venteux de Fuerteventura, Alacati, Lanzarote ou Ulsan qu'il écrivait son histoire en compagnie des Teriitehau, Jason Polakov et autres fêlés de la vague. Il partageait avec ses congénères fous du vent un amour pour les minibus Volkswagen qui avaient l'inestimable avantage de pouvoir accueillir flotteurs, mâts et voile, ne supportait l'idée de la plage qu'avec un « zeph' » de force 7 ou 8 et se serait damné pour un « ride » (prononcer rail-de) en pleine tempête. En guise de repos entre deux sessions officielles, le Raid de la Tranche sur Mer constituait un bon compromis. C'est là que je l'avais croisé quelques années plus tôt.

La Tranche sur Mer…J'avais toujours trouvé ce nom insolite. Je n'étais jamais parvenue à décider s'il s'agissait d'une tranche de rire, de bonheur ou de brioche. Ou une tranche de mer. La vision était poétique. Derrière ce nom à la fois étrange et ridicule, il y avait toute mon enfance et une petite maison familiale qui ne ressemblait pas à grand-chose mais débordait de souvenirs. Pour rien au monde, je n'aurais manqué de passer au moins une quinzaine estivale sur les plages vendéennes. Ma rencontre avec Yann Keledjian avait été... fracassante.

Je lézardais paisiblement sur le velours d'une serviette éponge moelleuse plantée en son milieu d'une tortue mauve du plus mauvais goût. Polar en main, lunettes indice 4 sur le nez, orteils enfouis sous la tiédeur duveteuse du sable blanc. Entre deux pages, je jetais un oeil attentionné en direction du bord de l'eau à quelques mètres à peine, pour suivre du regard les explorations marines de Perceval, âgé alors de cinq ans. Plénitude totale dans un décor de carte postale. Lorsque je le vis déraper sur un rocher.

Immédiatement tirée de ma torpeur voluptueuse, je fonçai sans crier gare au secours de l'aventurier des flaques salées, percutant de plein fouet le grand énergumène au visage bronzé, combinaison intégrale noire, empiècements bleus, qui par malheur s'était trouvé sur mon passage.

Perceval s'en sortait avec une légère écorchure au genou et une grosse peur, après avoir voulu poursuivre sur un banc rocheux recouvert d'algues brunes, une inoffensive étrille terrorisée qui maîtrisait à l'évidence bien mieux les déplacements latéraux sur surface glissante que son assaillant bipède. Le « Monsieur », lui, la mine contrite, se frottait un tibia contusionné et constatait avec affliction la déchirure de sa voile de planche que, faute d'aquilon, il s'apprêtait à dégréer.

Enfin, avant que je ne le bouscule violemment, qu'il ne se prenne les pieds dedans et s'y affale de tout son long.

Piteuse de ma spectaculaire performance, je me confondis en excuses auprès du planchiste qui persista à me dire que ce n'était pas grave. Je savais bien ce que coûtait une voile et savais que celle-ci, une Neil Pryde « triple camber », très haut de gamme pour l'époque, était irréparable. Auto-confirmant que les véliplanchistes étaient décidément très « cools », je l'invitais pour me faire pardonner à partager un coca à l'Embarc', le bar-paillotte de la plage. Il accepta.

Tandis que je sirotais mon soda en touillant les glaçons, Perceval cette fois à moins d'un mètre de moi, les yeux dépassant à peine d'une énorme gaufre au sucre, je me dis que j'avais finalement bien fait de tout laisser en plan pour aller sauver la chair de ma chair… Parce que vu de près, my goodness, l' « énergumène bronzé » valait franchement le détour…

On discuta de tout, de rien et de planche à voile, que je pratiquais en mode loisir et à condition qu'il n'y ait pas un vent à décorner les boeufs. J'appris à cette occasion que c'était son métier et surtout sa raison d'être. Les glaçons fondus et nos verres vides, nous reprîmes nos vies respectives là où nous les avions laissées. Moi, ma vie de famille et de femme mariée, lui, son existence de tête brûlée qui abritait aussi une épouse et un fils, entre deux avions. Voilà, c'était tout.

Nous nous revîmes pourtant chaque année, brièvement, parfois autour d'un coca, lors de son étape vendéenne. En une ou deux heures, nous résumions l'année qui s'était écoulée pour l'un et l'autre, puis, au fil des jours, nous égrenions un peu plus en détail quelques nouvelles fraîches. Notre relation était particulière. Nous étions toujours enchantés de nous revoir lors de ces rendez-vous annuels de causette entre quatre yeux, toujours impromptus parce que nous savions que nous nous trouverions nécessairement en fin d'après-midi, quelque part sur la plage, à l'heure où les touristes désertaient la blondeur des sables, lorsque le soleil échevelé partait s'abîmer sur l'Océan.

Il n'y avait jamais rien eu d'autre entre nous, rien que des conversations. Beaucoup de conversations. Et de rires, aussi. Mais pas même un numéro de téléphone. Nous n'avions jamais franchi la ligne qui aurait pu faire que nos vies s'en trouvassent changées. J'ignore pourquoi. Puis plus rien. Un été semblable à tous les autres, les flots de juillet avaient cessé de ramener Yann dans l'écume.

J'étais donc sidérée de tomber sur le Viking, dix ans plus tard, derrière la porte d'une villa d'Hossegor…

Noctambule

Il était à peine 23h et pas la moindre âme ne semblait vivre dans ce coin reculé de l'Oise, à deux kilomètres du patelin le plus proche. Nickel chrome. Le rideau qui obturait l'imposante entrée du garage se leva dans un sinistre grincement métallique. Deux rétines brillaient dans l'obscurité, bientôt rejointes par le faisceau d'une lampe torche.

—Salut. Tu me suis ? C'est par là.

Louis opina du chef. Après un rapide regard de part et d'autre du chemin pour s'assurer de l'absence d'un gêneur éventuel, il pénétra dans le hangar avant d'emboîter le pas au profil voûté et longiligne qui longeait à présent le mur de parpaings, guidé par le halo jaune.

Le son qui se détachait des deux paires de semelles s'était fait plus feutré. Du lino au sol, probablement. L'homme qui précédait Louis s'arrêta devant une porte puis accentua l'arc naturel de son dos pour éclairer la serrure, qu'il fit tourner dans le cliquetis d'un imposant trousseau de clés. Il poussa le panneau et tendit la main pour atteindre l'interrupteur.

Une pièce assez exiguë, dont les murs de béton étaient recouverts de peinture beige crasseuse, surgit sous la lueur cireuse des barres de néon. Une fois habituées à la luminosité de l'endroit, les prunelles de Louis se parèrent d'un éclat particulier. A gauche, alignées le long de la cloison, une dizaine de châssis peints, moyen format, dont les toiles usées étaient de bonne augure. A droite, une pendule « au nègre », quatre très jolis bronzes animaliers et une paire de masques africains présentant des parties humaines. Devant lui, les courbes gracieuses d'une statue en fonte côtoyaient le galbe harmonieux d'une cheminée Louis XV en Carrare. Juste à côté, une masse informe assez imposante, dissimulée sous une couverture.

Tandis qu'il posait les doigts sur le marbre froid pour examiner les sculptures dans un silence religieux, une fragrance bien caractéristique fit frissonner sa narine. Celle du fric. Contrairement à ce que pensaient les besogneux, l'argent avait une odeur. Louis la connaissait bien. Un mélange subtil de poussières fines accumulées au fil des siècles, de légère humidité soufrée ponctuée de touches de moisissure. Le sourire en coin de Louis laissa deviner une canine.

−Y'a quoi, là-dessous ? demanda-t-il sur un ton aussi glacial que la lisse surface marmoréenne que parcourait sa paume experte.

Le visage émacié, parsemé de disgracieuses cicatrices d'acnée, s'anima d'une moue perplexe en réponse. Il leva vers Louis un regard gris pâle incisif.

—Ca vient de rentrer. Pas eu le temps de faire des recherches.

Louis indiqua la forme couverte.

—Je peux ?

—Ouais. Mais pour le tarif, faudra voir.

Louis souleva le lainage raide d'un geste ample et précautionneux. Apparut une tapisserie roulée, dont la finesse de points, sur l'envers, paraissait prometteuse.

—Possible de l'ouvrir ?

L'autre, dans un bref hochement de tête, attrapa l'extrémité du rouleau plié en deux. Ils le couchèrent au sol – la pièce pesait un âne mort – et Louis s'employa à en écarter l'angle supérieur. L'homme, toujours sans mot dire, s'agenouilla et finit de dérouler la tapisserie sur le lino. Son visage s'illumina d'une grimace satisfaite.

Cela faisait un sacré bail qu'il n'avait pas vu un modèle de cet acabit. Les tapisseries à sujet d'animaux n'étaient carrément pas monnaie courante et celle-ci, sur laquelle gambadaient de pair, sur toute la hauteur, lièvres, écureuils, autruches, le tout sur fond d'arbres fruitiers, était tout bonnement exceptionnelle. La bordure presque noire qui encadrait la scène et sur laquelle se détachaient guirlandes de fleurs et volatiles était d'une précision époustouflante. Un sacré boulot, fin XVIème au maximum.

Louis fléchit un genou à son tour et effleura de la main la surface granuleuse étalée à ses pieds. A peine quelques restaurations à prévoir. Son flair ne l'avait pas trompé. Il tourna la tête en direction de l'homme qui, bras croisés et de nouveau debout, le toisait d'un air circonspect.

—Combien ?

—J't'ai dit Louis, je sais pas encore, répondit l'homme, entre ses dents.

—Moi, ce que je sais, répliqua Louis d'une voix ferme et neutre, c'est que j'ignore d'où tu sors ça, mais que tu ne vas pas trouver des blindes de mecs capables de te l'écouler sans vague ni bavure... C'est du lourd et je te conseille de donner dans le très, très discret. Ca sent le répertorié à trois bornes. Faudrait vraiment pas que ça tombe sur le bureau de la flicaille. J'ai un acheteur russe. Je le vois demain à 7h00. Belgique. Je t'en file seize mille. Après, ça m'intéresse plus. Réfléchis.

L'homme, les yeux rivés dans le regard fixe du brocanteur, se gratta le menton pendant de longues minutes. Louis avait lâché la tapisserie et auscultait maintenant un bronze figurant un chien braque à l'arrêt. Signé Mène. Jolie patine. Rien d'extraordinaire. Facile à fourguer.

—Avec le clébard et le paysage de bord de mer là-bas. J'arrondis à vingt mille. Dans dix minutes, je suis parti. J'ai de la route qui m'attend. Le reste, c'est pas pour moi, conclut Louis, tournant déjà le pas vers la sortie.

L'offre n'était pas anodine. Certes, la tapisserie valait un paquet d'oseille. L'homme ne savait pas vraiment combien. Mais le broc' n'avait pas tort : vu le château dont elle provenait, en Bourgogne, et duquel il avait également sorti le lot de bronzes, il valait mieux faire fissa. En outre, il n'y avait jamais eu de salade avec Louis. Puis il payait rubis sur l'ongle.

–Louis... OK, c'est fait. Prends le bronze et la barbouille, je charge la tapisserie sur le diable. Pas la peine de se bousiller le dos.

Louis écarta le pan de sa veste de velours côtelé et sortit de la poche intérieure une liasse de billets. Il la plia par le milieu, feuilleta d'un doigt coutumier la somme nécessaire et remisa le reste.

–Doit y avoir le compte. Tu peux vérifier, ajouta-t-il à l'adresse de l'homme, auquel il tendit les quarante billets mauves.

–C'est bon, Louis. Merci. Je passe devant, suis moi, répondit l'autre sans prendre la peine de recompter la liasse.

Louis s'empara du chien, le tenant sous le socle, et prit sous l'autre bras la toile précédemment mise de côté. Une fois la tapisserie arrimée sur le chariot, après que la lumière eût été éteinte et la porte consciencieusement refermée, les deux empruntèrent le couloir sombre en sens inverse, le faisceau jaunâtre en guise d'escorte.

Louis attendit d'être de nouveau sur la route principale pour lâcher la pression et se détendre un peu.

Ses doigts se mirent instinctivement à tapoter le volant de cuir, au rythme des notes délicates qui s'échappaient du lecteur CD. La Toccata et fugue en Ré mineur de Bach collait magnifiquement au bitume qui se déroulait devant lui, bordé par les ramures des arbres que l'on découvrait au fur et à mesure, dans la blancheur des phares.

Il se cala confortablement au fond du siège de la Mercedes, un large sourire aux lèvres. Le détour par ce trou paumé valait le coup. La dernière tapisserie du genre qui était passée à Drouot, trois ans auparavant – si sa mémoire ne le trahissait pas – avait été adjugée autour de quatre-vingt quinze mille balles. Ca laissait un peu de marge pour discuter avec le Ruskov qui apprécierait de blanchir de la maille avec de la came de qualité musée.

Apnée

L'apéro s'était éternisé et nous étions restés pour le dîner. Il était presque minuit, à présent. Yann préparait une paire de cafés à la cuisine. Les enfants étaient montés à l'étage, pour visionner les séquences vidéos de la compétition de surf, filmées l'après-midi même à la plage. Sur la terrasse, affalée sur les coussins moelleux du canapé et bercée par le chuchotement du vent dans les pins, je me remémorais les heures étranges qui venaient de s'écouler.

−Hello M'sieur, avais-je simplement jeté à l'intention de Yann, lorsqu'il était apparu dans l'embrasure de la porte.

−Hey ! Morgane Delande! Sans blague ! Pour une surprise... Qu'est-ce que tu fais là ? m'avait-il répondu dans un immense sourire.

S'en était suivi le « ben, vous vous connaissez ?» général d'un quatuor d'ados sidéré, auquel nous avions répondu en duo un « oui » économe, sans plus d'explication.

Puis nous avions tous pris place dans le jardin, autour de la table basse de teck chargée d'appétissantes bricoles apéritives et boissons diverses. Chacun y était allé de son commentaire quant aux performances réalisées par les compétiteurs. Sauf moi, qui avait profité du moment pour me remettre de mes émotions.

Quelques mojitos plus tard, le viking avait proposé de jeter des grillades sur le barbecue. J'avais mis deux secondes et demi pour accepter l'invitation.

Nous étions enfin seuls, le Viking et moi, sous les étoiles des Landes. Moi, radieuse et un peu éméchée, après avoir descendu un certain nombre de verres qui ne contenaient pas que des feuilles de menthe.

−On se boit un petit caf' au calme, maintenant que les monstres ont filé ? offrit Yann d'un air enjoué.

−Avec plaisir, répondis-je, la prunelle trop brillante et l'esprit embrumé.

−Tu m'attends deux minutes ? Je vais préparer le café et j'arrive.

−Pas de souci !

Tu m'étonnes que j'avais deux minutes ! J'avais même toute la nuit, pour commencer. Tout me sautait d'un coup à la figure. La Vendée, la plage, le fracas des vagues sur les galets, le Raid, les départs simultanés de centaines de véliplanchistes se ruant sur la mer au son puissant de la corne de brume, la danse merveilleusement graphique des voiles colorées sur l'océan, le délicat parfum de l'iode effleurant les narines, le vent qui fouettait le visage, l'attente des premiers qui franchiraient la ligne, la paillotte, l'Embarc', les cocas, les pailles translucides au milieu des glaçons et Yann. Yann qui avait un peu vieilli mais qui faisait l'effet d'un missile. Digne, calme et bourrée, j'avais pris un Scud en pleine tête.

Le Viking posa les deux tasses sur la table en sifflotant et glissa l'une d'elles devant moi.

−Toujours sans sucre ? questionna-t-il en remisant une petite cuillère sur le plateau.

−Toujours sans sucre…répondis-je, rassemblant le peu de lucidité qu'il me restait pour feindre de ne pas être surprise qu'il se souvint d'un détail aussi anodin.

−Je n'aurais jamais reconnu Enzo. C'est dingue ce qu'il a grandi ! lançai-je dans un élan d'absolue platitude, pour interrompre les anges qui commençaient de s'essayer à la voltige au dessus de la table.

...Oui, fort heureusement pour lui, en dix ans, Enzo avait grandi. Il frôlait le mètre quatre-vingt, avait le regard clair de son père, une assurance feinte, la démarche nonchalante des gamins de son âge. Ma remarque présentait une absence d'intérêt grandiose mais dans l'immédiat, c'était ce que mes neurones avaient réussi à produire de mieux. Je ne savais pas par quoi ni où commencer. Je ne savais même pas ce que je fichais là, à discuter avec un ancien champion de windsurf qu'il m'était arrivé de côtoyer il y a longtemps, plantée sous la lune, au milieu de son jardin, grâce aux vingt et un printemps additionnés d'Avril et Perceval, les deux seuls êtres qui motivaient encore ma présence sur la planète

−Oui, Enzo a grandi… En même temps, c'est plutôt normal, non ? me répondit le viking en riant.

« Vas-y, pensai-je, remets-en une petite couche, traite moi de blonde, pendant que tu y es. Je sais qu'elle est stupide ma remarque mais est-ce vraiment utile qu'on soit deux à le souligner ! Et arrête de me regarder comme ça, je suis au bord de te violer sur la table basse, même devant les mômes ».

(Tout bien considéré et en cas d'extrême urgence, l'humain avait finalement parfois le droit de parler pour ne rien dire.)

−Ca s'est passé comment, au fait, la compét' de Kung Fu, ce matin, pour Avril ? La dernière fois que je l'ai vue à Paris, il y a six mois, elle se débrouillait pas mal, l'héritière. Je n'avais pas percuté, vu que vous n'avez pas le même nom de famille ! Elle est rapide, tonique. Non, vraiment, elle assure, ta gamine, poursuivit-il.

−Quoi ?...Que…qui ça ?? bredouillai-je.

−Ben Avril ! C'est bien ta fille, non? insista-t-il.

−Ben…Euhh…oui… balbutiai-je.

Ma parole ! J'étais vraiment en train de me fondre dans la peau d'une blonde ! Evidemment, je savais que c'était ma fille, mais LUI, de quoi était-il en train de me parler?!

−Attends, tu la connais comment, Avril ? enchaînai-je, sidérée.

—Ben, je viens de te dire, je l'ai vue à Paris, à la Coupe Ile de France Combat, il y a six mois. Elle était avec le team Lamberti. Quand même, l'atavisme Delande, j'aurais dû me douter...

Quoi ?? Le team de qui ????? Alors là, on nageait carrément en plein délire ! J'avais lâché le viking en funboarder obsessionnel une décennie plus tôt sur la Côte vendéenne, puis plus de son, plus d'image, plus de podium et je le retrouvais sous une pinède, à Hossegor, en train de m'expliquer comment boxait MA fille coachée par MON prof depuis 25 ans sur MON territoire ! Mes oreilles bourdonnaient, l'extrémité de mes doigts s'était emparée de fourmillements.

—Hello ! t'es toujours là ? Morgane, ça va ? T'as l'air ailleurs.

Je sortis brusquement de mon silence.

—Hein, heu.., oui oui, bien sûr, je suis là, je t'écoute, je...

Et puis merde, je n'allais pas faire semblant, c'était ridicule ! J'attaquai le problème par la racine :

—Attends, Yann, je comprends rien, là ! C'est quoi ce bordel ? Depuis quand tu t'y connais en Kung-Fu ? Qu'est-ce que tu foutais à Paris ? Parce que t'es au courant que, côté planche à voile, c'est pas ce qu'on fait de mieux, la capitale ? Et puis qu'est-ce que tu fous ICI ? Comment tu connais Lamberti ? T'étais où depuis tout ce temps ? Tu...

Le tonitruant éclat de rire du viking me stoppa net dans mon élan. Je dois avouer, je n'y étais pas allée avec le dos de la cuillère... J'étais tout simplement en train de demander des comptes précis à un « pote » que je n'avais pas vu depuis dix ans et connu d'un peu plus près que ses fans de l'époque. Il était mort de rire. J'étais vexée à mort.

—Eh bien, t'as pas changé, toi, hein ? Toujours aussi impulsive ! J'adore, tu m'éclates.

J'étais affreusement vexée. A mi-chemin entre la blonde et le fou du roi... Manquait plus que les grelots et le collant à losanges. Magnifique!

—Alors, répondit-il d'un air de placide malice, dans l'ordre de l'interrogatoire :

1) Pas un expert en Kung Fu mais je commence à toucher ma bille en Tai Ji.

2) Certes, Paris n'est pas un spot idéal pour naviguer, mais ça n'empêche pas d'emmener Enzo voir ses copains les jours de compét.

3) Hossegor, c'est plutôt sympa, non?

4) Pour le reste, c'est une longue histoire, si tu me laisses en placer une, je t'explique.

Plastique fantastique

J'étais abasourdie.

—Désolée, je… Je suis…surprise…désolée pour la crise de parano...Enfin, je...Je…Je t'écoute.

J'allais devoir attendre. Une cacophonie boisée nous indiqua qu'un troupeau d'ados dévalant l'escalier était sur le point de nous rejoindre.

—Coucou, M'man ! Avril et moi, on est archi crevés… On peut rentrer, s'te plaît ? me demanda un Perceval fantomatique.

—Euh… Oui…Bien sûr. On y va dans cinq minutes, répondis-je comme une môme de six ans qui négociait du rab avant de partir de l'anniversaire auquel elle avait été conviée.

—Par contre, m'man, Chloé propose qu'on aille faire une mini session de surf demain matin, avant de partir. Ca peut être sympa, qu'est-ce que t'en penses ? s'enquit Avril, apparemment déterminée à négocier, elle aussi.

—Oh ouaaais ! Coool ! Allez M'man ! C'est férié demain, de toute façon. On n'est pas à deux heures près ! rajouta Perceval, fignolant la deuxième couche.

Je tournais la tête. Yann, à un mètre de moi à peine, me jaugeait du regard avec tendresse.

−Moi je dis que ce n'est pas une idée bête... 8h45 au petit rade, sur la plage ? suggéra le Viking.

Avant de m'être totalement liquéfiée devant son sourire torride, je hochai la tête et laissai échapper un OK du bout des lèvres en faisant attention à ce que le flot de pensées interlopes juste derrière reste bien enfouies au fond de ma gorge.

Après une bise rapide sur le seuil de la porte, Yann et moi nous retrouvâmes donc, le lendemain, accoudés sous l'auvent du camion-bar de la plage, prêts à passer commande.

Le souvenir de ce qu'il était advenu entre les deux demeurait assez flou.... La voiture avait eu la bonne idée de suivre les indications nasillardes du GPS et nous étions rentrés sans encombre à l'hôtel. Je m'étais réveillée en maudissant le rhum, la menthe et mon affreux mal de crâne, que je dissipai avec une paire de cachets d'aspirine et deux darjeelings.

Yann, le visage tourné vers la mer, regardait sa fille broder élégamment des fils aquatiques sur, puis sous les vagues.

Je profitais de l'attention de Yann toute dédiée à Chloé pour l'observer à la dérobée et le découvrais sous un autre jour : le dompteur de vent qui avaient bravé une grande partie des eaux salées du globe, avait l'oeil humide, attendri par celle qui était en train d'accomplir devant lui un joli « ride ». On aurait dit un môme qui va au cirque pour la première fois. C'était touchant.

Je pensai qu'à mon réveil, je n'aurais jamais imaginé voir un viking avec la larme à l'oeil. Comme quoi la vie sur Terre étonnait toujours quand on s'y attendait le moins.

—Waouh, ça remue quand même, hein ! Bon ! Café ?

Fin de la séquence émotion, le viking venait de remettre son armure.

Nous commandâmes donc deux cafés, probablement les pires du siècle, sauf peut-être masqués par deux sucres. Je ne mélangeais malheureusement jamais édulcorant et caféine...

Derrière le comptoir de fortune recouvert de sets de papier blanc (enfin, entre deux taches liquides ou graisseuses), l'improvisée serveuse du jour nous tendit maladroitement nos gobelets fumants, accompagnés de deux croissants eux aussi polymères, servis dans une serviette d'un papier si fin qu'il eût fait pâlir d'envie les éditions de la Pléiade, et que par égarement ou contrition, nous avions ajoutés à la commande. Le tout moyennant la somme totale de huit euros – prix exorbitant - mais finalement assez logique pour autant de plastique, eu égard à la récente hausse du baril de pétrole.

Je m'apprêtais néanmoins à descendre glouton-nement cet en-cas matinal de troisième zone parce qu'obsédée, depuis la veille au soir, par l'idée de connaître la suite des aventures de Yann, je pouvais avaler n'importe quoi.

Amadeus

Les puissantes sept premières mesures de l'introduction couvrirent le pesant ronronnement du moteur. Basson, puis cors de basset. Les trombones annoncèrent alors l'entrée du chœur, qui entonnait le thème. Les basses seules, d'abord, imitées ensuite par les autres pupitres...

Rien n'était décidément plus sublime, en cette automnale nuit sans étoile, que de suivre à folle allure la lune pleine dans sa course céleste, en compagnie des augustes notes de Mozart. Le Requiem en Ré mineur se mariait si bien avec l'arrogant éclat de l'immense disque blanc, l'émotion était si pure, la correspondance si vertigineuse que l'idée de produire toute autre lumière en concurrence à ce duo nocturne était à elle seule un outrage.

Aussi, chaque fois que l'occasion se présentait, le fervent mélomane, aveuglé de poésie au volant de son break anthracite surplombé d'une galerie plate, éteignait l'artificiel halo des phares, montait le volume sonore jusqu'à ce que la musique sacrée imprègne entièrement l'habitacle plein à craquer de marchandise, pressait du pied l'accélérateur vers le plancher et filait, grisé, sur l'immense ruban de kilomètres bitumés qui reliaient la Capitale aux douceurs méditerranéennes.

En tête-à-tête, il tutoyait le clair de lune.

Une Maserati noire vint interrompre brutalement la parfaite alchimie. Eberlué, son pilote percuta avec violence le vaisseau musical surgi du néant et s'encastra dans l'arrière du break.

Comment aurait-il pu, dans l'obscurité, deviner l'invisible équipage circulant à 210 km/h tous feux éteints sur l'autoroute A7 ?

Avant de s'écraser sur la glissière de sécurité, les deux véhicules dansèrent ensemble un improbable et funeste ballet en un fracas mêlé de métal broyé et de musique classique : une symphonie de l'horreur.

Une fois n'étant pas coutume, ce soir-là, après la musique de Mozart, le silence qui suivit ne fut pas de Mozart. Dans une pause d'apocalypse, au travers de quelques mèches blondes éparses et maculées de sang, les rétines du conducteur de la Maserati aperçurent le quinconce bleu d'une ambulance sous le reflet de la lune rouge et une Vierge italienne qui lui souriait, depuis la toile crevée sur laquelle elle était peinte.

Puis, le Viking ferma les yeux.

Demain est un autre jour

Des premières semaines d'hôpital qui suivirent l'accident tragique – qui avait bien failli lui être fatal et coûté la vie à l'esthète illuminé, brocanteur de son état - Yann ne se souvenait de presque rien.

Le coma était un filtre surpuissant qui avait, pendant vingt neuf jours, maintenu le Viking connecté au sous-sol de la vie, à l'aide d'innombrables tubes translucides, eux-mêmes reliés à une étonnante technologie de diodes et courbes multicolores qui oscillaient sans relâche pour le maintenir en vie.

Entre deux eaux, le Viking dérivait en rêve sur des mers clémentes qu'il n'arrivait pas à surfer, rythmées en sourdine par un battement lointain.

Ca et là, pourtant, jour après jour, comme le flux et le reflux de l'Océan qui lui était si familier, des paroles frêles l'avaient lentement tiré vers le bord, ramené à la surface de l'existence. « Tu vas voir…ça va aller…je suis là…je t'attends, Papa… ». Et les quatre ans de Chloé avaient fini par avoir raison : un jour, Papa avait rouvert les yeux.

« Bonjour ma grande » avait dit le Viking avec la voix un peu éraillée de ceux qui ont perdu l'habitude de parler. « Bonjour Papa. Je savais que tu reviendrais, t'étais pas loin ! » avait répondu l'elfe blond. Les deux êtres qu'un fil ténu, imperceptible, presque magique, avait maintenus en connexion se fixaient en souriant.

Pour autant, le miraculé du clair de lune n'était pas encore sorti d'affaire. La liste des casses anatomiques du funboarder faisait figure de catalogue : fracture de la clavicule, fracture cheville, tibia et péroné gauches, fracture bras et poignet droits, l'ensemble couronné par une entorse de l'épaule gauche. Hormis les considérables dépenses de plâtre, clous, vis et heures de chirurgie qu'avaient engendrée la minutieuse réparation générale de Yann, il n'y avait rien de vraiment dramatique...sauf pour la saison du PWA.

De ce côté là, plus rien à espérer, aucune chance de pouvoir glisser les pieds dans les straps d'un flotteur pour le début du Tour. Pas même pour celui de l'année suivante, ni, du reste, pour aucune des années à venir : le champion avait bientôt 35 ans. Le requiem en Ré mineur, ultime opus de Mozart, venait, cruelle correspondance, de sonner le glas de la carrière véliplanchiste du Viking.

Celui-ci allait devoir, pour la première fois depuis plus de dix ans, consacrer printemps puis été à la rééducation scrupuleuse et intensive de ses membres affaiblis. L'hôpital devint le théâtre de son challenge, médecins, kinés et osthéos, des coachs d'un genre nouveau. Le tumulte des flots fit place à la régularité d'un tapis de running. La clim aseptisée remplaça le vent qui lui avait tant cinglé le visage. Lui qui n'avait jamais rechigné devant l'effort, dans la mesure où il conduisait au but visé, vécut alors les heures les plus longues de son existence. Yann se sentait diminué et inutile.

Tout était compliqué : se mouvoir, manger, se laver, se brosser les dents, aller pisser...Tous les gestes qu'ils faisaient depuis toujours sans réfléchir étaient devenus un programme de haut niveau qui demandait préparation. Même lorsqu'il put enfin sortir de sa chambre d'hôpital, le simple fait de ne pouvoir se déplacer autrement qu'en clopinant sur des béquilles était moralement insupportable. Il avait envie de tout planter et faillit lâcher vingt fois. Vingt fois le profond azur du regard de Chloé le remit en selle pour affronter le défi le plus ardu qui fût : gagner une course avec lui-même pour adversaire.

Au bout de cinq mois, dix-sept jours, six heures et trente huit minutes, son supplice prit fin. Il put respirer un air sans désinfectant et regarder un paysage définitivement débarrassé de blouses blanches. L'interminable rééducation était terminée. De retour chez lui, le viking remisa à la cave, avec un pincement diffus au coeur, les deux étais métalliques qui avaient accompagné de cliquetis chacun de ses pas au cours des derniers mois.

Il y avait juste un « hic » derrière le mot avenir qu'il avait peine à prononcer : qu'allait-il faire maintenant ? Quel pouvait bien être le futur d'un ex-champion de windsurf qui, en tirant sa révérence aux fougueux flots argentés, avait du même coup enterré ses rêves? Si wishbone, voiles, courants marins, houle et force du vent n'avaient aucun secret pour lui, que savait-il faire d'autre? Et quand bien même, d'ailleurs, un baccalauréat vieux de quinze ans et empoché à l'arrachée suivi d'une vague année de fac de communication aurait encore pu lui servir à quelque chose, de quoi avait-il envie, à part de sentir sous ses pieds le contact ferme et râpeux d'un flotteur de planche?

Roulette landaise

Le regard plaqué sur les enfants qui tentaient de dompter la houle au loin, j'avais écouté Yann, sans rien dire. Je froissai mon gobelet vide dans un craquement synthétique et le jetai pensivement dans la poubelle, émue par ses dernières paroles. Le viking avait donc perdu ses mers... J'étais interloquée et perplexe. Je l'avais toujours vu comme une sorte de mythe indestructible. Lui qui, au cours de sa carrière, n'avait jamais raté le départ d'une course ou manqué un podium, avait chu de manière irréversible pour quelques notes de musique égarées par un fou.

J'avais la sensation de le voir pour la première fois. Derrière le visage fin, impassible, marqué de quelques rides fières, sous le sourire éclatant de vitalité, poignait une sorte de tristesse empreinte d'émotion. Je découvrais un Yann sensible, avec quelque chose de cassé.

Simplement un humain, en fait.

Je commandai un autre café, qui s'avéra aussi imbuvable que le premier, cette fois assorti d'un Vittel dans l'espoir d'effacer la touche prégnante d'amertume, la dernière gorgée avalée. Le Viking s'abstint, se contentant d'une gorgée de mon eau. J'allumai une cigarette, prenant soin d'exhaler la fumée loin de lui. Il me gratifia en retour d'un regard en forme de réprimande.

–Oui, je sais. Il faudrait que j'arrête…répondis-je à son silence.

–Je n'ai rien dit… remarqua-t-il d'un air narquois.

–Alors disons que tu penses fort, suffisamment pour que j'ai entendu, rétorquai-je.

Une bise mouillée, d'un Perceval essoufflé, claqua sur ma joue sèche et nous sortit subitement de notre bulle.

–T'aurais au moins dû venir mettre les pieds dans l'eau, Mam. C'était top ! Ben, on peut y aller, après, si tu veux. Le temps qu'on se sèche, on se change vite fait et c'est bon.

La pendule Coca, rouge, blanche et rouille, accrochée de travers au fond du bar de fortune, affichait 12h40. Il était en effet temps de partir si on voulait éviter les embouteillages à l'entrée de Paris. A moins de manger un morceau avant de prendre la route. Ou de ne jamais la prendre. J'aurais pu rester encore des heures, debout, les pieds dans le sable, le coude collé sur le comptoir fané et poisseux, à écouter le Viking ou le regarder ne rien dire. La raison me rappela aussi que toutes les bonnes choses avaient une fin.

–OK ! Dans trente minutes, on est parti, lâchai-je avec un entrain le moins factice possible.

Le viking sourit timidement, pas trop dupe. Tandis que les enfants se frictionnaient avant d'enfiler leur jean à la hâte, râlant un peu contre les désagréables grains de sable restés sur leurs membres légèrement humides, j'embrassai Enzo et Chloé, les remerciai pour leur accueil, puis gardai ma dernière bise pour la fin. La meilleure.

Sur la pointe des pieds, je déposai tendrement une bise faussement pudique sur la joue du Viking qui s'apprêtait, un peu hésitant, à retourner naviguer vers d'autres flots. Je tournai les talons et me dirigeai nonchalamment vers le parking, au bout du sentier, ma paire de baskets se balançant au bout du bras. Tant que j'avais les pieds dans le sable, leur nudité me reliait encore, grain par grain, aux pieds nus du Viking, comme par la magie d'une électricité minérale. Un dernier regard par dessus mon épaule, accompagné d'un geste de la main. Yann disparut derrière les buissons qui marquaient l'accès à la plage.

Je n'avais concouru à aucune des compétitions que nous avions vues au cours de ces deux jours dans les Landes. Pourtant, sourire aux lèvres, au fond de ma poche de jean, je serrais la plus jolie des médailles. Dix chiffres alignés sur un papier plié en quatre. Dix chiffres qui n'étaient pas ceux du Loto mais que j'espérais gagnants : le mobile de Yann, échangé contre le numéro du mien, pour la première fois.

Qui allait appeler l'autre en premier ? Non. La vraie question, c'était : allait-il m'appeler ?

Tête de gondole

Les deux portables posés dans le vide poche, à l'avant de la Mercedes, n'avaient de cesse de vibrer puis de biper. Louis ne décrochait quasiment jamais et uniquement après avoir vérifié l'identité de l'appelant. Rien d'essentiel, jusque là. Il écouterait l'ensemble des messages plus tard. Bien sûr, ça prendrait un moment pour faire le tri. Toujours trois ou quatre rabatteurs qui vous appelaient pour des clopinettes, dans le tas. Pourtant pas si compliqué de piger le genre de came pour lequel Louis acceptait de faire un peu de bagnole. Malgré tout, il y en avait toujours qui te pompaient l'air pour dix croix en ferraille braquées dans un cimetière. Fiers d'eux, en plus, les cons.

A cause de ça, Louis devait régulièrement changer le numéro du portable B. B pour Baltringues. Seuls les « élus », qui avaient montré patte blanche et prouvé leur fidélité sans bornes, avaient accès au premier numéro. Un numéro de téléphone, ça pouvait se refiler en deux secondes à n'importe qui. Pire qu'un virus. Mieux valait donc éviter que ce soit un poulet qui l'attrape. La grippe aviaire avait souvent fait de copieux dégâts, dans le métier. Les autres, le tout venant, le gars pas bien clair qui avait de temps à autre un truc pas trop bête à fourguer, devaient composer le numéro B. Sur celui-là, Louis faisait le ménage, régulièrement. Une fois le coup de balai passé dans son répertoire téléphonique, il avertissait seulement la liste subsistante de ses nouvelles coordonnées. Pas d'abonnement. Payé en fraîche. Rien de traçable. Cela représentait un peu de boulot, deux ou trois fois par an, mais permettait de se tenir à l'écart des branquignoles et des bavards qui eurent risqué de faire un faux pas ou envie de se mettre à table, un jour pas fait comme un autre.

Il faudrait consulter les cinq comptes de messagerie mail, sur l'ordinateur, aussi. Pas un qui fût à son nom. La multiplication d'identité en toute tranquillité, ça faisait partie de la magie de l'informatique. Gratuit, discret, accessible de n'importe quel endroit de la planète. Bref, ultra pratique. Ca autorisait une segmentation de marché efficace, aussi, avec un blaze qui passe bien en fonction des régions. Un breton, tu lui balançais du « Le Hénaff » pour se présenter, avant de lui parler de son semainier, tout de suite, il avait l'oreille plus attentive. Ca sonnait le contrat de confiance, comme chez Darty. C'était en outre nettement plus commode que de se trimballer avec une kyrielle de cartes de visite bidon, ainsi qu'il y avait été contraint avant que les dieux de l'informatique international ne se penchent activement sur la question des adresses virtuelles. Concept révolutionnaire, à n'en pas douter.

En attendant, Gianni n'avait toujours pas appelé. Il commençait à devenir franchement pénible, celui-là. Il lui restait dix heures, avant que Louis ne monte vraiment dans les tours. Déjà suffisamment compliqué de gérer les affaires pour ne pas s'embarrasser avec des lieutenants qui partaient en vrille. Si l'autre ne redressait pas très rapidement la barre, Louis devrait donner dans la coupe sombre. Très sombre.

Cyclones

Feu rouge et rapide coup d'oeil dans le rétro. Sur la banquette arrière, Avril et Perceval s'étaient écroulés au bout d'une poignée de kilomètres. Nous avions fait un saut à la boulangerie, avant de mettre le cap sur l'autoroute, pour faire le plein de viennoiseries en guise de pique-nique, puis avions roulé presque sans arrêt jusqu'à Paris.

Le jour sombrait lentement avant de se noyer sur la Seine. Il était déjà 20h. Le ciel avait tourné à l'orage. Je regardai les premières gouttes rondes claquer en un son mat sur le pare-brise, puis s'étirer en lignes minces et fluides le long du verre comme autant de larmes sur la joue, se tordre doucement, mourir le long du renflement moelleux de caoutchouc noir et laisser enfin place à la course vaine de la goutte suivante.

Happée par la vision kaléïdoscopique de la ville sous l'averse, je songeai aux heures sidérantes que je venais de vivre. Je n'aimais pas la pluie. A fortiori lorsque j'étais en voiture. Non pas pour l'aspect météorologique des choses, mais simplement parce les gouttes mettaient cruellement en valeur la vitre sur laquelle elles s'écrasaient. La vitre, toujours la vitre. Malgré les douces images de ma journée en tête, la vitre me ramena au jour où ma vie avait basculé.

J'avais jusque là traversé les années sans incident majeur, vu de l'extérieur : enfance choyée, jolies études, métier sur mesure, finances suffisantes pour pallier à la majorité de mes envies – tant que l'on restait dans une mesure raisonnable, une vaste maison à l'abri d'un jardin verdoyant, un grand catalogue de potes – dont certains étaient devenus des amis, du moins avais-je alors la naïveté de le croire, un mari épousé à la sauvette entre deux témoins dans l'euphorie d'un matin d'été, une voiture rutilante, une paire de poissons rouges et, cerises sur le gâteau, deux enfants splendides, aimants et intelligents. Bref, j'avais tout ce que l'on pouvait souhaiter avoir ou presque. Seule ombre à cet idyllique parcours que chacun eût rêvé d'accomplir identiquement sans faute : je m'ennuyais à mourir. Et la plaisanterie durait finalement depuis plus d'un quart de siècle.

Si les premières années de vie commune avaient été joyeuses, au côté d'un homme drôle et attentionné qui savait à la fois être un ami et un amant, l'habitude avait insidieusement pris la place de l'amour. Un jour, j'avais fini par faire partie des meubles. Comme il y avait un coussin bleu sur la chaise, une lampe sur la console en acajou et un chêne dans le jardin, il y aurait toujours Morgane dans la maison, parce que c'était l'ordre rassurant des choses et que c'était bien comme ça. Il semblait désormais que je fus la seule à refuser de m'engluer dans la toxique et confortable pesanteur du quotidien.

Perceval puis Avril avaient émaillé le jour de touches fraîches, dynamiques et enjouées. Pour autant, cela n'avait rien changé. Plus la vie avançait, plus j'avais le sentiment diffus de ne pas coller au paysage. J'avais envie de projets, d'imprévu, de nouveauté, de hardiesse, d'impétuosité, de folie, de feux d'artifice, de danger. La précision millimétrée du mariage, rôle dans lequel je m'étais glissée avec talent, me collait à la peau au point de l'allergie. Mon oubli volontaire d'achat de pain ou de sortir les poubelles au jour convenu constituait à peu de choses près mes seules misérables rébellions à l'ordre institutionnel. J'avais, en fin de compte, depuis quarante ans, fait globalement tout ce que l'on attendait de moi, je m'étais fondu dans le moule et y étais très à l'étroit. Prise au piège dans une toile tissée patiemment de mes mains...

A coups de post-it multicolores et de listes à rallonge, je continuais d'écrire des bribes de vie que j'espérais en vrai, en grand, en majuscules. Parce qu'avec Avril et Perceval pour tout système solaire, si je ne rêvais plus pour moi depuis bien longtemps, au moins leur devais-je de rêver pour eux....

J'avais l'intime conviction qu'il y avait une pièce de trop sur l'échiquier. Mais que faire? Comment expliquer l'incompréhensible évidence de cet échec et pat?

J'imaginais déjà les reproches de certains, envisageais sans peine l'incompréhension garantie de tous :

« T'es dingue, t'as tout ! C'est quoi ton problème ! ? »

... Pour répondre quoi ? « Oui, c'est vrai...On peut voir ça comme ça...Mon problème, comment vous dire.... C'est que... Voilà, c'est ça, en fait, le truc... c'est que je me fais... terriblement... CHIER, en fait ». Regards forcément atterrés de mon auditoire. Consécutivement à prévoir un flot superflu de conseils bienveillants. Non, définitivement, la scène était injouable.

J'avais donc lâchement mis mon existence en veilleuse. Même si, depuis un moment déjà, toutes les belles choses s'étaient tues, la poésie et les discussions philosophiques commuées en un brouillon verbal d'injures, d'errances. Même si, dans ses yeux, je lisais que j'étais devenue la pire des choses sur Terre, bonne à rien, mauvaise en tout. Le genre de choses qu'à force d'entendre, on finit par croire, j'imagine. Malgré tout, j'étais restée, il y avait les enfants. Résignée. Jusqu'à ce soir-là.

Ce soir où la comédie en métronome donna sa dernière représentation. Un soir d'automne. Debout dans le salon, plongée dans d'improbables songes conjointement au pliage méthodique des milliers de chaussettes de ma tribu semblait-il myriapode, je contemplais au dehors la pluvieuse froidure de Novembre. Le cadran de ma Swatch métal indiquait 21h.

Après un furtif couinement de portail, sitôt suivi de son lourd claquement ferreux, j'aperçus alors le fantôme de mari idéal tituber vers la porte de l'entrée, faisant craquer les feuilles mortes de l'allée sous ses pas incertains. Les hésitations métalliques de la grosse clé en laiton qui essayait en vain de faire basculer le pêne de la serrure, confirmèrent ma crainte. La pseudo image d'Epinal était ivre, voire furieusement bourrée, une fois encore. La mine grise, les traits tirés, hagard, il avait fini par entrer sans un bonjour et jeté sa sacoche vers le canapé. Tir mal ajusté. La sacoche ouverte s'écrasa sèchement sur le parquet, déversant une flopée de documents qui s'éparpillèrent en vrac, suivie d'un lot d'injures au milieu desquelles je perçus mon prénom. Répondant à l'agression injustifiée, je demandai quelques légitimes explications. Je ne vis pas arriver la claque sur ma joue gauche, pas plus que le poing sur la pommette opposée.

Dans un brouillard d'incompréhension, bras ballants, je réalisai que mon mari était prosaïquement en train de me casser la figure. Je réalisai du même coup que je n'avais jamais envisagé que mes longues heures d'entraînement martial eussent un jour pu être destinées à me défendre contre celui qui partageait mes nuits et plus généralement ma vie depuis quinze ans. J'étais mortifiée. Bloquée sur les marches de l'escalier qui montaient aux chambres des enfants, muette sous les coups, je pensai que, par bonheur, Avril et Perceval étaient en train de faire la fête, invités à passer la nuit chez des copains. En étaient-ils à plonger les doigts dans un grand bol de chips en discutant de tout de rien, ou leurs rires si sonores éclataient-ils déjà derrière une console de jeu ? Peut-être venaient-ils de gagner une épreuve de saut à ski. Perceval excellait en saut à ski sur la console. Le marronnier griffait la nuit de ses branches sans feuilles, dans le jardin. C'était majestueux. Je pensai à la route de la plage qui mène jusqu'à l'Océan, entre les pins. Je pensai à mon premier jour de maternelle, au chemin de forêt qui y menait sous les charmilles. Cette odeur de mousse et de champignons. Ma blouse avec mon prénom en cursives. Les petits déjeuners que je refusais systématiquement d'avaler. Mon lapin borgne en peluche. Le téléphone en plastique rouge sur le tapis blanc. Les coups pleuvaient toujours. Les phares des voitures balayaient de jaune le ciel sombre en passant au carrefour. Un air de Stan Getz distillait des notes bleues au loin. Les notes s'estompaient sur la nuit. L'air me manquait, j'avais l'impression de flotter, je voyais les coups s'abattre sans voir, ne sentais plus rien. C'était presque doux.

Le son d'un troublant « je vais te buter salope », confirmé par les deux mains nerveuses qui enserraient à présent fortement ma gorge, me ramena violemment à la réalité. Les regards clairs de Perceval et Avril me traversèrent l'esprit, comme un appel. Si je voulais voir le soleil se lever de nouveau avec eux, je devais remonter sur le ring. Pas le choix. Instinctivement et avec l'énergie du désespoir, je fermai le poing et assénai une droite au visage du père de mes enfants. L'éclair de folie que je vis passer dans ses yeux à cet instant me fit frissonner. Je ne l'oublierais jamais.

Trois heures et deux coups de fil plus tard, avec la nuit pour témoin, je quittai ma maison. Sous les lueurs des girophares, sans le savoir encore, je venais aussi de quitter ma vie. Je vivais dans un monde tiré au cordeau où l'excellence était un minimum. En quelques secondes et pour rien, je devins un « cas social ».

Un spécimen, un truc que l'on regardait de loin, ou de près, qui intéressait, qui intriguait comme une maladie honteuse, un phénomène de foire dont la plupart oubliait qu'il était aussi une femme et accessoirement une mère. Les trente-six mois qui suivirent furent un désert. Je sonnai à toutes les portes – à celles des inutiles associations chargées d'empathies, aux portes aussi de ceux dont beaucoup oublièrent qu'ils étaient des amis, à celles des administrations neutres, à celle des parents qui fort heureusement s'ouvrit. J'usai de nombreuses fois les mélaminés gris des bureaux de police du commissariat, qui devint un peu ma deuxième maison. J'hurlai ma détresse dans les hôpitaux pour dire le danger, puis à la barre des tribunaux pour dire ma peur. Partout, on consigna scrupuleusement chaque mot. Partout, on demanda de répéter les mêmes paroles. Partout, on expliqua qu'on ne pouvait rien faire. Partout, on confirma que l'alcoolisme était une maladie, peut-être la pire de toutes. Partout, on me confirma que j'étais dans une belle merde. Et partout, je signai en bas à gauche comme pour en attester.

Pour autant, je ne lâchai rien.

Une maison perdue et deux procès gagnés plus tard, avec un bon job pour handicap car il fermait les portes de toute aide sociale, le divorce fut enfin prononcé. Je m'étais, pour mon quarantième anniversaire, offert un cadeau que j'avais payé cher parce qu'il n'avait pas de prix. C'était il y a six ans, déjà.

Un cadeau sans emballage, ni bristol, ni ruban : la liberté.

Poker

Coup de klaxon. Le feu passé au vert, la voiture derrière la mienne s'impatientait. J'essuyai du revers de la main une perle salée suspendue à mes cils. Je confiai à l'essuie-glace le soin de balayer les gouttes du pare-brise. Je calai mon pied gauche sur la pédale d'embrayage et enclenchai la première. Le souvenir de ces heures intolérables ne répondait pas pour autant à ma question initiale... Le Viking allait-il m'appeler ? Avais-je été la seule à croire qu'il pourrait y avoir une suite au premier épisode?

Consécutivement à une bonne heure d'embouteillages, voiture garée, enfants réveillés et porte de notre ravissant-trois-pièces-nogentais-terrasse-tout-confort-bords-de-Marne-vingt-ans-de-crédit ouverte, je me précipitai sur mon portable. Incapable d'attendre un éventuel appel, je me lançai en toute impatience dans la rédaction d'un sms faussement sibyllin. Au bout de cinq brouillons non satisfaisants et dix minutes plus tard, j'optai pour un succinct :

« Hello, b1 rtrée. Soirée cool. Et toi ? Pas trop ftgué ? A b1tôt. Biz. M. ».

Je fouillai prestement le fond de ma poche et en tirai le précieux bout de papier précédemment plié à la hâte. Je recopiai soigneusement les dix chiffres griffonnés sur le clavier de mon téléphone, vérifiai trois fois ma copie, enregistrai l'ensemble sous le nom de « Viking » et appuyai en frémissant sur la touche « envoyer ». Mon sort désormais laissé aux prouesses de ce petit bijou de technologie miniaturisée, glissé à l'arrière de mon jean, je filai vers la cuisine.

Tandis que je jetais rapidement quelques poignées de farfalles dans une casserole d'eau bouillante, pour parer au plus pressé et satisfaire l'appétit vorace des enfants épuisés, je sentis ma fesse gauche s'animer d'une vibration familière. Je lâchai immédiatement la pincée de sel censée rehausser la saveur de mes pâtes sans sauce et attrapai mon portable.

L'écran indiquait « 1 nouveau message ». Après avoir effleuré l'écran tactile pour en connaître l'auteur, je vis fébrilement apparaître le mot « Viking ». Incrédule, je pressai la touche pour lire le contenu du message.

« Chloé & Enzo ravis. B1 rtrée ? Moi très excité. A B1tôt à Paris. Bisous. Humm...Y. ».

Devant la dizaine de mots alignés, telle une écolière de cours préparatoire qui déchiffre pour la première fois, j'étais aussi heureuse que si j'avais planté mon drapeau sur l'Everest. Après avoir précautionneusement remis le divin outil en place, j'appelai les enfants pour le dîner. Je dévorai mon assiette de pâtes sous les yeux assez interloqués d'Avril et Perceval, tous deux ravis de me voir d'humeur si enjouée devant notre repas fort approximatif. Même mon mémorable dîner d'anniversaire chez Taillevent, cinq ans plus tôt ne m'avait pas semblé aussi savoureux...

Quelques trente minutes plus tard, les enfants, repus et heureux, retrouvaient les bras de Morphée, abandonnée plus tôt dans la voiture. Quatre heures plus tard, après avoir compté un par un tous les moutons de la planète et leurs bergers par la même occasion, je ne dormais, quant à moi, toujours pas. En fait de calcul moutonnier planétaire, j'avais surtout repensé en boucle et par le menu aux deux jours qui venaient de s'écouler et relu une bonne vingtaine de fois le message virtuel pour m'assurer de son existence. Des fois qu'il ait disparu entre deux consultations espacées de moins de trente secondes...

Je souris à la seule évocation de la journée du lendemain, échafaudant l'un après l'autre les prétextes les plus improbables pour appeler Yann. N'ayant pas réussi à choisir l'excuse adéquate et arguant du dicton que la nuit portait conseil, je finis par glisser dans le sommeil à mon tour. Mon radio réveil, affichant 6h30, sonna douloureusement deux heures après.

Pralines flamandes

Déjà une heure quarante cinq que Gianni roulait. Ca avait été sacrément dur de se mettre un coup de pied au cul pour s'arracher du pieu, à 3h du mat. Il avait dû dormir trois plombes, au max. Et encore, dormir était un bien grand mot. En fait, si, il avait dormi comme un bébé : sommeil agité et réveil en sursaut toutes les deux heures, avec une envie de chialer.

Mais Louis avait été suffisamment clair et pas question de tergiverser cette fois. Il y avait un ton, quand Louis te parlait, qui t'indiquait que la suite était non négociable. Fallait bien écouter, saisir la subtilité, la légère inflexion de voix qui t'expliquait que le mieux, c'était d'être d'accord. Un coup, à la radio, Gianni avait entendu un truc comme ça. Un mec qui disait qu'il était expert en « langues zoos » et qui expliquait qu'en Chinois, tout était dans le ton. Il avait trouvé ça un peu étrange, sur le moment, cette histoire de zoo, puis s'était dit que ça devait sûrement être son côté animal, à Louis, qui le rapprochait de Pékin, parce qu'avec lui, c'était pile poil la même, tout était dans le ton. Depuis vingt cinq piges, ceux qu'avaient pas eu le sens de la nuance pouvaient en témoigner – enfin, du haut des cieux et dans la mesure où on croisait les doigts pour qu'il existât un Paradis des voleurs.

Rien que d'y penser, Gianni en avait mal au bide... Devoir se séparer de son tableau, son sublime paysage d'hiver... Presque identique à l'autre, avec les personnages et tout le toutim, mais sous la neige. Une seule fois, il l'avait vue sous la neige, en vrai, sa Toscane. Il devait avoir huit ou neuf ans et s'en souvenait comme si c'était hier. Pas juste quelques flocons qui te tombaient sur le bout du nez. Non, le vrai manteau blanc, comme dans les films, recouvrant les toits d'habitude gorgés de soleil, et les champs, jusqu'où l'oeil pouvait voir. C'était un truc qui arrivait une fois tous les cent ans, les siècles où on avait de la chance. Gianni se voyait encore, ce matin là, sortir en trombe de la bicoque des parents, éberlué par la magie des rangées d'oliviers immaculés, pieds nus dans des pompes montantes trop grandes dont le cuir décoloré et déformé rappelait que des quatre frangins, c'était lui le plus jeune. Putain, qu'est-ce que c'était beau, la Toscane sous la neige !...

Alors, le jour où ils avaient braqué le « Château », comme ils disaient, et que Gianni était tombé sur la paire de toiles, ça avait été une évidence, un signe du destin. Et du coup, les toiles, ils les avaient gardées parce que ça pouvait pas être juste le hasard qui les avait foutues là. La Toscane était pour lui. Les autres avaient pas mal gueulé, sur le coup. Mais avec toute la came qu'il y avait à fourguer et après qu'ils se soient mis chacun un bout de came de côté, à vendre en solo, Gianni avait réussi à faire passer la pilule. « Faites pas chier, les gars, jé les garde jouste un peu sous lé coude et jé les colle au réfile. On n'est pas un bout près, merde ! » avait-il alors asséné à ses acolytes pour les convaincre, tout en pensant que l'hiver d'après, de toute façon, il avait prévu de retourner définitivement au pays. Ca ferait comme qui dirait son cadeau d'adieu.

Sauf que Gianni était resté, va savoir pourquoi. Et qu'il avait toujours conservé les tableaux. Enfin, un des deux. Le premier, la vue d'hiver. L'autre, il avait dû s'en séparer. Ca devait faire pas loin de quinze ans, maintenant. Un jour que Louis avait beuglé, en apercevant la toile chez Gianni. Un de ces jours où on ne négociait pas les ordres. La mort dans l'âme, Gianni avait fini par le vendre pour une poignée de cerises sur un trottoir de brocante, en se faisant passer pour un partic', au trou du cul d'un bled de province. Parce qu'on ne faisait pas de bénéf sur la Toscane. Elle n'avait pas de prix. Et puis la minette à qui il avait bazardé la toile n'avait pas l'air d'y connaître grand chose mais avait eu cette étincelle dans le regard, quand elle avait vu le tableau. Elle méritait la Toscane.

A présent, c'était au tour de l'autre. Trop chaud de balancer ça en France. La cote du peintre avait sacrément grimpé en quinze piges et ressortir ça à Saint-Ouen ou Paris n'était plus envisageable. Ca aurait pu vite tourner au grabuge. Alors Gianni avait passé quelques coups de fil, emprunté une petite bagnole discrète (sans galerie plate pour ne pas trahir son appartenance à la brocante) et roulait maintenant en direction de la frontière belge. Deux heures trente qu'il avait dépassé Lille, passant inaperçu dans le flot de ceux qui partaient au boulot en périphérie. Même avec l'Europe, fallait faire gaffe à la Volante et à la BRB. Y'en a plus d'un qui s'était fait serrer connement par manque de prudence. Maintenant, ça devrait aller sans problème. Il restait seulement un petit cinquante bornes mi nationale, mi-routes de campagne, pour arriver près de Maastricht, à la frontière néerlandaise.

Pas la première fois qu'il faisait le chemin jusqu'à Tongres pour aller voir ces cons de marchands belges. Côté humain, ils n'étaient pas vraiment ce qu'il se faisait de plus sympathique. En même temps, à bouffer de l'anguille grillée et des frites à l'année, sous un ciel gris et en se caillant les meules, ça pouvait pas rendre jovial. Côté came, en revanche, le moins qu'on puisse dire, c'est qu'ils assuraient grave. Tu voulais, tu trouvais, chez les Belges. A se demander comment ils faisaient pour dégoter autant de bons trucs. Enfin, pour certains, on avait quand même bien une petite idée. Après il suffisait de savoir comment t'avais prévu de faire tes courses. En gros, il y en avait pour tous les goûts.

D'un côté, les luxueuses boutiques de Tongeren Centrum, dégueulant d'antiquités clinquantes. Cà, c'était juste la vitrine pour faire frétiller les Américains ou les

Australiens qui se déplaçaient du bout de la Terre, histoire de chiner exotique et de pouvoir étaler leurs aventures aux clients, de retour à Dallas ou à Sydney. La même came qu'à Saint Ouen mais plus chère, en fait, et servie sur café allongé à la pisse et biscuit à la cannelle. Plus un billet à sortir pour le transport de tout le merdier jusqu'à Paris.

De l'autre côté, t'avait le top du top : les brocs' avec lesquels Gianni bossait. Mais là, fallait pas s'attendre à du chonchon et aucun GPS pouvait t'y amener. On devait s'éloigner du centre ville, se taper les chemins de traverse et avoir un minimum de flair. De l'extérieur, le moins qu'on pouvait dire, c'est que l'endroit ne payait jamais de mine. Et pour ce qui est du flair, il fallait vraiment être motivé pour sortir de sa caisse et affronter, en général sous des trombes de flotte, les insoutenables pestilences des hangars à cochons. Impossible de deviner que derrière les tôles ondulées qui abritaient les soues, une fois passées une ou deux portes de ferraille rouillée, se tenaient des halls bourrés à craquer de marchandise dans leur jus, éclairés à la lueur approximative de néons blafards. Là, des rangées entières de commodes tombeaux, de vitrines liégeoises, bureaux de pente en marqueterie et autres armoires somptueuses, alignés les uns derrière les autres. En général, tout au fond, y'avait aussi une petite pièce, fermée à clé celle-ci, dans laquelle attendaient sagement, le plus souvent à même le sol (carrelé dans le meilleur des cas),   petits bronzes

XVIIIème, garnitures de cheminée en argent massif, christs en ivoire, statues de marbre blanc, tableaux tous formats et porcelaines de Sèvres ou de Meissen. La Caverne d'Ali Baba, à côté, c'était la supérette du rebeu du coin.

En revanche, à la différence des antiquaires du centre, ils prenaient pas la Visa. T'avais intérêt à être passé d'abord au distributeur pour prendre de la fraîche – enfin au distributeur, façon de parler. Le DAB, ça a jamais été fait pour cracher cent mille. Après, tu pouvais remplir ton caddy en deux temps trois mouvements. La seule question à éviter de poser - on connaissait à peu près la réponse, c'était d'où ça venait. Et si t'avais des choses à vendre un peu discrètement, à condition d'être raisonnable sur le tarif, parce qu'on était pas chez Sotheby's, même si des fois, les clients étaient les mêmes, y'avait moyen de moyenner.

Avant d'entrer dans la cour de ferme, Gianni jeta machinalement un œil dans le rétro pour s'assurer qu'il n'avait personne de collé au train – « prudence... » comme aurait dit Anton, s'il avait été encore là. Il gara la Clio blanche le long du sentier boueux, serra le frein à main et sortit sous la pluie. Après avoir claqué le coffre, il se dirigea vers le hangar, sa Toscane sous le bras, enveloppée dans un tour de kraft pour son dernier voyage avec Gianni.

Sur le retour, il ferait un crochet par Bruxelles, pour se changer les idées, du côté de la Maison du chocolat. Le belge, pour le coup, c'était son préféré.

American paradis

Je repoussai mon réveil de dix minutes, pour gratter encore quelques instants de quiétude moelleuse, épuisée à la seule idée de devoir m'extraire de ma couette.

Etre « acheteuse d'antiquités » impliquait de se lever tôt, et pas du pied gauche. La boîte qui parvenait à me tirer du sommeil à la même heure que les oiseaux, aux premières lueurs du jour s'appelait « Treasures Inc. ». Elle était basée à San Francisco, Californie. Spécialisée dans l'architecture d'intérieur et le commerce d'antiquités. Les deux associés de « Treasures Inc » avaient un incroyable talent à fourguer de la maison « clé en main » aux golden-boys et self made men qui n'avaient pas de temps à consacrer aux virgules. Une fois leur demeure de plusieurs millions de dollars choisie sur catalogue – suivant les conseils avisés de leur très récent ami, agent immobilier – les clients prospères et pressés passaient le relais à Treasures Inc. qui s'occupait du reste : conception des pièces, boiseries, mobilier, tentures, sols, tableaux, sculptures, fleurs artificielles et jusqu'à la bonbonnière en cristal Baccarat XIXème qui viendrait agrémenter la table de nuit, à côté de la lampe en

Limoges, toutes deux dénichées par « Treasures Inc », of course. Après le brillant passage des deux associés, seuls restaient à amener brosse à dents, paillasson et portrait des ancêtres, qui, avec un peu d'insistance, pouvaient également être fournis sur commande, cadres inclus.

Notre collaboration avait débuté vingt ans plus tôt.

Fraîchement débarquée sur le continent américain pour mes études, j'avais atterri, par hasard et pour une douzaine de semaines, au sein de Treasures Inc. Au milieu du gigantesque écrin qui renfermait meubles de tous âges, bibelots clinquants et tentures soyeuses, j'avais trouvé deux frères toniques et souriants, capables de vendre à l'Amérique entière la mer et ses poissons. Incidemment, j'avais découvert ma vocation.

Grisée par le dynamisme quotidien qui avait fui depuis belle lurette la vieille Europe, j'appris à distinguer, au fil des heures et en plein pays profane du tourbillon des siècles passés, la parfaite maîtrise des assemblages de bois précieux alliés à l'incomparable galbe d'un siège Louis XV, j'appris à reconnaître les veines profondes d'un palissandre de Rio, à deviner le bronze sous la patine du temps, à apprécier le reflet d'un vernis. En quelques semaines, je sus que les antiquités allaient devenir ma dope. Cela tombait bien : les deux frangins recherchaient une « addict » qui soit en mesure de leur fournir à l'année les pièces convoitées par leur riche clientèle. Après avoir ingurgité avec rigueur et application, dans le temps qu'il me restait sur le sol yankee, les rudiments qui me permettraient de faire le job, je volais vers la France, confiée aux bons soins d'American Airlines, le plan des Puces de Saint Ouen et un chèque de cent mille francs en poche. Charge à moi à l'arrivée d'ouvrir un compte en banque et de partir en chasse de moutons à cinq pattes qui ressembleraient aux cinquante polaroïds glissés dans ma valise par Sam et Joe pour aide-mémoire.

Tandis que se profilait le quadrillage bitumé des premières pistes du tarmac de Charles de Gaulle, je pensais qu'il me faudrait certainement des milliers d'heures pour acquérir un peu de connaissance sur toutes ces vieilleries en circulation sur le marché. Des milliers d'heures programmées... Des milliers de flèches à aligner sur mon agenda suivies d'actions à entreprendre que je pourrais cocher sur une liste... Je ne pouvais louper pareille aubaine. Ca valait probablement le coup d'attaquer une seconde dizaine d'existence.

J'avais vingt ans, un monde s'ouvrait sous mes pieds.

Jetlag

L'étrave du bateau avait tracé un sillon éphémère pendant des milliers de miles. Depuis son départ, il y a cinq ans, le temps s'était figé en une gangue amère. Un goût de poison permanent dans la bouche. C'était à ça que ce qu'il restait de sa vie se résumait. Un foutu goût de poison.

Après le Tribunal et les six mois de tôle, Max avait refait son passeport et tracé en direction de la mer. Méditerranée.

Il avait traîné à Marseille quelques jours, vidé des bières dans des bouges sans âme, acheté de l'amour à des filles sans joie, discuté avec des marins sur le Vieux port, puis filé vers Gibraltar. Un voilier qui cherchait un skipper l'attendait, il avait embarqué. Arrêt en face, à Ceuta, l'enclave espagnole en Afrique. Puis il avait largué les amarres pour des clients bourrés aux as : le Maroc, Canaries, Sénégal, Salvador de Bahia, Cayenne, Tobago, Aruba, Panama, la Colombie, les Iles marquises puis Cook, Brisbane, Darwin, le Honduras, le Bélize, Cuba, la Jamaïque.

Il s'était posé à Kingston, une paire d'années, avec un peu de tunes à dame. Avait posté une carte aux enfants, maculée de peu de mots. Il avait tourné au rhum, à l'herbe, au rythme du Reggae.

Aucune des îles paradisiaques qui filaient envie de chialer tellement c'était beau, aucune des tempêtes traversées dans le Pacifique, aucune des nanas taillées pour la baise qu'il avait caressées, n'avaient effacé sa boule au bide, sa douleur, sa haine. La dope et l'alcool n'avaient pas fait mieux.

Six mois de tôle. Une vie anéantie. Plus rien.

Tout ça à cause de cette salope, que les juges avaient écoutée.

Quand ça avait été son tour de parler, il n'avait pas dit grand chose, ne se rappelait plus bien. Souvenir très flou d'une brouille, un soir. De quelques cris, peut-être. Rien de méchant.

A cause de ça, il était parti au trou, se faire aimer à la grecque entre quatre murs qui sentaient la sueur, la pisse, la misère et la trouille.

Il lui en voulait. A mort.

Max essuya une larme et le soleil ses dernières ombres sur le sable blanc.

Il posa sa bière, leva les yeux au ciel, y chercha l'étoile du berger.

Il allait rentrer. Bientôt.

French connection

De retour à Paris, la tête pleine de rêves, j'avais repris mes études là où je les avais laissées. Avec la ferme intention de m'essayer en parallèle à mon exaltante mission. Ma formation express d'acheteuse me paraissant sommaire, je décidai d'aller jeter un oeil de près au marché de l'art avant de me jeter dans la gueule du loup.

Aussi, chaque jour, à peine ma matinée d'étudiante terminée, je fonçais dans le métro, direction Hôtel Drouot, neuvième arrondissement. J'appris rapidement et par la force des choses les rites occultes du sanctuaire parisien. Calée sur une chaise du premier rang de toutes les ventes aux enchères de meubles et objets divers, je savais à présent que le moindre signe pouvait constituer une offre. Je me gardais donc de hocher la tête ou de remettre une barrette en place, de peur de devenir instantanément l'heureuse propriétaire d'une armoire XVIIIème ou d'un tableau de maître. Je connaissais les moindres recoins du lieu, y était dorénavant reconnue par quelques marchands et commissaires priseurs, lesquels m'offraient à l'occasion, d'un sourire intrigué, le catalogue de la vente du jour. Je n'achetais rien. Je me contentais d'observer, d'écouter, de toucher, de renifler. Je notais sur un bloc de papier le prix en francs de tous les objets et pièces de mobilier qui passaient en vente, assorti d'une brève description, le relisais consciencieusement et tentais de mémoriser le résultat saugrenu, hétéroclite, à l'occasion émaillé d'un commentaire, chaque fois obtenu :

« -5 casseroles en cuivre, 120F

-1 lot de dentelles, 55F

-1 « manette ??» objets divers, 30F

-2 flacons à sel, monture argent, poinçon coq 1er titre et « bigorne ? », (faire des recherches), 75F

-3 tortues en jade (très moches), 25F

- 1 klaxon en laiton, à poire et une lanterne cassée (que peut-on en faire ?), 140F (quand même!)

-1 duchesse brisée style Louis XVI, « dans l'état » (pas pour autant brisée, juste 3 parties, drôle de nom !), 480F

-1 surtout de table métal argenté, 3 pièces, 1070F

-1 bonheur du jour (pourquoi ça s'appelait comme ça ? Quel style, chercher l'époque) en marqueterie, 1350F,

-1 garniture de cheminée Napoléon III, 950F, etc. »

Je ne me lassais pas d'entendre le chant policé des commissaires priseurs se confondre aux commentaires des marchands debout dans l'assistance.

—...Nous vous présentons maintenant un superbe buffet deux-corps en noyer, de style néo-gothique, époque fin dix-neuvième. Quelques restaurations sont à prévoir. Il a sa clé. Et nous vous proposons de commencer les enchères à ...voyons... 1800F... Et c'est un tout petit prix ! » lançait depuis l'estrade l'officier ministériel en costume-cravate, dans une pose hiératique, marteau d'ivoire en main, regard tourné vers la salle aux murs tendus de velours pourpre.

–Tu suis Jeannot, sur le Riton Nap 3? Parce que si le Patron bourre pas dans le vide, y'a un velours à prendre. L'est pas mal le bout, dans son jus, mais y'a pas de « pique-pique, chuchotait à son homologue un marchand dans mon dos.

–...Nous sommes à 1820 par Monsieur au chapeau, troisième rang...Plus par vous, ni au fond...Que fait-on? interrogeait solennellement le tribun, une main posée sur le pupitre de chêne.

Un index discrètement levé entre les bras croisés d'un antiquaire, accoudé sur un buffet le long du mur suffisait à faire grimper les enchères.

– Oui ! 1850, à ma droite, bien sûr!...Ca vaut mieux que ça, c'est un très joli modèle ! » appuyait théâtralement le maître de cérémonie.

– Fais chier ! « Tête d'ampoule » est en train de nous monter le lot. Il révise pas en plus ce con ! C'est mort, je laisse tomber, grommelait « Jeannot » derrière moi. Pas grave, y'a d'autres trucs dont un acrobate en ivoire pas idiot après. C'est pas sa came. On devrait pouvoir le rentrer, disait-il à l'autre, d'un ton rassurant.

−1850 une fois, 1850 deux fois, c'est vu à 1850 ? Adjugé à Monsieur à l'écharpe, à droite !

Et le marteau tombait en claquant sèchement sur le bois.

−Monsieur a raison, c'est un très bel achat, rajoutait Me X, dans un élan de flatterie commerciale.

Puis, n'oubliant pas que « qui paye ses dettes s'enrichit », il indiquait élégamment au commissionnaire en faction, afin que ce dernier n'omette pas d'aller récupérer un chèque auprès de l'élu : « Vous voudrez bien aller voir Monsieur » ...

Il fallut quelques mois pour décrypter les codes, pour comprendre que lorsqu'un marchand du Carré Rive Gauche ou de la célèbre rue du Faubourg Saint Honoré faisait l'acquisition, lors d'une grand messe de l'antiquité, au nez et à la barbe d'un brocanteur de Saint Ouen, d'un buffet de style Henri II mais d'époque Napoléon III, sans en discuter avant ou après avec ses collègues des Puces, ceux-ci faisaient grise mine...Surtout parce que, sachant qu'il y avait un joli bénéfice à prendre et le meuble ne présentant pas de traces de vers, il était facile de le refourguer, deux jours plus tard...à un marchand du Carré Rive Gauche, qui le vendrait à son tour, moyennant un peu de cire, d'huile de coude et un zéro de plus, à un particulier de passage – étranger de préférence, toute économie de TVA ou de facture n'étant jamais négligeable. Pas de quoi s'alarmer, c'était le jeu, surtout lorsqu'était ensuite mis en vente un intéressant christ en ivoire de facture XVIIème dont l'antiquaire précédemment évoqué n'était pas friand et pour lequel nos puciers n'auraient, pour l'acheter, pas à mener de concurrence acharnée ce jour là.

En fin d'après-midi, quand le théâtre fermait ses portes, on pouvait assister à un drôle de bal. Tandis que les salles de Drouot se vidaient rapidement dans le brouhaha et la cohue, les professionnels présents se dirigeaient comme guidés par l'instinct vers les premiers étages des cafés en face. Là, en toute confidentialité, les initiés cooptés « révisaient ». En fait, ils refaisaient la vente, entre eux, des lots que les uns avaient, d'un commun accord relatif, acquis pour les autres. Une seule et même règle : le plus offrant l'emporterait. Ou le plus malin. Parce que, comme au poker, on pouvait aussi repartir avec un paquet d'argent sans avoir rien acheté, les sommes en jeu étant ensuite réparties en fonction de la mise jusqu'à laquelle on avait osé monter. Encore fallait-il savoir s'arrêter d'enchérir au bon moment dans la mesure où on n'était pas intéressé par le lot remis en vente. Sous le signe de la stratégie, avec billets à l'effigie de Pascal en guise de jetons sur la table, le second acte commençait alors.

Après trois mois de cette picaresque comédie, je fis enfin mon entrée comme débutante au bal des Puces de Saint Ouen.

Il fallait arriver à l'heure pour son ouverture exclusive aux professionnels, le vendredi matin.

A 6h15, une fois sortie de la bouche du métro Porte de Clignancourt, tandis que je descendais la longue et lugubre avenue qui me séparait encore du Saint des Saints, je me demandais sérieusement pourquoi l'aventure avait pu me paraître si extraordinaire. Je m'étais levée à 5h, étais partie de la maison un peu groggy, après une rapide douche, sans même prendre le temps de boire un thé. Et maintenant quoi ? Il faisait nuit, il faisait froid, le vent fouettait mes joues qui débordaient pourtant à peine de l'écharpe ceinte autour de mon cou. Malgré mes gants de daim noir doublés de soie, je sentais mes doigts s'engourdir autour de la lanière de mon sac à main. Devant moi, au loin, rien. Rien que le triste spectacle du va-et-vient jaune et rouge des phares, là haut, sur le périphérique et dessous, dans l'ombre, quelques silhouettes recroquevillées puant dans leur misère.

Une fois passé le pont du périph', je sortis le plan artisanal que Joe et Sam m'avaient brièvement dessiné de l'autre côté de l'Atlantique. Je dépliai la feuille et tentai, au moyen des indications mentionnées à la main, de me situer sur le territoire. En marge des axes représentant grossièrement les rues, était inscrit, en caractères scripts typiquement anglosaxons : « *Exit at Clignancourte, Perifik North and take Rue des Rossiers . Then straight and left, rue Paul Bert, right Rue Jules Vallès. Go and see Charles, at the Usine? ? Knows us anyway* ».

Un peu désespérée à la vision d'une « rue des Rossiers » fantomatique qu'un « s » surnuméraire n'avait pas rendue plus fleurie, je me dirigeai vers la Rue Paul Bert et cherchai du regard la prochaine intersection qui devait me mener à destination. Vérifiant le nom porté sur la plaque de tôle émaillée bleue et blanche, je m'engageai à droite.

Stupeur. Là, devant moi et jusqu'au bout de la rue, entre les tours de HLM grises, s'agglutinaient l'un derrière l'autre, dans une cohue silencieuse, camionnettes et breaks, tous munis d'imposantes galeries plates surchargées de marchandise. Seuls quelques faisceaux de lampes torches, pareils à des lucioles, scandaient l'obscurité, convergeant vers le cortège bigarré. Une armée de marchands concentrés, mains dans le dos, regard rivé vers l'objet, diagnostiquait d'un coup de rétine aiguisée le contenu de chaque camion bourré jusqu'à la gueule, du moindre coffre ouvert regorgeant de caisses et de cartons. Dans la pénombre, bronzes lustrés, miroirs de Venise, commodes Napoléon III, pièces d'argenterie, huiles sur toile, tables italiennes, vasques en fonte, boîtes en marqueterie de paille ou poupées de porcelaine aux bras ballants, s'échangeaient contre une poignée de billets froissés.

J'avais le souffle coupé. Malgré les terribles effluves échappés du camion-poubelle qui tentait de se frayer un improbable chemin entre deux passants, la rue sentait la chasse au trésor. Avec les premières lueurs du jour pour escorte, tremblante, le coeur battant et les doigts gourds, je m'engouffrai à mon tour dans le ventre des Puces à l'assaut de mon Amérique, parmi les chineurs de l'ombre.

F.B.

Mon radio réveil, affichant désormais 5h30, retentit de nouveau, toujours aussi désagréablement. D'un preste revers de main, j'écrasai la voix suraigüe qui s'en échappait. J'étais peu disposée, à pareille heure en ce lundi matin, à supporter les élans nasillards d'une rescapée de la Star Ac' ou « fille de » quelconque, parvenue à se hisser jusqu'aux podiums des ondes radios grâce à la perfection chirurgicale d'un 95C plus que pour la justesse de ses tentatives vocalistiques. Pas non plus d'humeur à écouter l'annonce d'une catastrophe survenue à la surface du globe.

Cet acte salutaire accompli, je m'étirai tout en révisant les trois missions du jour que je projetais de mener à bien :

Mission numéro 1 : Sortir du lit et parvenir jusqu'à la douche – acte de bravoure quotidien qui continuait de me paraître sans équivalent à ce jour.

Mission numéro 2 : Préparer le petit-déjeuner. Earl Grey pour moi, chocolat au lait pour Perceval, lait au chocolat pour sa soeur – la dose de cacao en poudre à parsemer sur la surface blanche constituant la différence – plus tartines grillées beurrées et jus d'orange vitaminé.

Mission numéro 3 : Extirper doucement les enfants de leur couette pleine de rêves avant de partir aux Puces, en espérant obtenir réponse et sourire instantanés (carrément pas gagné d'avance).

Mission bonus, la plus importante de toutes : Finaliser l'excuse pour pouvoir appeler Yann.

De retour à la maison après mon tour de chine et fière d'avoir réalisé les trois premières missions de façon exemplaire, je m'attaquai à l'opération surfer et décidai, avant d'appeler ce dernier, planquée dernière l'énorme ficelle d'une excuse bidon qui restait à trouver, de pianoter sur internet à la recherche de quelques bribes biographiques relatives au Viking.

Instinctivement, je tapai sur le clavier les huit lettres magiques : FACEBOOK. Tandis que je rentrais mon adresse e.mail puis mon code d'accès dans le cadre bleuté, je me demandai si Mark Zuckerberg, génial concepteur du réseau social le plus vaste de la planète, avait imaginé un jour que son invention puisse prendre une telle ampleur. En quelques petites années, Facebook était devenu LA vitrine incontournable sur laquelle on pouvait afficher fièrement, outre quelques clichés posés de bord de mer, au minimum une centaine d'amis dont quatre ou cinq l'étaient peut être vraiment, une dizaine de centre d'intérêts et une paire de citations convenues.

En sus d'avoir transformé l'amitié en un pur produit de communication mesurable au kilo plus qu'à la profondeur, l'incomparable réseau virtuel était également le haut lieu de la causette internationale où l'on pouvait à l'envi converser ouvertement à des milliers de connectés, de tout et surtout de rien, puis développer dans une syntaxe, fort heureusement sans comparaison, les idées piquées à d'autres. On trouvait ainsi, dans le désordre, au parterre de cet inénarrable catalogue de la pensée superficielle et de l'exhibition narcissique, la recette du *kouign amann* breton, le proverbe chinois du jour ou l'extrait d'un article du Parisien relatif à l'extinction dramatique d'une rarissime espèce de lapin moldave, l'ensemble généralement assorti de commentaires « d'amis » qui, chacun à leur tour avaient estimé essentiel de venir ajouter leur grain de sel à la brillante publication.

On pouvait aussi devenir les heureux membres de groupe de tous ordres – dont l'objet de certains, je concédais au moins cela, avaient le mérite d'être drôle. (L'idée de faire partie du club de ceux qui demandaient que « Dora s'achète un GPS et arrête de nous emmerder avec sa carte » était finalement d'une vacuité assez séduisante...). On était en outre ravi d'apprendre que Sissie (!) de Lyon avait, photo à l'appui, un nouveau chat et que le fils de Wayne, à Los Angeles, avait perdu sa première dent – photo à l'appui également. Sans compter que, pendant ce temps-là, Luana venait d'accueillir trois nouvelles poules dans sa ferme virtuelle romaine et Rob descendu quatre tueurs à gage de sa mafia teutonne cybernétique.

Facebook était aussi un endroit merveilleux où tout était beau, une sorte Télétubbies-land pour majeurs. Rares y étaient les mauvaises nouvelles : on y trouvait de belles photos de belles vacances où de beaux enfants en bonne santé avaient bonne mine, on y parlait des bonnes bouffes qu'on avait fait avec de bons amis dans de bons restos. On ne parlait pas de ses problèmes de fric, de sa séparation de la veille, de son mal de crâne qui ne passait pas ou de son cancer qui ne passerait encore moins. Ce n'était pas le genre de choses qu'on divulguait à la planète. C'eût été indécent. Non, ça, on le gardait pour les amis qu'on verrait bientôt, en vrai, éventuellement – si tant est qu'on ait le courage d'affronter des amis hurlants de bonheur pour leur étaler sa morosité.

Signe des temps ou par crainte de solitude, j'étais moi-même adepte de ce temple du no-life, grâce auquel j'occupais le désert d'heures vacantes, ainsi rassurée à l'idée de ne jamais pouvoir compter sur mes cent quatre-vingt-huit « amis » alignés au compteur - en cas de besoin.

Je lançai donc l'efficace bataillon d'espions du moteur facebookien à la recherche de Yann Keledjian, dans l'espoir d'y trouver quelques miettes de pedigree viking. En vain. J'avais le choix entre un Yann Kerkelan ou un Yovan Keledjian mais aucun Yann Keledjian à l'horizon. Dépitée, je quittai en un clic mon troupeau d'amis figés et souriants puis retournai sur l'écran d'accueil Google de mon PC. J'y entrai à tout hasard le patronyme du planchiste et appuyai sur la touche « Entrée ». Apparurent instantanément les liens vers quelques vieux articles de presse relatant les exploits nautiques du Poséïdon de la glisse. Je les épluchai tous scrupuleusement et n'y trouvai hélas aucune information majeure ou que je ne connaisse déjà. Pleine de prévoyance, j'enregistrai néanmoins au passage deux jolies photos piquées au magazine Planchemag, du Viking en effort atlantique, sur lesquelles je pourrai toujours m'user les yeux en cas d'urgence. Je recadrai la plus réussie en format identité que j'imprimai, découpai puis enfouis dans mon portefeuille entre deux facturettes de carte bleue. Pathétique mais prévoyante. Mieux valait prévenir au cas où il y aurait à guérir...

Revenue quasiment bredouille de ma chasse informatique, je décidai de prendre le taureau par les cornes, attrapai mon portable et composai, avant que la réflexion ne fasse obstacle à mon impulsivité, le numéro de Yann. Je trouverais bien le motif de mon appel en route. La sonnerie résonnait à mon oreille, il me restait environ deux secondes. C'était le moment d'être brillante. Comme une chaussure ou comme une étoile ? Je n'avais toujours pas la réponse. La suite le dirait peut-être...

Pôle position

—Allô ? répondit la voie grave et légèrement éraillée.

—Salut Yann, c'est Morgane. Je ne te dérange pas? demandai-je hypocritement, écartant d'office toute éventualité de réponse positive à ma question.

—Non ! Pas du tout ! J'ai pas beaucoup de temps, là, mais ça fait plaisir de t'entendre ! Alors, vas-y, dis moi! rétorqua Yann d'un ton enjoué.

« Dis, moi...dis moi! »...Mais que pouvais-je lui dire illico d'intéressant, de pertinent, de sensé? Rien de ce que j'avais en tête à l'instant, en tout cas. Subsistait une demi-seconde pour ne surtout pas lui dire qu'il m'avait foudroyé la veille, que je n'avais pas dormi de la nuit, qu'on ne soupçonnait pas le nombre de moutons à compter que recelait la planète, que j'étais raide amoureuse, que s'en était parfaitement ridicule, qu'il fallait absolument qu'on se voit, que j'étais en plein délire, que...

Je pris ma respiration et enchaînai.

—Rien de spécial, juste un coucou ! C'était chouette, hier. T'aurais le temps de boire un café à l'occase? (C'était ce que j'avais trouvé de mieux).

−Ouais, bien sûr, avec plaisir ! Tu fais quoi, là ? dit-il simplement.

−Bah, je suis à Paris, je bosse, mentis-je effrontément. Et toi, qu'est-ce que tu fais de beau? ajoutai-je. (Incroyable le stress que pouvait générer la gestion de cet amoncellement de platitudes !)

−Moi aussi !

−Toi aussi tu bosses ? crus-je bon d'insister bien qu'il n'y eût rien d'étrange dans le fait de travailler au milieu de la matinée.

−Non, moi aussi, je suis à Paris. Pas eu le temps de t'en parler, mais je suis monté pour deux jours. Quelques questions à voir avec le siège du magazine. J'aurais bouclé mon rendez-vous vers 13h. T'aurais le temps de déjeuner ? demanda-t-il.

Après m'être assurée de ne pas être moi-même à l'origine d'un échange fantasmagorique de questions-réponses, je me concentrai pour répondre avec un naturel 100% synthétique :

−Euh, mwoui, si tu veux. Où ça ?

−Porte Maillot, vers 13h30, ça t'irait ? interrogea-t-il.

Re-concentration extrême pour ne pas répondre « évidemment que ça me va ! Même Marseille dans deux heures s'il le faut, je trouverai un jet et je braquerai le pilote pour qu'il m'emmène, laisse moi juste dix minutes pour trouver un flingue! ». Faisant donc mine de réfléchir et de consulter l'hypothétique page blanche de l'agenda fermé, au fin fond de mon sac à main, je m'entendis dire calmement :

–Attends, je vérifie que je n'ai rien...Mmm... 13h30, tu as dit ? Oui, écoute, ça me semble jouable. OK pour 13h30 Porte Maillot. On se retrouve où exactement?

–Palais des Congrès, à l'entrée principale de la galerie marchande, devant les escalators, ça me semble pas mal, précisa-t-il.

–Oui, je vois. OK, pas de problème, à tout à l'heure !

Puis je raccrochai, pas tout à fait encore certaine de ne pas être victime d'une dangereuse hallucination.

Ma montre indiquant un tardif 12h25, il fallait accélérer la cadence si je voulais avoir une chance d'être à l'heure au rendez-vous tombé du ciel, sachant qu'il me faudrait environ quarante-cinq minutes pour atteindre le point de ralliement et pas loin de cinq pour me garer dans le parking sous-terrain du Babel du business. Il me restait donc pile un quart d'heure pour me changer en fée ou, au minimum, devenir sublime.

Je me re-poudrai le nez à la hâte, rajustai un coup de mascara payé une fortune contre la promesse d'« un regard envoûtant », sautai dans un slim, enfilai un chemisier blanc dont je dégrafai un bouton de trop, glissai par dessus une veste de tailleur noir, chaussai une paire d'escarpins qui me faisait bien gagner huit centimètres – c'était le moment d'être à la hauteur - puis attrapai clés et sac dans lequel je jetai au vol mon flacon de parfum. Bref contrôle miroir : faussement simple et véritablement chic.

Pas mal. Je n'avais de toute façon pas le temps de faire mieux, à une heure moins vingt.

La voiture à peine démarrée, mon portable se mit à vibrer dans le vide poche à ma droite, annonçant un message viking. Merde ! Il n'allait pas annuler si près du but quand même... Je consultai immédiatement la missive et évitai de justesse de percuter l'arrière du véhicule devant moi qui avait eu le mauvais goût de vouloir s'arrêter au feu rouge en cette seconde cruciale pour la tournure de mon existence.

Le sms stipulait simplement « 40mn, Humm, Y. ». La main sur le levier de vitesse, je passai la première avec un immense sourire et décidai de ne tenir aucun grief au conducteur de derrière qui, agacé par mon immobilisme devant le vert flagrant du signal tricolore, venait de me gratifier de deux appels de phares, un doigt d'honneur et je crois même un « connasse ». Portable en main, et tandis que j'entrai sur un périphérique étrangement fluide, j'envoyai en retour à Yann quatorze minutes plus tard un «25mn ;-)..., M. » mesuré. Je ris à l'arrivée du « 15mn! ;)) » qui apparut en réponse. Nous continuâmes à égrener ainsi le temps au milieu des voitures, réduisant de concert l'espace entre deux textos et les minutes qui nous séparaient encore.

Parvenue au parking de la Porte Maillot et après m'être garée en trombe dans un crissement de roues hollywoodien, je me précipitai dans l'ascenseur métallique et laissai une informe musique d'aéroport me hisser jusqu'en surface. Arrivée au niveau demandé, qui avait presque l'allure du Paradis (en admettant que celui-ci sente l'eau de javel sur léger fond d'urine), les deux portes s'effacèrent sous les ordres d'un limpide « ding ». La soupe musicale se tut, noyée par le tumulte qui déferlait de la galerie marchande. Happée par le bouillonnement citadin, je fouillai du regard l'horizon compact de silhouettes, en quête du précieux escalator principal. Une fois garantie de la non gémellité de l'escalier mécanique qui se dressait devant moi, ce afin d'éviter tout risque de confusion, je me postai à quelques mètres, très exactement en face de l'arrivée, à côté du sas d'entrée. D'où que puisse venir le Viking, il était stratégiquement impossible de le manquer.

Négligemment adossée à un pilier de béton froid, je levai le nez vers les trois pendules digitales qui palpitaient au milieu du vide, arrimées par des câbles plongeant du plafond. Les chiffres verts cadençaient le temps. Il était 20h29 à Tokyo et 7h29 à New York. J'étais pile à l'heure.

Ma fonction de vigie improvisée fut hélas troublée par l'arrivée d'un « 15mn+15, dslé, embouts' » qui me permit de valider l'extrême bonne santé de mon système cardiaque battant à tout rompre. Je me résignai donc à consacrer les seize interminables minutes qui m'isolaient encore de l'heure H, à l'observation des allées et venues de la galerie. Le spectacle que j'avais sous les yeux était tout bonnement effarant. Un alignement de boutiques clinquantes tranchait sous la lumière froide de l'éclairage industriel. Mille mots mus en un bourdonnement inintelligible. Pas un sourire, ni un regard. Juste de lugubres groupuscules avançant mécaniquement et au pas de course vers l'inutile, la majorité l'oreille scotchée sur un téléphone cellulaire, le reste confiné sous la musicalité étanche d'un casque audio. Une humanité comateuse sous respiration artificielle.

Je jetai un oeil rapide au delà des hauts panneaux de verre crasseux qui donnaient sur l'extérieur et animaient un peu l'accablant témoignage architectural des années 70. Sur un ciel presque uniformément bleu, les premières feuilles des pommiers du Japon de la contre allée poussaient incognito, deux passereaux perchés sur l'un deux s'égosillaient en sourdine sur fond d'avertisseurs sonores. Il était rassurant de savoir que la vie était là, à quelques mètres à peine, si on prenait le temps de la contempler. Je fermai les yeux et me concentrai pour tenter de percevoir le chant d'un oiseau entre deux battements de portes. Lorsque je les rouvris, la bouche de Yann frôlait la mienne. Si j'avais loupé le viking, lui avait su me trouver. Je clos de nouveau les paupières en souriant et entendis siffler un merle au loin.

Avis de recherche

L'avenue du Château était, comme toujours, calme. Une fois passé le kiosque à journaux une baguette sous le bras, croiser un de ses semblables n'était pas toujours chose acquise, en début d'après midi, à Neuilly.

Sous la fraîcheur des platanes centenaires, les premières feuilles du printemps habillaient les dalles graniteuses du trottoir de subtiles tâches d'ombre. Une main sur le sélecteur, l'autre actionnant la poignée de frein, Max fit ralentir sa moto. Après s'être stationné à la hâte et avoir éteint le moteur, il ôta son casque, frictionna machinalement la broussaille de ses cheveux châtain, tentant d'y mettre un peu d'ordre. Il décrocha le gros sac solidement fixé à l'arrière de la selle par deux tendeurs, rangea ces derniers dans le topcase. Il s'assura ensuite qu'il avait bien actionné l'alarme de la 1200RS (tout ce qu'il lui restait ou presque) avant de glisser la clé dans une des poches intérieures de son blouson. Arrivé devant le numéro 21, il composa sur le cadran du digicode les quatre chiffres et une lettre notés sur le papier exhumé de son jean. Un clic nasillard débloqua la lourde porte de chêne. Sourire de satisfaction. Pas fâché d'arriver. Il poussa le pommeau de laiton du vantail droit, prit garde au pas de porte qu'il enjamba, puis pénétra sous le porche pavé qui résonnait de ses pas. Un peu plus loin sur la courte allée, il s'arrêta devant le cossu pavillon de gauche, sortit le trousseau dans un tintement métallique, essaya plusieurs clés avant de trouver la bonne et entra.

En y repensant, il avait eu un sacré bol, quand même... En plein centre ville, à deux minutes à peine du métro, à l'abri des regards, l'élégante maison en pierre de Bourgogne, plantée au milieu d'un coquet jardin arboré qu'avait accepté de lui prêter un vieil ami tout juste muté à Tokyo pour trois mois, avait une gueule folle. Le temps qu'il puisse se retourner, de faire ce qu'il avait à faire. Il aurait été dans un beau merdier, sans ce coup de main à son retour, après les années barré sur les mers pour essayer d'oublier.

La tôle.

Le reste.

Sa vie.

Après avoir balayé du regard la vaste pièce qui s'étalait devant lui, Max jeta les clés sur le verre d'une table basse. Ses yeux délavés se posèrent sur un petit bronze signé Bugatti flanqué sur la deuxième étagère d'une bibliothèque design. Il contempla pensivement les dix sept centimètres de grâce qui baignaient sous le halo du spot encastré. Il en avait eu un comme ça, avant que tout ne se casse la gueule.

Il posa son casque au pied d'un portemanteau des années 30, sur lequel il accrocha son blouson et se dirigea vers ce qu'il devina être la cuisine. 13h. Il avait juste le temps de manger un morceau avant de filer dans le XXème, pour son rencart. Rapide inspection du frigo. Rien de solide. L'examen du congélateur aboutit à la sortie d'une pasta box peu appétissante, qui ferait donc l'affaire après un passage au micro-ondes, vu l'heure. Il saisit une assiette qu'il inséra dans le four, le missionna pour six minutes de réchauffage. Il décapsula une bière – il y avait au moins à boire au frais - qu'il engloutit d'un trait. Puis une deuxième, pour le plaisir. Le courrier récupéré après son crochet à la boîte postale révéla une vingtaine de factures – ils pouvaient toujours courir, trois prospectus de pizza industrielle livrable en trente minutes mais digérable en dix heures minimum, trois courriers d'avocat – à voir quand il aurait le temps, et un relevé de banque. Il ouvrit la dernière enveloppe et parcourut le contenu rapidement jusqu'à la ligne du solde. Ne restait plus grand chose de la vente du bateau. Il faudrait bientôt songer à retrouver un taf. Ou pas. Il reposa la feuille en soupirant, le regard tourné vers le magnolia du jardin dont le camaïeu de roses inondait le ciel.

La sonnerie du micro ondes annonçant que les tagliatelles étaient au plus proche du comestible, il attrapa une paire de couverts dans le tiroir attenant, sortit l'assiette du four qu'il posa sur la table basse et s'installa dans le canapé pour déguster son ersatz de repas, accompagné d'une nouvelle bière. Soif. Entre deux bouchées, il retira de la poche arrière de son jean un paquet d'OCB, une petite boule brunâtre et la feuille sur laquelle étaient consignées les instructions pour récupérer le Sig-Sauer SP 2022, survola pour la forme les quelques lignes puis referma le document, satisfait. Tout de même bien pratique d'avoir de vieilles connaissances qui avaient leurs entrées aux douanes.

Son plat avalé à la hâte et noyé sous une quatrième bière – il fallait bien digérer, il attrapa le paquet d'OCB dont il tira une feuille et entreprit de brûler doucement un peu de shit qu'il mélangea au tabac d'une cigarette. Après avoir rapidement roulé le tout entre ses doigts experts, il renfila sa veste, attrapa casque et gants de moto et s'apprêta à sortir. Son regard se heurta de nouveau au petit bronze. Il reposa casque et clés, alluma le joint fraîchement roulé et, manteau sur le dos, s'inclina vers le clavier de l'ordinateur, y tapota nerveusement, un nom et un prénom. La première bouffée qu'il exhala lui fit un bien fou. Vingt-deux heures d'avion à sec. Il se concentra de nouveau sur l'écran, continuant de tirer sur le joint. Il fallait qu'il sache. Quelques instants suffirent pour qu'apparaisse le résultat de sa recherche. Il sourit - pincement de lèvres minces, reprit ses affaires et sortit en claquant la porte derrière lui, casque sous le bras.

L'écran du PC affichait :

« Morgane Delande est sur Facebook ».

Il avait retrouvé sa trace.

Time is money

Louis, d'un air satisfait, souffla une dernière bouffée puis écrasa du bout des doigts sa cigarette sans filtre dans le cendrier de plastique vert avant de reposer son téléphone sur la table. Le rital avait quand même fini par obtempérer. Pas trop tôt ! La communication, il l'avait toujours dit, c'était un truc essentiel. L'art de faire passer le message, sans avoir à répéter. Ca permettait de gagner un temps considérable et d'éviter pas mal d'emmerdes. Toujours un souci de moins.

En attendant, Louis se demandait ce que pouvait bien foutre Frantz. Plus d'une heure qu'il aurait dû être là, au rade de la Porte de Vanves. Ca n'avait jamais été le roi de l'exactitude, certes, mais là, une heure et demie, il dépassait les bornes. Deux fois que Louis allait à la cabine téléphonique – jamais de coup de fil de portable à portable, même quand on en avait plusieurs. C'était trop dangereux, autant donner sa position aux condés par GPS. Frantz demeurait injoignable et c'était bizarre. Il avait dit faire un saut à Saint Ouen pour régler une affaire. Louis n'aimait pas trop ça, les trucs en solo avec des baltringues pareils mais ça avait l'air important. Puis il devait en principe passer chez l'ébéno, récupérer une commode qui devait maintenant afficher une belle estampille toute neuve grâce au roi du fer et la livrer chez un petit transporteur de Zurich qui bossait pour les Russes. L'ensemble, y'en avait au max pour trois heures. Inutile de moisir là. Frantz n'avait qu'à se démerder, après tout.

Louis termina rapidement son verre d'eau, jeta vaguement un œil à la note, régla ses trois cafés puis ramassa clés et portable. Frantz savait que, de toute façon, ils avaient rencard avec Gianni vers 23h, du côté de Melun, dans le 77. Avec un rabatteur qu'avait fait quelques courses pour eux dans le sud, dans le genre nocturne confidentiel, et qui préférait qu'on vienne voir ça à la lampe torche, dans le fond de sa remise. Des fois, pour la belle came, la lumière du jour, c'était franchement pas ce qu'il y avait de mieux.

Béatitude

Lorsque je rouvris les yeux, pour une fois ravie de ne pas être au milieu d'un songe, Yann me fixait d'un air charmeur.

—Alors, on rêve dans la foule ? entonna-t-il avant de prendre ma main, m'entraînant au dehors du Palais des Congrès.

—Vu qu'il fait beau, plus sympa si on bouge de là, non? suggéra-t-il gaiement.

—Ca me va! répondis-je, la prunelle brillante.

—Tu veux manger quoi ? Tu connais des trucs, dans le coin? demanda-t-il.

—Pas vraiment non! On peut essayer les petites rues derrière, on trouvera l'inspiration en route? Tu es pressé ou pas? lui demandais-je, en pensant, avec une objectivité très relative, que je ne voyais aucun rendez-vous de plus essentiel que celui-ci sur ma vie à venir.

—Non, en fait, j'avais initialement une conférence prévue à 15h mais elle vient d'être annulée. Donc, on peut déjeuner tranquillement, enfin, sauf si toi tu es speed...répondit-il.

« Ma vie devant toi » pensai-je, tandis que je lui répondais « ca va, j'ai un peu de temps. »

Nous traversâmes en courant la rue bruyante, devenue ouatée comme un champ de nuages, main dans la main. Nos mots s'emballèrent autour de la journée de la veille. Nous nous retrouvâmes au hasard et quelques rues plus loin, attablés en terrasse sous le parasol rouge d'un bistrot timide. Mon choix se tourna vers le plat du jour, le sien vers une classique entrecôte-frites-salade. Nos assiettes servies sur le guéridon, je tripotai du bout de ma fourchette le copieux risotto au noir de seiche livré à mon appétit et regardai les grains de riz collants se détacher mollement du trident métallique avant de retomber sans bruit sur le monticule moelleux mi-crème, mi-nuit.

Tandis que j'engloutissais goulûment chaque parole de Yann, ma faim s'effaçait. Je l'écoutais évoquer, dans le désordre, ses premières courses de planche à voile, son enfance, ses victoires, ses invitations aux garden parties de l'Elysée. Je regardais ses doigts entrecroiser les miens qui semblaient soudain ne plus m'appartenir. Je savourais la moindre minute et laissais refroidir mon assiette. Je planais suspendue hors du temps, l'esprit embrouillé de mille mots que je taisais.

Entre deux paroles, je finis par apprendre pourquoi il avait posé le pied sur le sol d'un tatami un jour de novembre. L'année consécutive à l'accident dont il avait été victime et qui l'avait contraint, la mort dans l'âme, à ranger sa planche à voile, il avait été recruté par le magazine Wind dont il avait intégré le service de la rubrique « news ». S'il n'était plus chasseur de vagues, il continuait de parcourir le globe à la découverte de nouveaux talents. Perdu au large de Shanghai entre deux avions, neuf ans plus tôt, il avait profité d'une interminable escale pour plonger au coeur de la ville. C'est là qu'il était tombé en arrêt devant les mouvements souples et harmonieux des Taijistes matinaux du parc de Luxun. Et il était resté là pendant un long moment, ému sous le matin clair, debout sur le petit pont au pied des pagodes aux toits céladon.

Absorbé par la grâce mêlée de puissance sensuelle, il avait observé les mains se lever toutes ensemble, avait admiré les jambes attaquer posément le sol en parfaite coordination, sous la dictée d'un invisible chef d'orchestre.

Puis il s'était souvenu d'une de nos discussions, relative aux facettes multiples du Kung Fu. Je lui avais alors évoqué la beauté pure du Tai Ji, forme interne de l'art millénaire, qui ne ressemblait en rien dans sa réalité à l'image fausse véhiculée en Europe d'une activité physique réservée aux septuagénaires. Je lui avais cité Zak Lamberti en exemple et lui avais décrit la pratique féline et racée du maître lorsqu'il se lançait dans l'exécution d'un tao de Tai Ji. Le Viking s'en était souvenu.

De retour en Europe, il avait recherché les coordonnées de Zak puis était venu à son tour gonfler les rangs des élèves du Tigre, à Paris. Il n'avait vécu qu'un an dans la capitale. Quand on avait vécu les pieds dans l'eau depuis tant d'années, se retrouver sur le bitume, sans le gémissement des vagues au loin, était insupportable. Alors il avait trouvé cette maison, au milieu des pins, escale salvatrice entre deux voyages. Zak lui avait donné l'adresse d'un club de Tai Ji digne de ce nom et le Viking continuait d'aller effleurer le tatami, dès qu'il en avait le temps.

Etonnamment, nous ne nous étions jamais croisés, lors de la parenthèse parisienne de Yann. Il est vrai que je concentrais mes heures d'entraînement à Nogent et ne faisais que des visites très parcimonieuses dans les autres clubs du tigre. Puis, ayant à faire face à l'urgence familiale, j'avais totalement cessé de m'entraîner.

Trois heures avaient insidieusement passé. Après deux cafés et parce qu'il fallait bien finir par se quitter, Yann avait demandé l'addition. Je levai le nez vers le trottoir d'en face. A une encablure, j'aperçus un café un peu curieux dont le fronton décoloré annonçait « Le XXème ». Le viking ayant récupéré sa monnaie, nous nous levâmes de table et nous dirigeâmes de nouveau vers le Palais des Congrès. Devant l'entrée du parking, Yann m'embrassa avec fougue.

—On se revoit bientôt ? demandai-je, un peu soucieuse.

—Dès que possible! répondit-il, en me déposant de nouveau un baiser appuyé sur les lèvres, qui déclencha instantanément sur mon échine un incomparable frisson.

Après un ultime au revoir, nous disparûmes chacun derrière l'anonymat des portes grises de nos parkings respectifs, happés vers les sous sols qui menaient à nos voitures.

Moi espérant que « dès que possible » fût synonyme de demain. Pour la première fois depuis longtemps, ce demain là ne correspondait à aucun tiret à rayer sur mon agenda.

Sésame

J'introduisis le ticket de parking puis ma carte de crédit dans le lecteur de la borne de sortie. J'étais partagée entre le ravissement du moment délicieux que je venais de passer et un vague fond d'amertume. J'étais soucieuse pour les jours à venir. Yann n'habitait pas la porte à côté, même s'il venait régulièrement à Paris. Aussi, parce que, parmi les fragments de vie dont il m'avait fait part avec brio, avait émergé un détail dont je me serais volontiers passée : le Viking était toujours très sportif, toujours très craquant mais surtout encore toujours très marié.

S'il avait rapidement évoqué le fait que cette union ne fût pas des plus harmonieuses et qu'il songeât à y mettre fin, je savais aussi que Yann n'était pas du genre à abandonner du jour au lendemain une vie qu'il avait mis quinze ans à forger, surtout lorsqu'il y avait deux enfants dans la balance. Restait donc à savoir si j'étais prête à endosser pour l'heure le costume qui m'était offert : celui de maîtresse officielle du Viking.

Refusant de répondre à cette interrogation dans l'immédiat, je fermai le dossier et m'engageai sur la bretelle d'accès du périphérique intérieur en direction des

Puces de Saint Ouen. Rien de tel qu'une petite visite en territoire familier pour se changer les idées et se remettre en ligne. J'avais en outre promis à un antiquaire du Marché Dauphine de passer voir un meuble qu'il venait de rentrer et qui semblait, de par la description qu'il m'en avait brièvement faite par téléphone, correspondre au profil des pièces dont j'étais actuellement en quête.

Je garai la voiture et franchis la voûte architecturée de métal et verre du marché.

Que d'années écoulées depuis le début de mes heures de « chine ». Bien plus complexe que je ne l'avais l'envisagé, du reste. Non pas tant à cause de mes connaissances qui, malgré mes journées passées à user les bancs de l'Hôtel Drouot, restaient succinctes, mais parce que le milieu de la brocante parisienne était une caverne dans laquelle on ne rentrait pas sans sésame.

Je ris en repensant à ma première virée mémorable au sous-sol de « l'Usine ». A l'instant même où j'avais mis le pied sur le sol de béton de l'ancienne imprimerie devenue marché d'antiquités de tous ordres, « exclusivement réservé aux professionnels », ainsi que l'annonçait d'emblée le gigantesque panneau collé sur la façade, j'avais fait figure d'anachronisme.

Une dizaine de regards m'avaient instantanément toisée de pied en cap. Etrange ! Je n'avais ni tache sur mon manteau, ni nez de clown, ni palmes... Après avoir analysé sommairement l'allure des brocanteurs qui posaient sur moi des yeux intrigués, j'en avais conclu que trois choses clochaient pourtant :

1)J'avais vingt ans

2)J'étais une fille

3)Je tenais un carnet d'achat, signe tant alléchant qu'ostentatoire de vente à l'exportation

Bonus : et surtout, personne ne m'avait jamais vue...

Prenant mon courage à deux mains, je décidai d'affronter l'inconnu, feignant d'ignorer les regards inquisiteurs, et commençai à sillonner les allées tortueuses, pauvrement éclairées de l'endroit, en quête de meubles susceptibles de ressembler aux polaroïds laissés quelques mois plus tôt à ma discrétion par Sam et Joe.

Bien évidemment, rien n'était identique aux images que j'avais minutieusement étudiées au préalable... Je finis cependant par m'intéresser à une chambre à coucher que je saurais plus tard décrire comme un ensemble en acajou de Cuba de belle facture, rehaussé de filets de laiton et d'époque Napoléon III. Pour l'heure, il ne s'agissait que d'une armoire à deux portes, fichée d'une paire de tables de nuit et d'un lit qui coïncidaient éventuellement à mes tirages papier.

A peu de chose près aussi fébrile qu'un enfant qui rentre seul dans une boulangerie pour la première fois, avec mission d'acheter le pain, je me risquai à demander le prix du lot au jeune homme qui me regardait debout, bras croisés, à l'entrée de son stand.

−Bonjour. Combien il faut de l'ensemble? demandai-je timidement.

−Quinze mille francs. C'est pas cher. C'est un joli modèle, me répondit-il d'une voix assurée.

Je réfléchis rapidement. Certes, le prix pouvait « coller » et restait dans la tranche de tarifs que j'avais mémorisée. D'un autre côté, en comparaison des deux francs cinquante que j'avais dépensés pour acheter mon billet de métro ce matin, quinze mille francs, c'était beaucoup d'argent et beaucoup de billets de métro. Et essentiellement, ce n'était pas MON argent !

−Ca pourrait faire quatorze mille cinq cents francs? proposai-je un peu hésitante.

Sam et Joe m'avaient expliqué que les prix annoncés étaient potentiellement discutables. Seul hic : j'ignorais totalement dans quelle mesure. Mon offre était-elle offensante? Avais-je au contraire encore une bonne marge de manoeuvre? J'étais suspendue aux lèvres du marchand qui prit le temps de réfléchir avant de me répondre :

−OK, va pour quatorze mille cinq cents francs! Vous achetez pour qui? On vous a jamais vue ici ? Vous payez comment? C'est le transporteur qui paye? Ca part où ? Qui est-ce qui ramasse? Vous avez des étiquettes? Vous avez un mètre ? Vous voulez prendre des photos ?

Assommée par ce flot de questions inattendues, je repris mon souffle avant de réagir et formulai maladroitement ma réponse à celui qui paraissait maîtriser le métier bien mieux que moi :

—Euh...je m'appelle Morgane Delande. Je suis l'acheteuse de Treasures Inc. à San Francisco, euh...je vous laisse ma carte, Vous les connaissez peut être? C'est moi qui règle, j'ai un chéquier mais par contre c'est le transporteur qui viendra prendre la marchandise mais je ne sais pas quand il passera....Ah oui! Euh...je dois faire le chèque à quel ordre?

L'antiquaire ne sembla pas outre mesure étonné de ma réponse peu professionnelle et dicta simplement:

—Granger. C'est Granger, pour le chèque.

—G-R-A-N-G-E-R jugea-t-il bon d'épeler ensuite. Je ne les connais pas ces Américains mais je garde votre carte, on ne sait jamais. Vous cherchez quoi d'autre comme meubles ? poursuivit-il froidement tandis qu'il rangeait le bout de bristol à mon patronyme dans une de ses poches.

Ne pouvant décemment lui répondre que, justement, je ne savais pas trop ce que je cherchais mais que j'espérais bien le trouver et qu'il eût été bon qu'il m'éclairât sur le sujet, je rétorquai avec un peu plus d'assurance cette fois :

—Oh, un peu de tout. Du fin XIXème, Napoléon III ou style Louis XV et Louis XVI essentiellement. Des ensembles de salle à manger, des chambres à coucher, des commodes, des portemanteaux, ce genre de trucs. Appelez-moi si vous rentrez quelque chose!

Je lui remis le chèque que j'avais libellé à son ordre et qu'il examina comme s'il avait s'agi d'un faux billet, tournai les talons et quittai la boutique d'un pas leste, l'allure princière et finalement, assez contente de moi : je venais quand même d'acquérir mon premier lot !

Ce n'est qu'arrivée au bout de l'allée que je réalisai avec horreur que j'avais totalement oublié d'accomplir la seconde moitié de ma mission : je n'avais ni collé les étiquettes qui permettraient au transporteur d'identifier mes achats pour qu'il les prenne en charge, ni pris les photos que j'étais supposée adresser ensuite à Sam et Joe pour les informer de mes acquisitions, ni mesuré les éléments du lot pour que les associés d'Outre Atlantique puissent en faire une description informatique et détaillée à leurs clients...

Lesdits éléments étant primordiaux, je ravalai ma fierté et revins sur mes pas afin de finir ma tâche, sous l'oeil moqueur du jeune marchand que je venais de quitter dignement et qui offrit néanmoins de m'aider à coller mes stickers sur chacune des pièces. Ces actions accomplies, mon quota d'émotions atteint et n'ayant rien déniché qui ressemblât de près ou de loin au reste de ma « liste de courses », je sortis de l'Usine, soulagée et fière à la fois d'avoir mené à bien cette première expérience de bout en bout, malgré quelques anicroches. Et puis que diable, ma subtile négociation avait tout de même permis l'économie substantielle de mille huit cents tickets de métro !

Quelques années plus tard, j'apprendrai au détour d'une conversation avec Philippe Granger (G-R-A-N-G-E-R) au café du coin – nous prenions à présent un café ensemble chaque vendredi, que le jour où j'avais acheté mon premier lot aux Puces était aussi le premier jour où il tenait le stand de son père... Ses connaissances étaient à peine plus poussées que les miennes et j'aurais pu acquérir l'ensemble pour facilement mille tickets de métro de moins.

Monopoly

Il était tellement facile, aujourd'hui d'arriver en terrain conquis et d'accepter de se déplacer pour venir regarder de près un buffet qui pourrait éventuellement me convenir...

Avant d'arriver à ce résultat, j'avais systématiquement laissé ma carte à chaque brocanteur auquel j'avais acheté un meuble ou un bibelot. Chaque fois, je lui avais suggéré de me passer un coup de fil s'il venait à rentrer en possession d'une pièce similaire. Chaque fois, j'avais attendu des appels qui ne vinrent pas. Chaque nouvelle semaine, j'avais été dépitée en découvrant, à l'ouverture du stand, des pièces vendues qui ne l'étaient pas la veille au soir, à la fermeture... Comment était-ce possible? Pourquoi ne m'appelaient-ils pas?

Un jour, pourtant, deux ans après, mon téléphone sonna...

—Morgane ? C'est Didier de Saint Ouen. Je viens de rentrer un truc pas mal. C'est peut être pour toi. Passe cet après-midi pour jeter un oeil, si tu peux, je te le mets de côté !

Une heure et trente minutes plus tard, j'étiquetais une très jolie table de salle à manger fin XIXème, de style Louis XVI, accompagnée d'une suite de huit chaises en parfait état. J'étais aussi heureuse que si je venais d'acheter la Rue de La Paix. Au bout de cent quatre semaines, mon obstination avait fini par payer...

Pour l'heure, j'examinais consciencieusement un buffet lyonnais en noyer blond fin XVIIIème et m'assurais qu'il ne présentât pas de défaut caché. Je lissai de la main les veines douces et froides du dessus de marbre griotte qui recouvrait le meuble et constatai avec plaisir qu'il n'avait fait l'objet d'aucune restauration. J'ouvris un tiroir dont l'assemblage latéral à tenon et mortaise, ainsi que la surface légèrement irrégulière de son dessous corrobora mon impression première que le buffet était effectivement ancien.

—T'en veux combien? demandai-je au marchand avec lequel j'avais l'habitude de traiter.

—Bah, il m'en faut un petit billet de mille huit-cents Euros. Ca sort d'adresse. Il est nickel et c'est son marbre d'origine, justifia-t-il.

—Oui, j'ai vu... Ok, c'est bon ! Je te fais le chèque tout de suite, mais je collerai les étiquettes et ferai les photos demain. J'ai pas beaucoup de temps, là ; j'ai promis à Perceval de passer le prendre au collège et ça va être juste, il faut que je sois partie dans un quart d'heure, répondis-je.

—Pas de souci ma belle! Tu me règles plus tard, même, si ça t'arrange, mais tu as quand même bien le temps de boire un p'tit café ? dit-il en souriant.

—Allez, va pour un café vite fait !

—Tiens au fait, Morgane, tu as entendu parler du mec qui s'est fait serrer ce matin par les flics, à côté de Jules Vallès ? me demanda-t-il tandis qu'il posait un verre de café fumant devant moi.

—Ah non ! Vas-y, raconte ! Je le connais ? répondis-je, curieuse.

Les Puces de Saint Ouen avaient vraiment des airs de Cour des miracles. Il ne s'écoulait jamais une semaine sans que, au détour d'un expresso pris sur le coin du zinc, telle affaire ou telle autre vous plongeât instantanément au cœur d'un scénario de polar. Si j'avais dû compter par le menu toutes les affaires qui m'étaient parvenues aux oreilles depuis vingt ans, personne ne m'aurait crue. Au mieux, je serais passée pour une fabulatrice talentueuse, au pire pour une dangereuse mythomane. C'était sans doute cela qui avait, au fil des ans, sauvé plus d'un marchand : il était tellement invraisemblable d'imaginer qu'un antiquaire qui avait pignon sur rue se livrât à des activités nocturnes sommes toutes fort peu recommandables…

—Oh, oui, tu le connais sûrement… Un Allemand – Frank ou Frantz je crois qu'il s'appelle – au moins la cinquantaine, celui dont le frangin s'était tué dans un carton en bagnole y'a quelques années de cela, expliqua l'antiquaire.

−Mwouais. Ca me dit vaguement quelque chose. Il était installé où ? interrogeais-je en retour.

−Bah, justement, il était installé nulle part ! Il déballait de temps en temps, le jeudi matin au cul du break, rue de la « Banane », avec deux autres pieds nickelés. Ah ça, les trois, ils te balançaient de la marchandise « fleur de coin » mais j'ai toujours trouvé que ça sentait la came chaude à plein nez ! me répondit-il d'un air malin.

−Non…ça ne me parle pas de trop mais je vois le genre…Et alors ? demandai-je, impatiente de connaître la suite.

−Enfin là, il était tout seul, ce matin. Rue Lécuyer, avec un petit tableau sous le bras. Une étude de paysage.

−Ouais...Et ?

−Ben, toi, t'es trop jeune pour t'en souvenir, mais Il y a vingt ans grosso modo, Il y a un casse qu'avait fait du bruit. Une bande qu'avait vidé un hôtel particulier du côté de Vincennes, je crois. Y'en avait pour un paquet de blé, même à l'époque et pourtant, ils avaient pas tout embarqué. Ils avaient même eu droit à une belle demi-page dans le Parisien.

−Vincennes ? C'est marrant, c'est là que j'habitais quand j'étais môme. Remarque, c'est vrai que dans notre quartier, y'avait des sacrées baraques. Enfin, à part la nôtre. Nous, c'était plus le pavillon de banlieue qui fait tache dans le paysage...Enfin, bref, excuse-moi. Et donc, tu disais ?

−Ouais, j'te disais, à ce qu'il paraît, la petite toile en question, elle ressemblait beaucoup à un plus grand qu'avait été gaulé ce jour-là. Un Lapito, paysage italien sous la neige. Un truc magnifique, photo dans le Bénézit et compagnie...Sauf que les flics ont déboulé – la routine, pour les livres de police. Forcément, l'Allemand, il avait rien sur lui. Pas de papiers, rien. Du coup, ils ont passé deux trois coups de fil et l'ont embarqué, deux minutes plus tard, histoire de vérifier tout ça... M'étonnerait pas que la barbouille soit répertoriée chez les bourres. Vingt piges qu'ils cherchent la bande et le tableau, enfin, les tableaux. Parce qu'à l'origine, il y avait une paire, à ce qu'il paraît. Mais la paire, elle est toujours dans la nature, finit-il d'expliquer.

−Oh la vache, c'est un truc de fou ! Tu crois que ça pourrait être un des mecs du casse ? Vingt après, ce serait un sacré coup de bol quand même, enfin, pour les flics, parce que pour le mec......Tu me diras, il faut vraiment être très con pour sortir un truc pareil en plein Saint Ouen, même vingt ans après, remarquais-je.

−Tu m'étonnes ! Surtout avec les caméras qu'ils ont foutues à tous les coins de rue, ça tourne H24, pire qu'un studio de ciné, maintenant. Mais qu'est-ce que tu veux, l'odeur de l'oseille, ces mecs-là, ça les rend dingues. Après, faut juste avoir envie de vivre six mois au frais et six mois dehors... Ca devient comme qui dirait une philosophie. Là, en attendant, si le petit tableau est au catalogue, il ne va pas sortir tout de suite. L'histoire est pas finie, à mon avis, conclut-il.

—C'est sûr !... Oh merde ! J'avais pas vu l'heure, sursautais-je en jetant un œil sur ma montre pendant que j'avalais d'un trait le fond de mon café froid. Je te casque rapidos, j'en ai pour une minute. Ce sera fait, et je repasse demain tranquillement m'occuper du reste.

Je lui donnai mon règlement et deux bises en toute hâte puis filai vers la voiture sur un dernier coucou de la main. J'appréciais de travailler avec ce broc' avec lequel j'avais développé un système de travail qui évitait à chacun de nous d'inutiles et assommantes heures de négociation. Il me donnait tout de suite son meilleur prix et rares étaient les fois où j'avais à lui demander une ristourne. La transaction était toujours rapide, équitable et efficace. L'expérience consistait parfois à savoir aussi ne pas négocier...

Je jetai mon sac à main sur le siège avant droit et sautai au volant de la Golf en direction de Nogent. Il était 17h. J'avais trois quarts d'heure pour arriver au lycée de Perceval, perfect timing! J'étais un peu perplexe, cependant. Cette truculente histoire m'avait ravie. Je ne pouvais néanmoins m'empêcher de penser à la toile que j'avais abandonnée six ans plus tôt, au mur du salon de ma vie antérieure. Signée Lapito, en bas à gauche. Un paysage d'Italie.

Business plan

Frantz, assis sur l'inconfortable siège sur lequel on l'avait consigné, les poignets douloureux et comprimés depuis deux heures par les menottes, attendait nerveusement le retour de l'inspecteur. Cette fois, ça sentait vraiment la merde. Comment allait-il bien pouvoir se dépêtrer de ce bourbier ? Concentré et anxieux, triturant ses doigts, il creusait le moindre de ses neurones pour tenter de trouver le truc le plus probable voire le plus improbable. Des fois, l'excuse imparable, c'était la plus énorme.

Son casier était à peu près clean, c'était toujours ça. A part un flag de vol de sac à l'arrachée, il y avait vingt cinq piges, avec un peu de violence parce que la gonzesse voulait pas lâcher son Vuitton et pour lequel il avait écopé de six mois dont quatre avec sursis, « pour servir d'exemple ». Après, en tout cas, ça lui avait surtout servi de leçon parce que Fresnes, c'était carrément pas le Club Med. Et du coup, il s'était fait une promesse : ne plus jamais se faire gauler, surtout pour un truc aussi con. Fallait que jeunesse se passe. Jusque là, ça avait plutôt bien marché. Pourtant, y'aurait eu de quoi faire plaisir à un emmanché de juge, depuis qu'il bossait avec Gianni, Louis et ce con d'Anton - enfin, avant qu'il ne se flingue sur la route. A se mettre de la C. dans le pif toute la journée aussi, le frangin, tu parles, c'était obligé que ça finisse mal, surtout quand il partait dans un de ses dangereux délires sur Mozart. Pas faute de l'avoir prévenu.

Putain, quand même, en réfléchissant, ils en avaient monté des coups somptueux, tous les quatre. Entre les maisons de campagne, les hôtels partic', les grosses baraques et une dizaine d'églises, ils en avaient sorti de la camelote – et du trié sur le volet. Plus ou moins directement, ils avaient meublé un paquet de millionnaires Ricains, Libanais et Ruskoffs. Mais bon, attention, c'était pas tombé du ciel, non plus. Ils carmaient comme des clébards et fallait pas compter sur les jours fériés, les week-ends ou le mois d'août. Tu me diras, l'aurait vraiment fallu être con parce qu'objectivement, c'était de loin le moment où qu'on bossait le mieux. De ce point de vue, la mère Aubry, elle les avait bien aidés avec ses trente-cinq heures : côté vacances et ponts, c'était royal, grâce à elle. Ca te laissait nettement plus de choix dans les dates pour monter les opés.

Et tant mieux, parce ça demandait une bête d'organisation et une rigueur dingue. De l'ingénierie fine. C'est qu'il fallait se les farcir les repérages, les jours de planque, les plannings millimétrés. Limite un boulot de flic, c'était dire… Ca prenait un temps de malade. Puis le matos, la location des camions et le reste, ça se finançait pas non plus tout seul. Même s'ils avaient continué de bosser à l'ancienne le plus longtemps possible, y'a un moment, l'avait bien fallu s'adapter quand-même, avec les excités de l'alarme et de la technologie dernier cri. Bon, pour ça, Loulou, fallait bien admettre, il en avait dans le ciboulot et il avait grave assuré. Quand il avait proposé de suivre des cours au CNED, histoire de se remettre à la page en matière d'électronique et de vidéosurveillance, et qu'il avait acheté un tas de bouquins, honnêtement, ils avaient tous dit respect. D'ailleurs, c'était comme ça qu'il avait pris le pas sur eux parce que sans lui, ils auraient probablement dû envisager une reconversion. Et à presque cinquante balais, c'était loin d'être simple.

En attendant, fallait gamberger et vite...

Putain...Louis qu'avait dû poireauter, en plus ! Pas moyen de le prévenir. Il devait être furax. Et ça, c'était pas bon. Vraiment pas bon du tout. C'était de sa faute, aussi. A te chanter Ramona pour un rien et à faire flipper tout le monde, tout le temps. Pour ça que Frantz avait ressorti le petit tableau, qu'il planquait depuis vingt berges. Ce jour-là, le jour du casse à Vincennes, il l'avait jouée fine. Il avait carotté la toile sans que personne s'en rende compte, pendant que Loulou et Anton se fritaient avec Gianni qui voulait se mettre les deux autres tableaux à dame. N'empêche, le rital, il avait raison ; ils étaient magnifiques les deux paysages. Du coup, personne n'avait vu qu'y en avait un troisième qu'allait avec –

comme un échantillon de celui sous la neige. Le même, mais beaucoup plus petit et avec un peu moins de détails. Avant que ça tourne à l'embrouille, Frantz l'avait embourbé en douce, sous la veste. Depuis, chaque fois qu'il ouvrait son placard à fringues, il prenait la Toscane en pleine tête. Un jour, il irait lui aussi. Ca devait être encore plus beau en vrai, pour que Gianni en parle tout le temps.

Quand Louis avait piqué sa gueulante et intimé à Gianni l'ordre de fourguer la toile qu'il avait encore sous le coude, Frantz avait vraiment flippé. Parce que là, Louis, il déconnait pas quand il regardait Gianni. Du coup, il s'était dit que ça servait à rien de jouer au malin et que si le grand format, tu pouvais pas le lourder comme qui rigole, pour le tout petit, en revanche, c'était jouable de le refiler aux Puces. S'il y avait pas eu ce banal contrôle... Frantz s'était fait choper par les Bleus pour une connerie, en fait. Comme la première fois.

Sauf que là, si les flics commençaient à creuser un peu le CV de Frantz, ça ne serait peut-être pas être la même...

La porte du bureau s'ouvrit sur la silhouette longiligne d'un officier de police. La partie qui commençait risquait de durer un peu. Frantz révisa brièvement quelques tonalités gutturales abandonnées depuis belle lurette. C'était le moment d'avoir du talent.

Mimétisme

J'adorais les rares jours où je pouvais caler une sortie de collège ou de lycée dans mon emploi du temps. Non pas qu'Avril ou Perceval ne soient pas en mesure de rentrer seuls à pied – les établissements n'était pas si loin et eux largement en âge d'assumer leurs allées et venues scolaires – mais parce que c'était pour moi un moment toujours un peu précieux.

Je m'assurais systématiquement d'avoir cinq minutes d'avance pour garer la voiture de façon correcte, puis allais me poster sur le trottoir d'en face et allumais une cigarette. Règle d'or et non dite : ne surtout pas attendre son chérubin pile un mètre devant la grille. C'eût été du plus mauvais goût et aurait fait passer immédiatement le collégien pour le poussin que sa maman poule vient chercher. Même si tel était le cas, il y avait un minimum de protocole à respecter... J'attendais donc patiemment ma progéniture un peu plus loin, assise sur le rebord d'un muret inégal, jusqu'à ce que la sonnerie libératrice retentisse.

Dès le top départ, derrière la façade de verre de l'usine écolière, je regardais les élèves descendre les escaliers dans un joyeux tumulte et se diriger vers la sortie. Je m'efforçais de deviner le plus vite possible lequel d'entre eux était Avril ou Perceval. Je m'amusais à essayer de reconnaître les uns et les autres, eux qui semblaient se donner tant de mal à se distinguer pour être tous pareils. Même coupe de cheveux, même jean, mêmes baskets, même blouson, même sac. L'armée de jeunes caméléons déferlait bruyamment sur le trottoir, avec leur look d'adulte et leur tête d'enfant, remplie d'insouciance.

Je crois que c'était cela que j'aimais, finalement. Leur insouciance, naïve, fragile et maladroite, avec une petite touche de frime pour camoufler l'ensemble et se donner un minimum de contenance. En cet instant, aucun d'entre eux ne savait de quoi serait fait l'avenir. Aucun n'avait encore conscience de la fragilité des rêves. Aucun ne percevait que la réalité serait tout autre. Ceux qui se voyaient pilotes d'essai émérites deviendraient sans doute banquiers sans fantaisie, celles qui s'imaginaient comédiennes et s'y escrimaient chaque jour en testant leurs capacités de séduction sur leurs camarades de classe, endosseraient probablement un rôle de prof ou d'assistante de direction, dans le meilleur des cas. Pour l'heure, et malgré le fait de devoir composer en permanence avec des parents qui ne comprenaient rien et des enseignants obtus, impasse faite d'un petit frère ou d'une cadette encombrants, demain s'écrivait d'un tag rose et était synonyme de possible. Comment leur en vouloir ? Comment ne pas avoir envie de les laisser rêver encore un peu?

Mes rêves à moi étaient loin. Ou, à tout le moins, m'étais-je appliquée à les enfouir savamment sous le quotidien. Je faisais de mon mieux depuis vingt ans pour étouffer le premier qui tenterait de se réveiller. J'avais fini par comprendre, par la force des choses, qu'être adulte ne se résumait qu'à une chose : être rai-son-nable. Se fondre dans la masse, lisser les aspérités, gommer les imperfections. Toute tentative de rébellion était superflue et menait juste à être considérée, au mieux, sous l'emprise d'une « crise » (de la vingtaine, de la trentaine, de la quarantaine, voire de la cinquantaine, selon le cas), au pire d'être rangée d'office en catégorie foldingo-dépressive. Votre ami le plus sûr brandissait alors fièrement les coordonnées de son « psy » qui faisait des merveilles, remède miracle sans nul doute à guérir la plus petite ébauche de vivre un tout petit peu hors normes.

Alors, oui, lorsqu'après dix minutes d'attente je voyais surgir la tignasse brune d'Avril ou Perceval de la masse, lorsque j'apercevais leur silhouette encore frêle se frayer un passage pour aller à ma rencontre, lorsque je voyais un sourire radieux s'afficher sur leur bouille de môme à mon approche, j'étais heureuse, pour quelques secondes. Parce que pour quelques secondes, je me souvenais que j'avais vécu vraiment, il y a longtemps.

Ce jour là, pas plus qu'un autre, je ne fus déçue. Le regard clair de Perceval, rayonnant au milieu de la foule, me fit une nouvelle fois l'effet d'un soleil.

Table ronde

Décochant un clin d'oeil à Perceval qui venait de s'installer dans la voiture après avoir jeté une bise sur ma joue droite et son sac à dos sur la banquette arrière, je repensai, le sourire aux lèvres, à une très vieille conversation.

−Bah, pourquoi pas ? Avais-je naïvement demandé?

−Comment ça, « pourquoi pas » ? M'enfin, Morgane, tu déconnes, là ! T'es pas sérieuse ?? s'était-on insurgé.

−Bien sûr que si, je suis sérieuse! avais-je insisté, du haut de mon ventre rebondi.

−Morgane, allons, franchement ! Allez, arrête, s'te plait, arrête tes conneries ! avait-on continué.

−Mais quoi? Qu'est-ce qu'il y a? avais-je insisté.

−Enfin, Morgane, tu ne te rends pas compte, c'est n'importe quoi ! Y'a des bouquins dans n'importe quelle librairie, dédiés à ça, si tu veux absolument sortir de l'ordinaire ! disait l'un.

« Pfff...J'y crois pas !...Pour une fois que je n'avais pas fait de liste ! Bien la peine de faire des efforts !... » pensais-je.

−Tu pourrais pas te contenter d'avoir juste des envies de fraises comme tout le monde, ajoutait un autre.

« Si tu savais de quoi j'avais vraiment envie, en cet instant précis, mon pauvre ! » songeai-je. Je devrais peut-être y céder, à l'envie que j'avais, tiens, d'ailleurs : te foutre dehors, là tout de suite, sur le champ, avec un bon coup de pied au cul, perte et fracas, non sans t'avoir bien mis les points sur les « i », non sans t'avoir précisé au préalable que ça fait des années que je t'écoute grandiloquer en soliste des tirades de faux intellectuel d'un inintérêt sans égal, juste parce que mon instinct humain et grégaire m'incite à m'entourer de gens dont, finalement, je n'ai rien à cirer.

Je me ravisai. Ca valait quand même le coup de le garder sous le coude celui-là : il constituait un « dîner de cons » à lui tout seul, pour les longues soirées d'hiver. L'entendre étaler ses âneries du haut de sa pompeuse superbe, en savourant une bonne raclette, avec un peu de charcuterie, quelques câpres et une gorgée d'Apremont frais, c'était presque aussi jubilatoire que Coluche à l'Olympia. Sauf que les applaudissements étaient interdits et que je ne riais aux éclats qu'après son départ. Cruel, oui, je l'admettais, ça l'était un peu. Mais comment résister à l'appel du comique?

Le mieux, c'était quand il venait, comme aujourd'hui, fièrement accompagné de Ghislaine (qu'il fallait prononcer « Guilaine », sans le « s » parce que c'était plus chic) - Ghislaine, qui se targuait

184

régulièrement avec un étonnement feint de se faire souvent apostropher, à quarante cinq ans passés, d'un « Mademoiselle », alors même qu'au fond, personne n'était dupe… « Off records », chacun savait attribuer sa silhouette sans pareille à l'excellence du bistouri de Fred Zimmerman, sur lequel elle était intarissable et auquel elle devait, dans l'ordre et entre autres, le profil de Kim Basinger, la bouche pulpeuse d'Angelina Jolie et un somptueux 90D. Et elle en faisait des tonnes Ghislaine. Des tonnes pour se rassurer, pour se convaincre qu'elle ne vieillirait jamais, un peu comme une voiture de collection. Elle était belle et clinquante comme une Ferrari. Il faut dire qu'honnêtement, elle avait un sacré carénage, auquel, cependant, le GPS (entendre Génie de la Pensée Subtile) faisait cruellement défaut. Parce qu'aussi talentueux fût-il, l'honorable Dr Zimmerman était impuissant à recréer l'étincelle d'Einstein au fond des grandes prunelles pâles et vides du jouet de luxe.

Néanmoins, Fred, lorsqu'il nous gratifiait de sa présence, contemplait son œuvre avec satisfaction : il n'oubliait pas qu'il devait à Ghislaine, chaque année, une partie de ses vacances d'été en Corse et un plaisant séjour hivernal à Saint Barth'. Fred et Ghislaine étaient donc logiquement « amis » sur Facebook parce ce que si la publicité de son art était proscrite au talentueux plasticien, l'amitié, Dieu merci, était quant à elle en vente libre…

—Ouh Ouuuh, tu nous écoutes Morgane ou tu t'en fous ? T'as les yeux dans le vague, là !

—Oui, oui, euh... Bien sûr que je vous écoute. Je réfléchissais à tout ça, justement.

« Pas beau de mentir, Morgane », me notifia ma conscience.

—Allez, sérieusement, de toi à moi, tu ne vas quand même pas appeler ta fille Avril?! insista un troisième pour enfoncer le clou.

—Ha ha ! Mort de rire !! Pourquoi pas janvier ou mars !! avait-on ricané bêtement.

—Ben.......A dire vrai.... Si ! avais-je confirmé posément.

—Déjà qu'avec Perceval, t'avais fait fort et ça avait bien fait marrer tout le monde, d'ailleurs, hein ?...Là, t'es carrément à côté de tes pompes ! m'avait-on dit, dans un effarement choriste.

Consternée, je regardai mon décevant auditoire puis cessai de répondre. C'eût été inutile. Pourquoi parlementer avec ceux qui ne voyaient derrière Perceval qu'un prénom ridicule tout juste bon à affubler le héros en armure d'une relecture hollywoodienne médiévale? A quoi bon tenter de les convaincre? Pourquoi perdre le temps de leur expliquer? Que Perceval était la force, le courage, la pugnacité, la loyauté. Que Perceval, derrière son fier regard d'azur, était un chevalier qui partirait à l'assaut des temps modernes sur la vie de son choix.

Alors, devant l'assistance médusée de mes « amis », assis autour de la grande table ronde, qui à défaut d'en avoir le panache chevaleresque en avait au moins la forme, j'avais souri et caressé la rotondité de mon ventre tendu à l'extrême.

Avril serait le parfum subtil et entêtant des premières fleurs, Avril serait la force mêlée de douceur, la fluidité et la fraîcheur. Elle serait le tumulte des cascades accrochées aux rochers moussus des torrents de montagne. Avril serait le printemps,

Avril serait la vie. Avril, dans quelques jours, serait le deuxième soleil au cadran de mon ciel.

En cet instant, je les emmerdais tous, eux les Valérie, les Charlotte, les Thierry, qui rêvaient en veilleuse de Paul, de Charles et de Marie, dignes juges au tribunal de la pensée uniforme. Je m'étais dis aussi que, dans la série urgente des trucs à faire, il fallait que je prenne le temps de revoir la liste de mes potes. A l'évidence, c'était devenu vraiment important. Pour autant, et sans doute sous l'emprise d'un léger syndrome de Stockholm, cela avait pris semble-t-il nettement plus de temps que prévu.

Deus ex machina

−Bon, qu'est-ce qu'on fait, Patron, pour l'histoire du tableau ?» demanda l'OPJ, une main dans la poche de son jean, au divisionnaire qui lui faisait face.

Jeune loup impétueux débarqué quelques années plus tôt de l'école de police, Chris Martini, rasé de frais, en chemise blanche dont il avait roulé les manches, avait la pupille brillante à l'évocation de l'affaire qui venait de lui tomber entre les mains.

−Vous en êtes où avec le broc' ? Toujours au frais ou vous avez repris l'interrogatoire ?» questionna calmement le commissaire Bastelica en retour.

Après trente ans de service qui expliquaient probablement une bonne partie de ses cheveux blancs soigneusement ordonnancés au dessus d'un front large parcouru de rides nerveuses, Laurent Bastelica avait besoin d'un peu plus qu'une arrestation prometteuse pour faire pétiller son puissant regard vert pâle.

−Non, là, il est dans mon bureau, avec Vergniaud. Mais on n'a pas avancé des masses. Pas de papiers sur lui. D'origine allemande. Ca fait deux jours qu'il nous balade, dans un français approximatif, avec des trucs qui n'ont ni queue ni tête. En attendant, on n'a pas grand chose et on arrive au bout de la garde à v'. On va pas pouvoir le cuisiner plus longtemps sans qu'il appelle son avocat. Après, on risque de se faire taper sur les doigts par le Proc', justifia l'inspecteur.

—Enfin, Martini, vous n'avez-pas grand chose ! Vous n'avez pas grand chose...vous avez le tableau, que je sache ! s'agaça Bastelica. Ca a donné quoi, d'ailleurs, à l'Office Central ? Vous les avez rappelés, au moins ? insista-t-il.

C'est vrai que depuis que le gouvernement avait réorganisé le système et donné naissance à l'Office Central de Lutte contre le Trafic des Biens Culturels, ils avaient un bel outil de travail à disposition. Cela dit, avec l'internationalisation croissante du trafic d'antiquités et d'objets d'arts en tous genres, la mise en place d'une structure spécialisée était vraiment devenue nécessaire, si on voulait combattre la criminalité. Tant qu'on était resté dans les braquages et le recel franco-français, c'était déjà difficilement gérable mais avec l'ouverture de l'Europe et depuis qu'on pouvait se rendre en trois clics d'un bout à l'autre de la planète, il y a plus d'un trésor national qui avait fait le voyage. Depuis 1997, l'O.C.B.C. contribuait à stopper l'hémorragie. C'était loin d'être un luxe.

—Oui, Patron, bien sûr qu'on les a rappelés. Ils confirment ce qu'on savait déjà par les « Antiquaires » de la B.R.B.. La toile qu'on a en main ne figure pas au fichier. Rien, nada. Le tableau dont T.R.E.I.M.A. fait état est quasiment identique mais beaucoup plus grand et aurait été volé il y a une vingtaine d'années, à Vincennes, dans le 94, exposa Martini. Mais aucune photo et rien qui nous permette de relier les deux pour le moment.

Le Thésaurus de Recherche Electronique et d'Imagerie en Matière Artistique (T.R.E.I.M.A.), c'était le tenon qui allait avec la mortaise. Le logiciel informatique lancé en 1989, en collaboration avec le bureau des études et de recherches de la sous-direction de la police technique et scientifique, était un outil performant et consistait en une base d'imagerie des dossiers de biens culturels volés relevés sur le territoire national. Il gérait autant de dossiers informatiques que d'objets volés par affaire. La première fois que Martini avait jeté un œil à la documentation, il était resté scotché. Etaient listées devant lui des dizaines de milliers d'affaires, simplement en France. Et la base de données avait à peine plus de vingt ans....

Chaque écran "affaire" comportait les informations classiques sur la victime, les date et circonstances du vol et débouchait sur l'écran "objet" qui utilisait le thésaurus. Accolé au texte, se trouvait la photographie scannée de l'objet volé, digitalisée et incluse dans le dossier informatisé. La recherche permettait aussi d'associer le texte à la photographie. Etant donné que très peu de ces biens possédaient un caractère unique, sans cette identification, il était impossible d'établir le vol.

—Et du côté des propriétaires ? Vous avez réussi à les joindre? renchérit fermement Bastelica.

—Heu, non, pas pour le moment. C'est en cours, Patron. Ils ont déménagé, on cherche leur nouvelle adresse. Je vous dirai dès qu'on a du nouveau, répondit l'O.P.J., une pointe d'excuse dans la voix.

—O.K., O.K. Martini. Bon, en attendant, gardez le broc' au chaud, je me charge de faire prolonger la garde à vue d'au moins vingt quatre heures. Je me débrouille avec le Proc et je vois avec le S.R.P.J.. Je sens qu'on va avoir besoin d'un coup de mains...Ah ! Dans la foulée, passez aussi un coup de fil à l'O.C.B.C., qu'ils regardent vers l'Allemagne et la Belgique. On ne sait jamais. Oui, je sais, ce n'est pas facile de les joindre, enjoignit Bastelica, reprenant le dossier sur lequel il travaillait avant d'être interrompu par l'O.P.J..

Martini s'apprêtait à quitter le bureau du divisionnaire après un « Bien Patron, je m'en occupe » de rigueur, lorsque Bastelica ajouta à son intention :

—Et Martini, bougez vous le cul, de grâce ! On n'est plus sur du vol de vélo, là. Il se pourrait qu'on tienne du lourd.

Bastelica avait des tonnes de dossiers en souffrance, un emploi du temps surchargé et pas mal de chats à fouetter. Pourtant, lorsqu'il avait incidemment entendu parler de cette affaire de tableau, il n'avait pu s'empêcher d'y jeter un œil et avait demandé à Martini de le tenir informé du déroulement de l'enquête, personnellement.

Non par pour la gloriole tirée d'une mise sous les verrous d'un receleur de plus mais simplement parce que cette histoire de tableau le ramenait vingt ans en arrière et lui rappelait les heures divines qu'il avait vécues avec une collègue, en parallèle d'une enquête similaire. Elle avait rompu leur relation après la clôture du dossier, sans réel motif. Il n'avait jamais réussi à oublier les notes subtiles et épicées qu'elle avait laissées dans son sillage. Jamais osé non plus la re-contacter, depuis. De ce qu'il savait en interne, elle faisait toujours partie de la maison, à l'Office de Nanterre.

Section antiquités et œuvres d'art.

Le XXème

Dans la quinzaine qui suivit notre premier déjeuner, Yann et moi parvînmes à multiplier les instants volés. Le Viking, à cause d'un salon professionnel et de problèmes de renouvellement de visas qui ne pouvaient être réglés qu'à Paris, avait hissé la voile jusqu'aux rives de la Capitale. C'était inespéré. Chaque heure « creuse » se mua en prétexte, chaque officiel « rendez-vous à l'extérieur » en excuse pour se voir. Juste pour se voir.

« Le XXème », le minuscule petit bistrot de quartier aux peintures fanées, perdu derrière le dédale des rues de la Porte Maillot et qui avait tout de suite attiré mon attention, était, en quelques jours, devenu notre Q.G. Nous avions passé, la fois suivante, le seuil du désuet établissement parce que son nom nous avait amusés : en plein très chic dix-septième arrondissement, l'enseigne défraîchie aux lettres cursives manuscrites, « le Vingtième » était pareille à une verrue sur un visage lisse, ou mieux, une provocation.

Main dans la main, nous avions descendu joyeusement les trois petites marches de pierre usée de l'entrée. Derrière le zinc du massif comptoir, Marcel -

parce que nous avions figuré qu'il devait sûrement s'appeler comme ça – essuyait d'un énergique coup de torchon blanc barré de rouge, les traces d'eau de quelques verres ballons qu'il remisait prestement derrière lui. Marcel avait le regard lointain et intemporel de ceux qui ne sont jamais montés dans le bon train et ont échoué là par erreur parce que la vie n'a pas tenu ses promesses. Il nous avait accueilli d'un machinal « M'sieur dame », auquel nous avions répondu un dynamique et souriant « bonjour ». Puis nous nous étions glissés derrière un guéridon en bois jadis verni, sur une banquette de moleskine dont l'indéfinissable patine témoignait des milliers de fesses de tous âges, formes et poids divers qu'elle avait reçues au fil des ans. Au mur, punaisées sur les grandes arabesques d'un papier peint démodé, quelques photos usées de stars obsolètes figées à côté d'un Marcel plus jeune, rappelaient qu'un jour, il y a longtemps, peut-être, le XXème avait été un endroit « branché ».

Nous avions commandé une paire de cafés et deux verres d'eau que Marcel nous avait livrés avec un « voilà » et sans un sourire. Nous étions restés là, planqués dans notre bonheur sous la douceur vieillotte, pendant un bon moment.

Depuis une semaine, nous nous retrouvions dès que possible en ce curieux sanctuaire digne d'un film d'Audiard, pour trente minutes, parfois pour une heure, rarement plus. Comme un plongeur qui remonte pour trouver de l'air, nous descendions au « XXème » à la lueur des ampoules jaunes, pour prendre notre souffle avant de retourner vivre en surface. Au fond du troquet, à l'abri des miroirs piqués par le temps, sirotant un coca ou un expresso, nous nous racontions et, entre nos lèvres effleurées, refaisions le monde, en touches impressionnistes. Malgré le presque siècle de nos âges ajoutés, nous avions chacun quinze ans.

Executive board

Pour leur premier déjeuner, depuis que les flics avaient relâché Frantz, il y avait douze jours de cela, Louis avait indiqué un endroit discret. On avait frôlé la catastrophe. Low profile et remise des pendules à l'heure constituaient les plats de résistance.

Attablé au fond d'une gargote sans âme du onzième, Louis attendait les deux autres, un verre de Sauvignon blanc en main, avant de passer commande.

Huit minutes plus tard, le volant crème du rideau qui habillait la vitre de l'entrée frémit au passage de Gianni et Frantz, qui refermèrent la porte derrière eux, avant de se diriger automatiquement vers le bout de la salle. Déjeuner en vitrine parisienne faisait rarement partie de leurs prérogatives. Ils étaient pile à l'heure. Etre en retard n'était, en tout état de cause, certainement pas dans la liste des options.

—Bravo, Laurel et Hardy, votre ponctualité me fait sincèrement plaisir ! lança Louis avec un large sourire, à la vue de ses associés.

Ceux-ci échangèrent un regard en silence, surpris d'un accueil aussi cordial auquel ils étaient loin de s'attendre, vu le contexte.

—Non...et puis, vraiment, quelle bonne idée d'arriver ensemble bras dessus bras dessous...des fois que vous ne soyez pas assez repérés comme ça ! C'est pour une caméra cachée ou vous planchez sur une thèse de la connerie?! Parce que là, les biquets, je vous décerne la mention tout de suite, avec les félicitations du jury ! Et laissez-moi deviner Starsky et Hutch...je parie que dans la foulée, votre voiture rouge est garée juste devant, de préférence en double file et avec les warnings, c'est çà ? enchaîna Louis posément, ses prunelles ayant désormais retrouvé l'éclat du mercure.

—Arrête, louis, s'il te plait ! Ne nous prends pas pour des débutants. On a pris les transcos, comme t'avais dit. Et chacun de son côté, répondit Frantz, tapotant le bois de la table d'un majeur agacé et un brin nerveux.

—C'est vrai, Louis, vas pas t'imaginer des choses... On s'est retrouvés jouste dévant lé resto, mais c'est le frouit dou hasard, confirma Gianni, qui n'en menait pas large.

—Le problème, avec vous deux, reprit Louis, c'est que – et c'est fort regrettable – le hasard fait drôlement mal les choses, ces derniers temps. Et autant vous dire que ça commence sérieusement à me pomper l'air... Z'avez pas été suivis, au moins ?

—Non, Loulou, jé té joure, on a gaffé un max, assura Gianni d'un ton convaincant.

—Des yeux de lynx, j'oubliais... Si vous avez été aussi efficaces que le teuton à Saint-Ouen, j'espère que vous avez prévu vos p'tites affaires pour la nuit. Paraît qu'ils prêtent pas de brosse à dents chez les poulets, ironisa Louis.

—Bon, Loulou, ça y est ? T'as fini ? OK, j'ai merdé. Mais on va p't'être pas faire le réveillon là dessus. Il me semblait qu'on avait des trucs importants à voir et que c'est pour ça qu'on était là, osa Frantz.

Entre le pouce et l'index, Louis attrapa délicatement une cacahuète dans la soucoupe de porcelaine fêlée posée devant lui, l'ingurgita et but une gorgée de vin avant de reposer son verre. Il toisa Frantz posément tandis que Gianni triturait mécaniquement l'angle supérieur du set en papier gaufré que la serveuse venait de mettre en place, avec les couverts.

—C'est vrai Franky, tu as raison. Y'a deux ou trois choses dont il faut qu'on discute. A commencer par le tableau avec lequel tu t'es fait serrer. Ca sortait d'où, ça ? questionna Louis, les yeux rivés dans ceux de son interlocuteur.

Un convoi de séraphins passa au dessus de la table, plombée d'un silence de marbre seulement interrompu par les échos étouffés du brouhaha douillet de la salle avant du café, mêlé de cliquetis faïencé. Frantz, affrontant les yeux de banquise qui le jaugeaient, se passa la main dans ses cheveux et prit parole après un léger raclement gorge, comme une cantatrice cherchant à poser sa voix avant d'entonner un solo.

—Ecoute, Loulou... c'est une vieille salade. Vincennes, y'a vingt piges...Ca en faisait partie. Toi et Anton, vous vous preniez la tête avec Gianni, à cause des deux tableaux. Et il y avait ce dessin, qui ressemblait à l'autre. Personne ne l'avait vu et ça me gonflait, vos histoires à la con. Alors, voilà, je l'ai barbé et je l'ai gardé. Je pensais pas que ça pourrait prendre des proportions pareilles. Je la trouvais bandante cette petite barbouille, c'est tout. Vu ton speech de l'autre fois à Gianni, je voulais pas non plus d'embrouilles. Alors j'ai ressorti le tableau la semaine dernière pour le fourguer aux Puces. J'suis désolé. J'pouvais pas prévoir que les keufs débouleraient pile à ce moment là.

Louis afficha un rictus macabre, Gianni des yeux ahuris.

Pendant tout ce temps, cet enfoiré de Frantz avait fait cavalier seul et ne leur avait rien dit. Gianni n'en revenait pas : le nombre de fois où, Frantz, son pseudo pote, avait été jusqu'à prendre les patins de Louis pour le convaincre de se débarrasser de sa Toscane....

Louis avait du mal à digérer l'info et songeait conjointement au dernier qui avait essayé de la lui faire à l'envers, il y a dix sept ans. Mort tragiquement en pleine mer, une nuit de tempête au large de Brest. Tombé de son bateau. L'accident bête. Le corps n'avait jamais été retrouvé. Normal, il faisait depuis lors remarquablement office de compost dans le jardin d'un collègue breton, dont le bleu des hortensias était incomparable, soit dit en passant. C'était essentiel, les fleurs dans un jardin. Ca vous changeait le paysage. En attendant, ça vaudrait peut-être le coup de ressortir les moulinets et d'aller taquiner le céteau en Atlantique, conclut-il intérieurement avant de reprendre, à haute voix, sur un ton nettement moins pacifique.

—Tu pouvais pas prévoir !? Sérieusement, Franky, tu te fous de ma gueule ou tu fais comme le frangin et tu t'es mis à renifler du sucre, toi aussi? Tu pouvais pas prévoir...Mais, là, on est carrément dans Blanche Neige ! Et les sept nains, t'as prévu qu'ils se pointent à quel moment ? On n'est pas chez Perrault, mon pote. On joue plutôt aux gendarmes et aux voleurs et nous, on n'est pas exactement dans l'équipe de la maison poulaga. Il te faut quoi comme sous-titre, bordel?!

Frantz et Gianni, les yeux baissés examinant les taches de gras laissées par deux arachides sur la nappe de papier, ne pipaient mot. Quand il y avait gros temps, valait mieux la boucler et attendre la fin de l'orage. Louis, la mine fantomatique, fit un signe à la serveuse et commanda trois plats du jour.

Des steaks saignants.

Ce jour-là

Ce jour-là était semblable à tout autre. Enfin, à tout autre qui contint un de nos rendez-vous. Il était dix-neuf heures. Sous la tiédeur du soir, nous avions troqué notre habituel coca pour deux verres de Saint Julien, accompagnés d'un bol de chips.

—Tu fais quoi, là ? me demanda Yann dans un sourire tendre.

—Et bien, je m'apprête à dévorer une cuillerée d'huile, habilement déguisée en pétale de pomme de terre, répondis-je ironiquement, sans très avoir très bien saisi le sens de la question du Viking.

—Non, je veux dire, tu fais quoi, après? reformula-t-il en riant.

—Après ma cuillère d'huile ? Oh, je vais probablement la faire glisser avec un peu de cet excellent jus de raisin à 12°C... Cinq fruits et légumes par jour, c'est important. Entre la patate et le raisin, on peut considérer que ça fait déjà deux. Non, je plaisante !... Après, bien, je ne sais pas trop. Rien de très particulier. Je vais rentrer tranquillement à la maison. Les enfants dorment chez des copains ce soir. Donc je vais probablement me légumer sur le canapé avec un bol de corn flakes, vérifier l'étendue de la misère télévisuelle et m'endormir de bonne heure devant une histoire de meurtre en HD, décrivis-je d'un air goguenard.

—Sacré programme... répliqua Yann, songeur.

Il s'apprêtait à poursuivre sa phrase lorsque la généreuse poitrine de la serveuse, comprimée dans un chemisier blanc dont les trois derniers boutons étaient défaits, se pencha au dessus de nos verres vides et l'interrompit. La bouche trop fardée de cette dernière, nous demanda si nous souhaitions consommer autre chose.

—Non, merci, c'est gentil, répondis-je. On va y aller, pourriez-vous nous apporter l'addition, s'il vous plaît ?

Elle acquiesça et repartit à l'intérieur du café, dandinant ses hanches grassouillettes, serrées dans une jupe noire trop courte qui dévoilait une paire de jambes idoines juchée sur de hauts talons. J'eus une pensée sincère pour ces derniers auxquels incombait la lourde tâche de devoir supporter chacun pas loin d'un demi quintal, du lever au coucher du soleil.

Le Viking me caressa la main, se leva et entra à son tour dans le café. Un peu étonnée, j'attendis son retour, mon sac posé sur les genoux. Une envie pressante, sans doute. Je vis réapparaître son visage radieux dans l'encadrement de la porte, à peine trente secondes plus tard.

—Tu viens ? me demanda-t-il en me tendant la main.

−Où ça ? répondis-je, surprise.

−Viens, reprit-il simplement.

Sa paume enserra la mienne, puis il m'entoura de ses bras et me déposa un baiser sur la nuque avant de m'entraîner au fond de la salle, vers les marches recouvertes de moquette bordeaux qui montaient à l'étage. Je le suivis sans mot dire, incrédule et fébrile.

Parvenu au second pallier, il s'arrêta devant la porte marquée 210 en lettres cursives noires et sortit de sa poche une clé frappée du numéro identique qu'il introduisit dans la serrure. Nous nous observâmes de longues minutes sans parler, dans la pénombre du couloir au bout duquel luisait le bloc vert pâle de l'issue de secours.

Je serais incapable de dire à quoi ressemblait la chambre, dont la lumière était restée éteinte. Je me rappelle seulement de la porte claquée, du bruit sourd que fit mon sac lorsque je le lâchai sur le sol, du tintement de la clé qui tomba par-dessus.

Je me souviens des plis de satin parme de ma doublure de veste, par terre, à côté du lit, de mes chaussures abandonnées au sol feutré, des mains du Viking sur les boutons de ma robe de lin gris, du clic de l'agrafe plastique, dans mon dos. Je me souviens de mes mains aveugles apprenant à lire en braille sa peau inconnue, de ses doigts se perdant dans mes cheveux. Je me souviens de nos bouches sur nos corps nus, frissonnants. De ses dents, dures et douces contre ma chair, contre ma nuque, contre mes reins. Des battements défonçant ma cage thoracique lorsque Yann fut sur moi. Dans moi. Je me souviens d'avoir fermé les yeux. Je me souviens de son feulement rauque, plus tard, qui déchira le silence de la chambre. Je me souviens de l'image d'un champ de fleurs multicolores bercé par la brise, à l'instant qui suivit.

Après, je ne me souviens plus.

J'ai oublié la suite de ce jour-là, où le temps Viking avait suspendu son vol, pour la première fois.

What else

L'ambiance était à la concentration dans le bureau enfumé du dernier étage de la P.J., au fond du couloir aux murs céladon et dont le sol carrelé de blanc reflétait les éclairages blafards du plafond.

−Merde, Martini, il faudra vous le dire combien de fois ? Ils ne sont pas assez nombreux, les panneaux ? Il y en a quasiment un tous les mètres. La clope barrée, avec une croix rouge dessus, c'est explicite quand même, non ? En plus, vous avez la terrasse à deux mètres, faites un effort ! On respire plus dans votre bouclard - et je ne parle même pas de votre santé que vous mettez gravement en péril!

−Oui, je sais, je sais...Désolé patron ! Je suis à fond sur l'affaire du tableau. Je ne décolle pas le nez du dossier, répondit Martini en écrasant une blonde au milieu d'une multitude d'autres, recroquevillées convulsivement dans le cendrier plein.

−Bon, alors, ça donne quoi les écoutes depuis que vous avez branché le broc'? Au moins que vous ne vous fabriquiez pas un joli petit cancer pour rien ! Café, Martini ? » demanda le divisionnaire tandis qu'il s'emparait de deux tasses et les glissait sous le nez gargouillant de la machine à expresso, connaissant d'avance la réponse de l'O.P.J., à la vue de sa mine épuisée.

—Euh, oui patron. Court, sans sucre, merci. Côté pistes, pas terrible, pour le moment. Deux coups de fil passés en trois jours. Pizza Domenico pour une margharita avec anchois et l'UGC des Halles, pour le programme. A croire qu'il ne connaît personne. En revanche, il a bien perdu son accent germanique depuis qu'il est passé chez nous... Alors soit il suit des cours de Français en accéléré et la méthode est ultra efficace, soit il nous a pris pour des lapins de trois semaines pendant l'interrogatoire, répondit naïvement l'O.P.J.

—Option 2, Martini, voyons! Ils vous apprennent quoi à l'ENSOP ? Trouver une toile comme ça sur un tas de poubelle sous le périph'... Fallait quand même l'oser celle-là! Ca ne tient pas la route dix secondes. En même temps, c'est déjà arrivé et c'est imparable… Jusqu'à preuve du contraire. On ne pouvait pas le garder au chaud dans l'aquarium ad vitam sans preuves, et il nous sera plus utile dehors, de toute façon. La moitié de Saint-Ouen a tripoté la toile. Aucune empreinte au fichier et personne n'est au courant de rien, évidemment. En trente et un ans de carrière, avant de faire parler un broc', j'aime mieux vous dire qu'il faut se lever de bonne heure. Et lorsqu'ils se lâchent un peu, parce qu'ils n'ont plus bien le choix et qu'on les a lourdement incités à faire un peu de lessive, ils vous sortent des histoires tellement dingues qu'on finit par se demander si on ne les préférait pas en mode vibreur. Le pire, c'est qu'après enquête, moins on y croyait et plus c'était vrai. Du côté de son C.V., ça donne quoi ?

−A peu près aucune fausse note sur l'accordéon. Le casier est pratiquement clean, hormis une condamnation il y a trente deux ans, effectuée partiellement : comportement exemplaire et remise de peine. Son livre de police est tenu au cordeau, pas de caviardage. C'est encore ça le plus suspect, à vrai dire. Il ne manque pas une facture, que des petits lots scrupuleusement consignés, chinés sur des brocantes. A se demander comment il boucle ses fins de mois. Studio dans le dix-neuvième. Rien à signaler d'après les voisins. Célibataire, sans histoire, il n'est pratiquement jamais là. Il n'y a pas à dire, ils ont du métier les mecs. Y'a rien qui déborde. En revanche, les brocanteurs, sauf erreur, ça a vite besoin de s'aérer. C'est pas longtemps casanier. Ca, c'est Wozynski et Bourgois qui sont sur le coup. Ils nous surveillent son portable qui nous indique gentiment ses mouvements à la minute près. Du boulot au rasoir. Ah ! Et dans les règles, au fait : j'ai le C46 et le juge m'a envoyé la commission rogatoire avant hier.

−Bien, Martini ! Y'a pas à dire, c'est beau la technologie, tout de même. Quelle belle invention que les téléphones cellulaires. Ca n'évite pas une petite filature à l'ancienne en parallèle, bien entendu, mais ça nous gagne pas mal de temps et beaucoup d'heures à s'avaler des sodas chauds sur sandwichs mous en voiture. Ok, Martini. Continuez la filoche et tenez-moi au courant. De mon côté, j'attends le retour de l'Office qui doit me transmettre le dossier complet du casse de Vincennes. Je suis sûr qu'on doit pouvoir trouver de nouveaux éléments d'enquête là-dedans. Je vous ferai signe. Et pitié, ouvrez au moins la fenêtre, on ne voit pas à un mètre.

K.O.

A dix ans, je rêvais d'avoir vingt ans. A quinze ans, je doutais d'avoir un jour vingt ans. A vingt ans, j'ai su pourquoi j'avais attendu d'avoir vingt ans. Je ne m'étais pas tout à fait trompée. D'une certaine manière, je savais que tout était là. Pourquoi j'avais réussi à vivre jusque là.

Le nez au dessus des platanes, depuis le balcon du quatrième étage des vingt cinq mètres carrés de mon studio, loué à coups de petits boulots au milieu des heures d'études, j'étais la reine du monde. Une banquette Ikéa (couleur crème, déhoussable, lavage à 30°C, jamais rehoussable), une table basse en mélaminé impression frêne (plus impression que frêne), un pouf en bambou, une petite commode mal repeinte, une paire de lampes, un peu de porcelaine blanche et beaucoup de livres constituaient l'essentiel de mon royaume.

Il y avait une mezzanine en bois peint, aussi. Achetée d'occasion au moyen d'un prêt à taux zéro, gentiment consenti par ma fourmi de frangin qui n'avait pas réalisé qu'il venait de financer à sa cigale d'aînée rien de moins que l'acquisition d'un navire.

Combien de nuits passais-je, allongée sur cet improbable promontoire devenu proue le soir tombé, à naviguer, par la fenêtre, au dessus des lumières de la ville, jusqu'à l'infini? C'était tellement magique les petits rectangles d'or pâle accrochés sur l'obscurité, aussi loin que l'oeil pouvait comprendre, qui disparaissaient chacun leur tour tandis que les heures tournaient, jusqu'à ce que tous fussent éteints ou presque. Il en subsistait toujours quelques uns, rivés à la nuit qui tiraient désespérément leur éclat jusqu'au bout de l'ombre, avant de finir par se fondre aux premières lueurs de l'aube. Comme d'autres comptaient les moutons, je comptais les lumières de la nuit sous l'étoile du berger.

Des années plus tard, mon frère avait repris la location de mon appartement. Je n'avais jamais osé lui demander s'il avait aussi repris le commandement du vaisseau.

Mes études roulaient toutes seules, sans me créer de maux de tête majeurs, sauf peut-être pour un ou deux dossiers rédigés en quatrième vitesse parce qu'oubliés négligemment dans la liste des choses à faire et des devoirs à rendre.

J'avais un amoureux. Ou deux. Ou trois. Amoureux était probablement un bien grand mot. Peu importe. C'était léger et drôle. Ca secouait comme sur les montagnes russes des attractions de fête foraine, on avait un peu mal sur la descente mais on brûlait d'envie de refaire un tour et on retrouvait facilement un ticket pour une autre attraction.

Entre deux tours de manège, il y avait les potes. Ceux qui passaient à l'improviste, ceux qui appelaient avant de passer, ceux que j'invitais à partager un plat de pâtes ou une pile de crêpes, arrosés de quelques bières, d'une vodka orange ou d'un rosé médiocre. Ceux aussi qui seraient bien restés jusqu'au petit déjeuner et qui finissaient par partir, longtemps après le dernier invité, sur l'insistance de mes bâillements.

Pour autant, il y avait un manège que j'avais aimé longtemps. Mais, par peur sans doute de ne plus savoir si j'arriverais à en descendre, j'avais un jour sauté en marche. Avec un petit pincement. Ce fut la fin de mes vingt ans et de mes rêves. J'avais vingt et un ans.

Et j'étais là, vingt-cinq ans plus tard, devant le Grand Palais qui dardait fièrement ses majestueuses coupoles de verre sous un soleil pâle dépourvu de chaleur estivale, au milieu des collectionneurs, touristes chics et autres afficionados présents en masse à l'incontournable rendez-vous de la rentrée parisienne : la Biennale des Antiquaires.

Tandis que je m'insérai dans la file d'attente pour faire valider mon sésame d'entrée au seul « musée » de France dont chaque exceptionnelle pièce était achetable – moyennant de très solides finances - je regardais les feuilles des platanes, le long des Champs Elysées, déjà parées des premières couleurs de l'automne, frémir sous la brise.

Mi-septembre, déjà. Perceval et Avril avaient remisé, non sans amertume, planches à voile, surfs et tongs jusqu'aux vacances prochaines puis réinvesti dignement leurs fonctions d'étudiants, la mine resplendissante et quelques grains de sable au fond des chaussures pour témoins de leur équipée balnéaire. L'été, son cortège de rêves insouciants et autres plans tirés sur la comète étaient soigneusement rangés. Ma pause méditerranéenne de sept jours, bercée de pétulante douceur corse, me semblait à présent lointaine voire irréelle. J'avais volontairement évité l'habituelle blondeur des sables vendéens, par crainte de croiser celui que j'aurais pu y voir vivre sans moi. Je n'avais pas vu la vie passer.

Enfin parvenue à la hauteur de la lourde porte aux battants forgés, invitation en main, je pénétrai, entre deux palmiers en pots, sous la nef cristalline.

Comme chaque fois, il avait fallu patienter deux ans pour assister au nouveau cru de la Biennale et en prendre plein les mirettes. Comme chaque fois, ce fut une pure délectation. Les stands grandioses, richement ornés et présentant des pièces somptueuses se succédaient les uns aux autres, rivalisant d'élégance et de rareté, confinant à l'overdose d'excellence. Ici, un amoncellement de curiosités précisément hiérarchisées (dont une étonnante boîte érotique à tiroir secret du XVIIe), mis en valeur sous de lourdes tentures noires. Là, une reconstitution à l'identique du bureau ovale de la Maison Blanche dont l'intégralité du mobilier avait été remplacée par des chefs-d'oeuvre du XVIIIe. Plus loin encore, une toile monumentale de Dubuffet, estimée à plusieurs millions d'Euros. A l'abri de la gigantesque enveloppe de verre, j'avais le vertige et le frisson.

Je fus stoppée net dans mon élan.

Je n'en croyais pas mes yeux… C'était impossible ! Je devais forcément faire erreur. Pas ici, pas maintenant. Incrédule, je franchis le seuil de la galerie d'un jour et posai mes pieds sur le parquet ciré qui grinça tandis que j'avançais, happée vers le fond du stand.

Il était là. C'était lui, sans aucun doute. Je l'aurai reconnu entre mille. J'avais passé tant d'heures à l'observer minutieusement dans les moindres détails. Lui faisant face, à moins d'un mètre, je me mis à le scruter rigoureusement et commençai mon décompte rituel. Un, deux, trois, quatre devant le buisson. Cinq autres sur la colline. Plus trois sur le chemin. On en était à douze. Il en manquait encore deux. Ah oui, c'est vrai ! Il fallait les chercher au pied du cyprès, à côté de la maison. Deux minuscules taches rouges. Deux bonnets. Plus deux, donc, qui faisaient bien quatorze. C'était sûr, c'était lui, c'était mon tableau, mon sublime paysage de Toscane, signé et daté, en bas à gauche, en lettres cursives, Louis-Auguste Lapito, 1883. Avec ses collines verdoyantes à l'infini, sa petite maison ocre au premier plan, baignée de lumière intemporelle et ses quatorze minuscules personnages que j'avais fini par découvrir, un par un, au gré des ans, enfouis entre deux coups de pinceau et quelques craquelures.

Hormis le cadre doré qui en ceignait désormais le pourtour et empêchait au paysage de se prolonger dans l'imagination de celui qui lui faisait face, il était intact et identique en tous points. Je sentais mes tempes résonner des battements de mon coeur, des fourmillements monter le long de mes mains à présent moites. Je n'entendais plus rien que mes tympans bourdonner.

Pourquoi était-il là, anonymement accroché au parterre de dix autres, sur la tenture ivoire ? Trois ans s'étaient écoulés depuis la dernière fois que j'avais usé mes pupilles à la contemplation de ce tableau. Je lui avais dit au revoir, comme au reste, le fameux soir de novembre où j'avais fui de la maison, les enfants sous le bras. Je n'avais pas compris alors qu'il s'agissait d'un adieu. Plus tard, je l'avais imaginé troqué pour quelques milliers d'Euros par mon ex mari, en colmatage de ses factures laissées en souffrance. J'étais presque heureuse, aujourd'hui, de voir ma toile vivre dignement, même parée d'or et pendue par un crochet à la vue du premier quidam néophyte.

Il fallait que je sache, pourtant. Je levai un doigt discret à l'attention d'une femme élégante qu'il eût convenu d'appeler prosaïquement « vendeuse » si l'on s'était trouvé dans un autre lieu. Celle-ci se dirigea promptement vers moi, son visage éclairé par un sourire d'usage.

−Bonjour Madame, puis-je vous renseigner ? interrogea-t-elle ?

−Bonjour, oui, merci, c'est gentil. Je souhaiterais connaître le prix du paysage XIXème, le Lapito, là, juste à droite, s'il vous plaît , répondis-je,

−Ah oui ! Le Lapito ! Vous avez l'oeil...C'est un tableau magnifique − et en parfait état. Il a seulement été nettoyé. Un instant, je vous prie, je vous dis cela tout de suite…

Non, pas en parfait état, pensais-je. Il y a un très léger accroc, quasiment invisible, certes, en haut à gauche, juste en dessous du premier vallon, à côté de la fine silhouette terre de Sienne. J'avais fait restaurer, il y a quatre ans de cela, cette malencontreuse blessure pour laquelle je m'étais maudite. Un stupide coup de balai en faisant le ménage qui avait confirmé que je n'étais définitivement pas la reine de la discipline.

La galériste, suivie de la vendeuse, vint à ma rencontre.

−Bonjour Madame, vous souhaitiez connaître le prix du Lapito, je crois ? Il en faut 480 000 Euros. C'est une œuvre majeure, répertoriée au Bénézit. C'est une des pièces maîtresses du peintre. C'est pour l'export ?

480 000€…Quatre-cent-quatre-vingt-mille euros ! Je manquai défaillir. Je revoyais mon coup de foudre instantané pour cette peinture, dénichée sur une brocante

de banlieue, dix-huit ans auparavant, couverte de poussière, posée à même le sol sur la tranche, le long d'une table de camping branlante, derrière deux gouaches néo-merdiques. Dix mille francs tendus à son propriétaire avaient suffi pour qu'elle devînt mienne et ne me quitte plus…

—Non, c'est pour un ami. Il connaît bien l'œuvre de Lapito. C'est un collectionneur, mentis-je, dans l'incapacité de pouvoir lui expliquer. Puis-je me permettre d'en prendre une photo ? ajoutai-je seulement.

—Mais bien sûr, je vous en prie. Je suis à votre disposition si vous avez besoin d'autres informations, Madame, enchaîna-t-elle avec une politesse et une retenue toute commerciales.

—Je vous remercie. Auriez-vous une carte ? Je vous recontacterai le cas échéant, répondis-je pour clore l'entretien.

Debout, à un mètre à peine, après avoir enfoui le bristol dans une poche sans même le consulter, je pris le temps de faire mes adieux à la Toscane, derrière l'écran de mon portable, qui embrassait en mon nom toute la toile, sans le cadre. J'appuyai sur le déclencheur comme j'aurais fait un ultime geste de la main. Les doigts serrés sur l'image pixellisée, je ne parvins pas à retenir la larme qui s'échappa lorsque je quittai le stand, sans me retourner.

Asphyxie

Incapable de rester plus longtemps au sein de la prison de verre, je volai vers la sortie. Besoin vital d'air. J'empruntai précipitamment la première porte que je trouvai, me faufilai entre deux vigiles massifs en costume sombre qui s'effacèrent, l'air un peu surpris, à mon brusque passage.

Enfin dehors ! Je me laissai choir sur l'un des rebords de pierre blanche, à l'entrée du Grand Palais. Assise, je m'adossai à la façade pour respirer profondément puis allumai une cigarette. La flamme du briquet ayant fait son office, les volutes opalescents montaient doucement, fines spirales comme aspirées aux nuages clairsemés sur l'azur, pour venir en dessiner d'autres. Je baissais les yeux vers le cuir brun de mes escarpins qui se détachait sur le granit cendré des dalles du parvis. J'étais sonnée. Pas d'humeur à laisser mon esprit attribuer, vagabond, la forme d'un animal ou d'une silhouette, aux nébulosités.

J'étais même doublement sonnée. Au-delà de mon ahurissement premier dû au fait de me trouver nez à nez avec le tableau qui un jour avait été mien, je repensais à la conversation que j'avais eue avec le marchand de Saint-Ouen, un mois auparavant. Ses paroles me revenaient à l'esprit, mot pour mot. « ...Vingt piges qu'ils cherchent la bande et le tableau, enfin, les tableaux. Parce qu'à l'origine, il y avait une paire... »

Une paire. Deux Lapito de format et de sujet identiques, dont seule la saison changeait. Se pourrait-il que... Mon portable, toujours fermement serré au creux de ma main, vibra. C'était le Viking.

—Hellooo, M'dame, ça va ? entonna-t-il.

—Bof, ça pourrait aller mieux… Je t'expliquerai… Tu voulais quoi ? demandai-je sur une note laconique.

—Houla ! Pas la grande forme on dirait… J'ai une bonne nouvelle. Enfin, je crois ! Je suis dispo ce soir, si toi tu es là. Je suis même dispo pour un tour de pendule, si tu veux… poursuivit-il, enjoué.

—Pour un QUOI ? rétorquai-je, un peu sèchement, peu encline à jouer aux énigmes.

—Ben, un tour de pendule… On a la soirée et la nuit devant nous, p'tit dèj inclus, en gros, si ça te tente…précisa-t-il.

—Ah ! Ouais...c'est chouette !… Oui, bien sûr que ça me tente ! En revanche, je prends l'avion à Roissy de bonne heure demain matin, pour Montpellier. Déballage pro d'antiquités.

—No problem ! C'est nickel, on pourra même partager le taxi, alors ! Mon vol pour Cabo Verde décolle à 8h. Je pars trois semaines. Reportage sur le circuit

PWA. Ca va me rappeler des vieux souvenirs ! sympa, non ?!

…Oui sympa, super sympa, extra, top, génial ! Tu parles ! Vingt et un jours... Cinq cent quatre heures à tenir sans Viking, surtout… Je me refusai à faire le compte des secondes, aidée par mon aversion pour le calcul mental ... Je marquai un temps d'arrêt avant de répondre un « Ah… ouais c'est cool » qui manqua certainement d'entrain, puis proposai « Vers 19h30, ce soir, ça te va ? ».

−Impec' ! Ca marche, je te rappelle un peu plus tard et on voit où on se retrouve. Il faut que je file, là, je suis à la bourre !... Je t'embrasse. A toute.

−A toute...bisou ! dis-je avant de raccrocher.

Les coups de fil de Yann étaient toujours semblables à des tornades : généralement inférieurs à deux minutes, ils changeaient le cours de la vie.

Je ne cherchai même pas à savoir d'où venait le prodige de soirée qui se profilait, ni pourquoi. J'avais urgemment besoin de me changer les idées, de me poser, d'agir sans réfléchir, de tendresse. C'était parfait.

Je rallumai une cigarette et levai les yeux. Sur le ciel, les filaments délicats d'un cirrus échevelé traçaient un long point d'interrogation.

Scoop

—Putain de merde ! Dis-moi pas que c'est pas vrai ! Qu'est-ce que c'est que cette connerie !!

Louis replia furieusement l'édition du Parisien en assénant un violent poing sur la table qui, comme à l'accoutumée, fit trembler tout les objets qui s'y trouvaient malencontreusement. Cette fois, le café avait même débordé de la tasse et dégoulinait à présent le long de la paroi de porcelaine avant de venir mourir en une flaque brune sur la soucoupe, en surface de laquelle un reste de sucre échoué s'essayait à la flottaison.

Louis repoussa vivement le radeau en cours de naufrage, se recala bien droit au fond du fauteuil de rotin et rouvrit le journal en page vingt-deux, rubrique « Spectacles & Loisirs ». Il reprit sa lecture et parcourut des yeux l'article qui faisait face à la photo.

« La Vingt cinquième édition de la Biennale des Antiquaires qui se tenait sous la célébrissime verrière du Grand Palais vient de refermer ses portes, sans avoir failli à ses promesses. La prestigieuse foire internationale créée en 1956 par le Syndicat National des Antiquaires, rassemblait cette année encore les plus grands

marchands français et étrangers, les collectionneurs fortunés et les amateurs éclairés et a offert à tous un exceptionnel panorama de plusieurs siècles de virtuosité. Tous les arts étaient représentés dans leurs formes les plus exquises et de toutes époques, de l'archéologie à la peinture contemporaine, en passant par le XVIIIe, l'Art Déco ou les années cinquante. Mobiliers somptueux, sculptures majestueuses, peintures de maîtres : il y en avait pour tous les goûts et près de 65 000 visiteurs se sont rendus à ce rendez-vous incontournable du « Beau ».

Si, d'un point de vue scénographique , les étonnantes et très luxueuses mises en scènes de François-Joseph Graf ou Pier Luigi Pizzi n'étaient plus de mise pour cette nouvelle édition, étant donné le contexte économique actuel, on retiendra cependant, du côté des ventes, quelques jolis records, telle une grande idole anatolienne, datant du IIIe millénaire av. J.-C., vendue dès l'ouverture à plus de 500.000 euros et une huile sur toile, de l'illustre Louis Auguste Lapito, partie pour quatre cent trente-huit mille Euros. Preuve, s'il en fallait, que les amateurs répondent toujours présents à l'appel de l'Art et que la Biennale a encore de beaux jours devant elle. »

L'article, signé C.B., était accompagné d'une photographie, format quart de page, sous-titrée « Paysage de Toscane, par Louis Auguste Lapito, SBG 1883 ».

Louis, écumant de rage, se porta la main au front et jeta dans un sifflement un « mais qu'est-ce qui m'a cloqué des emmanchés pareils. C'est pas possible d'être aussi con ! ».

Puis il saisit son portable et composa fébrilement le numéro de La Voile Bleue, un hôtel restaurant de la Grande Motte.

—Tonio? C'est moi. Gianni est dans le coin ?

—……..

—Passe-le moi, s'te plait. Et dis lui que c'est urgent.

Apesanteur

« *Posée sur la table de nuit chinoise en poirier noirci, à côté d'une mince pirogue miniature en ébène dans laquelle reposent quelques bijoux, il y a une lampe en poterie couleur chocolat, dont l'abat jour trop blanc est recouvert d'une mousseline pourpre qui apaise la lumière. Juste à côté, trois flammes emprisonnées derrière leurs verres gravés d'arabesques sombres, vacillent sous le vent frais qui filtre par la baie entrouverte. Et sur le mur de chaux crème, entre les rideaux gris qui encadrent les hautes fenêtres de la chambre, deux ombres chinoises dansent leur étreinte au théâtre improvisé. Par dessus les draps froissés de lin bleu pâle, ton corps caramel contre mes courbes opalines, faute de soleil. Puis ta main immense qui suffit à faire le tour de ma paume, tes doigts puissants emmêlés dans les miens. Nos lèvres dans un souffle contre la nuque de l'autre, ying et yang.*

Il est quatre heures. Les premiers passereaux appellent les lueurs du jour. Sur le presque silence, nous sommes heureux, à l'abri du temps. Sauf que nos vies sont seulement en pause sur d'autres rivages. »

L'instant était sublime. Je vécus pleinement chaque seconde de la nuit volée au temps. Surtout parce que le coeur en paradoxe, je savais que ce bonheur ultime était rarissime. Parce que partager des heures nocturnes en toute quiétude tenait du miracle. Parce que nous ne pouvions rien demander au lendemain. Parce que c'était la règle du « Je ». Parce que « Je » avait aussi le devoir d'être un autre.

Alors, dans la pénombre, je pris le temps d'esquisser de mémoire, les paupières closes et contre ta peau, le moindre de tes traits, de graver scrupuleusement chaque virgule de notre nuit pour les tatouer sur mon âme. Pour que, quoi qu'il advint ensuite, j'eusse toujours en poche la courbe de tes cils appuyée sur ton regard outremer aux paillettes grises azurées, souligné de quelques ridules et surplombé, juste au dessus de l'arcade droite, d'une fine cicatrice, vestige d'un aileron de planche pris en plein visage un jour où la tempête avait violemment retourné ton flotteur. Puis ton sourire radieux dont le seul souvenir eût fait fondre un iceberg, illuminé par des dents blanches imparfaitement alignées. Ta bouche. Et là, juste sous la commissure gauche, un grain de beauté, savamment épargné par le fil du rasoir.

J'avais peut-être dormi quarante-cinq minutes lorsque le réveil sonna. Tu ouvris les yeux et le compte à rebours débuta. Nous avions une ou deux heures devant nous avant que le temps ne reprenne ses droits.

Pyrrhus

Martini, calé sur l'arrière de son fauteuil à bascule, les pieds sur le bureau encombrés de dossiers urgents, compulsait la dernière édition de la Gazette de l'Hôtel Drouot, goûtant une courte pause bien méritée et néanmoins instructive, cigarette blonde et coca light en main. Bastelica était absent, cela évitait au moins de se faire souffler dans les bronches, justement à cause du goudronnage intensif de ces dernières. Et puis, la baie vitrée était ouverte, de toute façon.

−Putaiiiiin Michel, Yiiiiihhhaaaa ! On a le cul bordé de nouilles, mon pote ! lança l'O.P.J., tonitruant et manquant, dans l'exaltation, de tomber de son siège dont les deux pieds tubulaires de l'avant retombèrent instantanément dans un dangereux « Kloung ! ».

−Non mais enfin, t'es pas bien de gueuler comme ça! Quel con ! Tu m'as foutu une de ces trouilles ! T'as une sacrée pêche pour quelqu'un qui a passé la nuit sur une inter...Qu'est-ce qui t'arrive ? répondit Michel Vergniaud, se demandant si le jeune Chris Martini n'avait pas été un peu taper dans les stocks des saisies, vu son état survolté.   Il se garda de lui proposer un café, qui aurait pu s'avérer nocif...

Martini, hilare, poussa lestement les documents épars accumulés sur le bureau de Vergniaud et y abattit d'une main ferme l'édition de la Gazette.

—Mate un peu ça, chéri! pointa l'O.P.J. d'un index assuré.

—Arrête de m'appeler chéri ! Oui, et ? répondit Vergniaud dans un regard désabusé.

—Putain, ma petite caille, t'as de la merde dans les yeux, ou quoi ? Regarde bon sang ! La photo, là, ça ne te rappelle rien ? Regarde bien !...

Vergniaud, après avoir rappelé qu'il n'était pas non plus une petite caille, jeta un œil circonspect au cliché qui illustrait un quart de page détaillé sur le bilan de la Biennale des Antiquaires, au Grand Palais.

—Meeeerde ! T'as raison ! C'est quasiment le même que celui du broc', mais en plus grand et sous le soleil !...

—Exact ! Et t'as vu le tarif ?...

Le sifflement strident qui s'ensuivit raya l'air. Eloquent.

—Ouaah ! La vachhhe ! Ah ouais, quand même... ! Quatre cent trente-huit mille Euros.... ! Woooww ! Comment on peut foutre autant de blé dans un truc pareil ? Ca fait cher du poster, sans déconner ! Y'a quand même des mecs vraiment blindés...

—Tu m'étonnes...C'est juste l'enveloppe pour une baraque, en gros... rajouta Martini, songeant au loyer de

1032€ mensuels, qui ne manquait jamais de lui paraître excessif et correspondait au deux pièces de 48m2 qu'il occupait depuis son affectation.

—Enfin, en attendant, on a quand même un coup de pot monstrueux. Parce que la probabilité que le grand frère du tableau sur lequel on bosse, sorte sur le marché au moment où on est sur l'enquête est de l'ordre de la morsure de chauve-souris enragée... couronna l'O.P.J., un sourire narquois esquissé de ses lèvres charnues.

—Et ça vaut le coup qu'on bigophone le diviz en direct ! Parce que si on veut mettre le grappin sur la toile, en admettant qu'elle soit toujours sur le territoire, on a plutôt intérêt à faire fissa, rajouta Vergniaud, les doigts pianotant déjà au clavier du téléphone.

Martini ralluma une cigarette et considéra d'un regard flou les lauriers roses qui bordaient élégamment le pourtour de la terrasse. Incidemment, il repensa à un cours d'histoire qui l'avait marqué, à la Fac', avant son intégration à l'ENSOP. En 280 avant J.C., le roi d'Epire, avait mis une sévère dérouillée aux Romains, à la bataille d'Héraclée. Il disposait d'une armée composée de 20 000 à 25 000 hommes et d'une vingtaine d'éléphants venus d'Inde. Au cours de cette bataille, ce ne sont pas les milliers d'hommes mais les quelques pachydermes qui s'étaient avérés décisifs, par la panique qu'ils avaient semée dans les rangs romains. Malgré les collègues sur le terrain qui travaillaient d'arrache-pied sur l'affaire, et même si l'effectif était loin d'être aussi conséquent que celle de l'armée de Pyrrhus, l'enquête piétinait. Le salut, semble-t-il, résidait dans les colonnes d'un seul article trouvé au hasard d'un magazine, qui risquait de semer un joli bordel dans le camp adverse.

AF7544

−C'était mieux hier soir, hein ?... me dit le Viking, une inhabituelle absence de gaîté au visage.

Le silence qui régnait à bord du taxi filant vers Roissy, dans lequel nous venions de nous installer était effroyable.

−Ouais... me contentais-je de répondre pensive, tournant le regard côté vitre pour dissimuler la larme qui perlait sur ma prunelle droite.

Au fond de la poche de mon caban bleu nuit, je croisais index et majeur à en avoir mal, dans l'espoir d'embouteillages qui eussent ralenti notre course vers le départ. « Mieux encore... » songeai-je « ...un accident à la Concorde ou sur le périph'...Un bon gros festival de carrosseries pliées qui neutralise trois voies et nous immobilise un bon moment ». J'y ajoutai dans la foulée l'intervention des pompiers, plus une ou deux ambulances et plusieurs véhicules de police. Fatalement, nous louperions le décollage... En me forçant un peu, j'arriverais peut-être à paraître désolée.

Mais, à 6h45, sur le Pont Alexandre III dont les chevaux d'or enjambaient gracieusement la Seine sans parvenir à éclairer la grisaille au bord de poindre, la circulation était désespérément fluide. Affligeant. Même en plein Paris, on ne pouvait plus compter sur l'imprudence d'un chauffard ou d'un cycliste. Quelques trente cinq minutes plus tard, nous apercevions les premières lueurs criardes de la zone hôtelière de Charles de Gaulle.

Immanquablement, à l'approche de l'imposante masse bétonnée des terminaux de départ qui me paraissaient plus que jamais porter leur nom à merveille, le taxi finit par ralentir, acheva sa course et se stationna. Le moteur, comme nous, s'était tu.

Nous fîmes en sorte de rendre nos adieux d'aéroport les moins caricaturaux possibles. En plein vent, sous le bruit assourdissant et continu des réacteurs, ils n'en furent pas moins étranges. Debout sur les zebras jaunes réservés aux véhicules de service, qui griffaient le bitume à mi-chemin entre le terminal 2F (vols internationaux) et le 2E (vols domestiques), nous étions en suspens entre nos avions qui, comme nos voitures, n'étaient une fois encore pas stationnés au même endroit. Sauf que là, il n'était plus question de câlin bouillant et furtif sur la banquette arrière, comme cela avait pu arriver, parfois.

—Allez, ma belle, c'est juste trois petites semaines…On reste en contact de toute façon ! me rassura Yann en me serrant dans ses bras.

Sentant que la plus petite parole eût donné le feu vert à des ruissellements incontrôlables, je m'efforçai de sourire pour toute réponse, une boule de métal et un goût de fer tapissant le fond de ma trachée.

—Chine bien dans le sud ! Tu vas bien encore nous dénicher des merveilles à sortir de France pour tes 'Ricains millionnaires! poursuivit le Viking dans une tentative de décrocher un second mince sourire.

Dans un immense effort, je parvins seulement à répondre :

—T'inquiète ! A très vite…Envoie-moi de belles images !...

Notre baiser eût une saveur amère. J'avais l'impression fugace qu'il serait le dernier. Je dévisageai Yann avec minutie, pour m'en imprégner, une dernière fois. Puis je songeai à la photo d'identité glissée au chaud dans mon portefeuille. La seule, en fin de compte, que j'avais de Yann. Pathétique et prévoyante… J'avais vu juste.

Nous nous éloignâmes dos à dos, au son des roulettes de nos valises respectives, comme des duellistes dont le combat n'aurait finalement pas lieu.

Je pénétrai dans le brouhaha du hall, entre le zip des portes coulissantes, les joues trempées. Peut-être aussi à cause des nuages qui venaient de crever le ciel et se déversaient à présent en déluge sur le plomb.

Rave party

«...Nous abordons notre descente vers Montpellier. Nous vous remercions de bien vouloir relever vos tablettes et d'attendre l'arrivée pour rallumer vos appareils portables. La température extérieure est de 22°C. L'ensemble de l'équipage et moi-même espérons que vous avez passé un très agréable voyage à bord de ce vol Air France et vous souhaitons une... ».

Je maudissais ces ordres formatés en habits sucrés qui ne manquaient jamais d'accompagner le moindre vol, aussi court fût-il. Chaque fois, je me disais "et si je ne l'éteins pas, mon portable, il se passe quoi, hein? » Mais, plus par trouille de voir mon « electronic device » et son précieux contenu mourir devant mes yeux dans un ultime râle d'écran noir que par crainte de voir l'hôtesse de l'air en tailleur ajusté se lever pour me casser la gueule parce que j'avais désobéi, je finissais toujours par éteindre mon cellullaire... Aussi, le mystère de ce qui pouvait survenir en cas de résistance à l'extinction électronique restant entier, mon instinct potache demeurait insatisfait et tourmenté.

22°C à 7h30 mi-septembre, toujours ça de gagné... Le soleil de Montpellier me réchaufferait un peu le corps à défaut du cœur qui lui, frôlait le mode glacial arctique.

J'attrapai mon sac à dos dans le coffre à bagages situé au dessus de ma tête (plus de bagages en soute dans la mesure du possible, depuis que les tapis roulants de l'enregistrement avaient happé un sac qui contenait entre autres mon ordinateur portable et ne me l'avaient malencontreusement jamais rendu) puis me dirigeai vers la sortie de l'avion, congratulée par un ultime merci associé au sourire légendaire et factice de l'hôtesse. Je sautai dans un taxi dont le chauffeur bavard qui essaya en route de me faire avouer mon Curriculum vitae dans le détail depuis ma naissance jusqu'à l'instant où il m'avait prise à bord, me déposa vingt minutes plus tard devant le Parc des Expositions de Fréjorgues, sous un soleil radieux.

Devant le hall principal, une foule polyglotte trépignait en attendant l'ouverture des portes. John, débarqué fraîchement de Houston, un café allongé (nuage de lait, deux sucres) à la main, demandait à Paul de New York (qui profitait de son escapade « Frenchee » pour griller une cigarette désormais bannie en territoire Yankee) des nouvelles du business, depuis qu'ils avaient déjeuné ensemble deux mois auparavant à la terrasse d'un café...de Montpellier.

Je me délectais toujours de cet instant étonnant où la Terre devenait une entité minuscule au point que le Texas, le New Jersey et Sydney se télescopassent.

Il y avait là des centaines d'antiquaires - acheteurs et vendeurs - venus des quatre coins de la planète. Chacun d'eux, les pieds dans les starting blocks, n'attendait impatiemment qu'une chose : avoir le droit d'aller bosser. Ce me semblait être une exception à la règle assez considérable. J'avais en effet vraiment beaucoup de peine à imaginer une horde d'ouvriers hilares grouillant au parterre des grilles de leur usine partir en sprint à l'ouverture de celles-ci, pour être sûrs d'arriver en premier au boulot...

Le son de la corne de brume retentit enfin, donnant le top départ à la traditionnelle et curieuse course internationale aux antiquités. Dans le premier hall, suivi de cinq autres, les acheteurs cavalaient dans tous les sens en direction des camions qui ouvraient hayons et portes arrières à toute vitesse, dans l'espoir d'y découvrir qui, une armoire XVIIIème, qui, un carton de bibelots précieux ou un lustre à pampilles. Il fallait avoir l'œil vif, l'expertise sûre et la conclusion rapide. Trente secondes d'indécision suffisaient pour qu'un tableau de maître devînt instantanément la propriété d'un autre – pire, d'un concurrent. L'enjeu était de taille. On avait quatre heures pour acquérir le maximum de pièces, au meilleur prix, avant de reprendre le premier vol pour Melbourne, Toronto ou Paris. Le ballet de chariots des transporteurs internationaux et porteurs à la sauvette débutait déjà tandis que ceux-ci se frayaient un passage tant bien que mal au milieu de la cohue pour emporter les premiers lots acquis par leurs clients. Dans quelques jours à peine, meubles et objets de tous ordres, emballés et mis sous caisse avec soin, seraient chargés à bord d'un conteneur en partance pour l'Australie ou le Japon.

Pourvue d'une excellente paire de baskets et d'un bon flair, je venais, plutôt fière, de rafler au nez et à la barbe de « Paris Shop », mon sérieux rival de Los Angeles, une suite de quatre fauteuils en noyer, époque Louis XVI, finement sculptés et recouverts de soieries lyonnaises en bon état – ce qui ne nous empêcherait pas d'aller boire un café ou dîner ensemble, ce soir, après la bagarre. Cela faisait partie du jeu. Je pestai cinq stands plus loin, à la vue de son étiquette apposée au cadre d'une ravissante glace Louis XV en bois doré à la feuille et miroir au mercure, qui indiquait que la pièce n'était plus à vendre… C'était le jeu : vélocité ne valant pas ubiquité, on ne pouvait être partout à la fois !

Je continuais de « scanner », méthodique, le cul des camions qui se vidaient rapidement, étalant la marchandise à la vue de tous.

Je m'arrêtai un moment sur un grand bureau plat en marqueterie de bois d'amarante, style Louis XV, annoncé de Paul Sormani. La pièce, d'une qualité d'exécution de tout premier ordre, ouvrait en ceinture par cinq tiroirs en façade et deux tirettes latérales. J'avais néanmoins un doute, quant à l'authenticité certifiée par le marchand… La signature « PAUL SORMANI, PARIS. » sur une face avant d'un des bronzes me semblait, je ne savais dire pourquoi, suspecte. Seul le démontage des autres bronzes, en principe signés au dos par le nom complet et les initiales de l'artiste, aurait éventuellement pu me rassurer sur l'âge du bureau.

Pas le temps – et pas non plus envie de prendre le risque de miser les six mille cinq cents Euros demandés par l'antiquaire – raisonnables pour un original mais exorbitants pour une copie (ou au mieux, un remontage trafiqué). Assez drôle, tout de même, de penser que les modèles du prestigieux copiste florentin du XIXème, qui avaient à l'époque séduit la grande bourgeoisie parisienne et même l'Impératrice Eugénie, étaient reproduits deux siècles plus tard et désormais prisés par l'élite américaine…

Je cessai de tergiverser et hâtai le pas vers une caisse de bibelots, espérant ne pas avoir raté une affaire. J'y glanai une paire de bougeoirs en argent, joli modèle poinçon « au 2ème coq », ainsi qu'un chandelier XVIIIème en laiton, pour un prix très correct quoique substantiel. Après avoir réglé leur propriétaire et contente de mes ultimes trouvailles, je décidai de laisser refroidir un peu les pages de mon chéquier.

J'étais ravie de ce tumulte, source d'action obligatoire, qui me permettait de mettre en sourdine le début de la journée dont la seule évocation restait pénible.

Mon estomac m'indiquant qu'il devait être l'heure de déjeuner, et alors que le Viking devait survoler les abords de l'Afrique, j'attrapai un sandwich crudités thon que j'engloutis sur un verre de Rosé clair.

Il était 14h30 lorsque je quittai la foire, après avoir remis au transporteur la liste des lots que j'avais achetés, assortie de mes instructions relatives à leur expédition. Les deux-tiers de la journée s'étaient écoulés, presque sans mal. La clameur de la foule avait disparu. Seuls restaient en témoins du show éclair quelques papiers gras frôlant le bitume qu'ils disputaient aux gobelets plastiques virevoltant bruyamment au sol depuis que le café qui les emplissait avait disparu. Les exposants remballaient sans réel entrain les merveilles qui n'avaient pas trouvé preneur, en grand froissement de papier journal. Les transporteurs terminaient de charger les camions qui seraient à Paris dès le lendemain. Il était temps de sauter dans un taxi pour retourner vers l'aéroport, en direction de la Capitale, moi aussi. J'abandonnai le soleil après une poignée d'au-revoir et une invitation à dîner que je déclinai. Pas le cœur à la fête, cette fois-ci.

Les délices de Capoue

Après avoir rapidement rechargé deux buffets Louis Philippe, une série de six chaises paillées et cinq ou six caisses de drouille qui restaient invendus, Gianni s'assura que les portes de l'arrière étaient correctement fermées - il était bien placé pour savoir qu'il n'y avait rien de plus fastoche à vider que le camion d'un broc' content de sa foire. Il y en avait même qui te laissaient la sacoche pleine de fraîche à l'avant, impatients qu'ils étaient d'aller s'en jeter un avec un collègue après la remballe. Puis il s'installa au volant et tourna la clé de contact. Il ne fallait pas traîner s'il voulait être à l'heure à la Voile Bleue, où Louis l'attendait à 15h. Ca allait le faire, à peine vingt bornes. Pour que Loulou se prenne la tête à sauter dans un TGV en direction du sud au moment du déballage, et vu que l'improvisation de dernière minute, il aimait pas bien, ça devait vraiment être sérieux. Il n'avait pas voulu en dire plus au téléphone mais le rencard fixé sonnait le non négociable. La clim lancée à fond ayant rendu la température de l'habitacle acceptable au bout de quelques kilomètres, il en diminua la puissance et glissa dans le lecteur CD le Requiem de Mozart, avec une pensée pour Anton. Quel con, quand même !

Gianni n'était pas fâché d'avoir bouclé la corvée. Dire qu'il y avait des marchands qui étaient obligés de se taper des déballages comme ça, à longueur d'année. Et pour gagner quoi au final? Au mieux, trois cacahuètes. Sans compter la fatigue. C'était crevant ces conneries. Se lever à pas d'heure pour aller marner sur un stand, le cul sur une caisse, top départ à la trompette, sans bouger une oreille, les yeux dans le dos parce qu'on pouvait faire confiance à personne, avec des Amerloques qui te causaient dans une langue invraisemblable en te tendant un chèque, ou des Egyptiens qu'essayaient de gratter cinq sacs sur un lot qu'en valait quatre, fallait avoir la moelle et un mental hors norme. Sans parler d'la chaleur : les trente degrés à 10h du mat' dans un hall étanche, y'a que les Parisiens ou les Lillois que ça faisait bander. Quant aux odeurs de frites réchauffées et aux relents de graisse d'andouillette, Gianni était prêt à parier que même l'huile de la friteuse en avait la gerbe...

Y'a pas à dire, ça tenait du masochisme ou de la rédemption, au choix. Sans compter qu'une fois qu'ils avaient casqué les péages, le gasoil, trois paquets de chewing-gum, l'hôtel et les gastos, il ne devait pas leur rester lourd quand on tirait le trait. De quoi payer les clopes, peut-être ? Ca allait bien de se farcir ça deux fois par an pour faire genre : un livre de police sans ratures, rempli de came sans intérêt chinée en deux coups de cuiller à pot sur des brocantes et un facturier avec trois quatre bordereaux d'export, ça inspirait le respect et ça faisait toujours chic en cas de contrôle. Et puis fallait bien faire plaisir un peu aux impôts en leur donnant un p'tit os à ronger en fin d'année, enfin au moins sur le papier.

Franchement, il avait une admiration sans bornes pour les mecs qui se cognaient le cirque tous les mois. T'en avais même qui déboulaient de Hollande, de Belgique ou d'Italie avec des semis pour jouer à la marchande. Quoique eux, c'était un peu différent : ils faisaient de la retape. Plus exactement, une partie de pêche. Ils venaient poser les filets. Ca te mettait en évidence un ou deux bon trucs pour appâter, qui t'amenaient dans la foulée un ou deux marchands étrangers alléchés par le tarif pas con, qu'avaient en général six mois de pratique et pas deux mots de vocabulaire sur le sujet mais qui lisait AD et Vogue Déco dans le texte. Après, en avant Guingamp, ça te fourguait gentiment sa carte et ça avait plus qu'à relever les casiers : tu pouvais être sûr que neuf fois sur dix, les poissons hameçonnés se tapaient le voyage jusqu'à la source pour se manger des lots ravalés de salles de vente ou qui traînaient là depuis plus de six mois. Le pire, c'est qu'ils repartaient guillerets, avec une belle pile de daube et un sacré trou dans le morlingue. C'était pas sûr qu'à l'arrivée, le bric-à-brac soit archi facile à fourguer et encore moins certain qu'ils fassent encore le voyage (quoique, des fois, on pouvait être surpris). C'était un peu comme quand tu goûtais un vin en vacances qu'était le meilleur du monde et que tu te rendais compte que c'était imbuvable, une fois que t'en avais ramené trois caisses de douze à la maison. Sauf que là, la caisse – souvent un container de vingt pieds, elle était plus grosse. En fait, c'était juste au top parce qu'il y avait le soleil : l'effet parasol. Mais bon, de toute façon, avant que la fontaine à tocards qui s'improvisaient décos ou antiquaires en dix minutes soit à sec, ça laissait à tout le monde le temps de boire de l'eau bien fraîche.

Bref, trimer comme ça pour ramener un double smic, ça demandait à être salement motivé. Avec Frantz et Louis, quand ils se bougeaient, fallait qu'il y ait au moins cinq zéros avant la virgule pour que ça vaille la peine. Sinon, vu le coût de la vie, autant rester à regarder le foot ou feuilleter l'Equipe.

A peine passé le panneau « La Grande Motte », les monstrueuses barres d'immeubles qui défiguraient le paysage pour émissaires, Gianni prit soin de garer le camion à une encablure de la Voile Bleue, face à un hangar désaffecté, dans une petite rue discrète et sans âme. Il vérifia de nouveau la fermeture correcte des portes arrière – un passage au commissariat pour vol de marchandises serait de mauvais goût – et remonta tranquillement à pied les trois cent cinquante mètres de la promenade en front de mer qui le séparaient encore de l'établissement réputé. Se taper un bon gueuleton, même avec la tête de Louis en face, faisait partie des privilèges de son auguste profession.

Echinoderme

Après avoir frappé sous la plaque qui annonçait L.Bastelica, Martini entra dans le bureau du divisionnaire. Celui-ci leva les yeux qu'il portait sur l'écran de son pc et accueillit l'O.P.J. d'un sourire fin et franc.

—Ah ! Bonjour Martini. Du nouveau ?

—On a enfin réussi à mettre la main sur les proprios, Patron. Les Sénéchal. Incroyable le nombre de Sénéchal qu'il peut y avoir sur l'Hexagone ! Partis depuis quinze piges à Caudéran, le « Neuilly » de Bordeaux. Bourgois leur a rendu visite hier. Une petite famille tranquille – enfin, façon de parler, patron : ils crèchent dans un château XVIIIème. Monsieur est dans la finance et de toute évidence, c'est pas la crise pour tout le monde. Ils n'ont pas une seule photo de l'époque où ils habitaient à Vincennes, hormis des traditionnels clichés de famille sur lesquels on aperçoit vaguement un meuble flou ici ou là. Raison pour laquelle on n'avait rien trouvé sur T.R.E.I.M.A. au départ. Pour le moins négligeant, en l'espèce, de ne pas avoir photographié le mobilier ni le reste, vu la valeur de l'ensemble. En revanche, Bourgois leur a produit les photos des tableaux et ils confirment : les deux, plus le petit, leur appartenaient bien. Pour la petite anecdote, à leur place, j'aurais eu sérieusement les boules : ils avaient commandé un système de sécurité qui devait être installé deux jours avant le cambriolage. Coïncidence s'il en est, la veille de la pose, le technicien a décommandé. Après, les Sénéchal partaient en vacances. Ils avaient donc remis le rendez-vous à leur retour. Ca leur a mis un sacré doute, forcément, mais aucun lien n'a pu être établi entre l'entreprise d'alarme et le casse. Apparemment, il y en avait pour un beau paquet de fric, dans leur hôtel particulier. Et côté Biennale, ça a donné quoi ?

–Bien Martini, ça avance doucement, mais c'est toujours mieux que rien, j'imagine... Pour la Biennale, je... Ah ! attendez, avant que je n'oublie et si ce n'est déjà fait, demandez à Bourgois et Wozynski d'éplucher à la loupe toutes les photos des Sénéchal. Sortez-moi des agrandissements de tout ce qui est un minimum visible. Il y a forcément d'autres pièces dont on doit pouvoir faire un tracking sur le net. C'est impossible que tout soit passé à la trappe. Il y a nécessairement des traces quelque part.

–Et côté Biennale, alors ? insista Martini, sans s'appesantir sur les effets de redondance un tantinet pompeux du commissaire.

–Ah oui ! La galerie qui présentait le tableau est basée à Berlin : la Galerie Kunst & Fuchs, sur Rankstraat. Ils ont également une sœur jumelle à Dusseldorf.

Renommée internationale, ce qui n'est pas pour nous faciliter la tâche, soit dit en passant. Nous avons tenté de prendre contact avec Jörg Fuchs, le propriétaire des deux établissements. Il est actuellement de l'autre côté de l'Atlantique, en Floride, pour préparer le Miami Beach Show qui a lieu en Octobre et auquel sa galerie participe tous les ans. Son assistante collabore à peu près autant qu'un résistant sous l'occupation. Impossible d'obtenir la moindre info de sa part. On est coincé : c'est lui qui gère l'intégralité des achats des deux galeries. Nous n'avons strictement rien pu soutirer à la rigide saxonne donc – pardon du pléonasme, quant à la provenance de la pièce. Cela dit, j'ai pass...

Martini, interrompit Bastelica dans son développement, se postant, buste courbé et regard vif, devant le clavier de ce dernier sur lequel il pianota rapidement quelques lettres puis composa un code d'accès sur le site auquel il venait d'accéder.

−Si, patron, on a tout de même un truc ! Permettez? Regardez ça : Vergniaud a fouiné sur Art Price, leader mondial du net de l'information sur le marché de l'art. 405 000 artistes référencés en un clic... Pas mal, hein ? Le cyber gourou de la cote en ligne nous indique que notre paysage – photo ci-contre - est passé chez Christie's, s'il vous plaît, il y a environ un an, et y a été acquis pour la modique somme de 285 000€. Le site ne donne que le prix d'adjudication, pas le nom de l'acheteur, évidemment. Et rien ne dit ce qui s'est passé entre la vente chez Christie's et la Biennale. Ca nous donne néanmoins un caillou de plus pour remonter jusqu'au Petit Poucet.

Martini, fier de sa démonstration, affichait une mine radieuse qui fut vite assombrie par le manque d'enthousiasme du divisionnaire.

−Mwouais. Intéressant, effectivement. J'ai passé, disais-je donc, un coup de fil à Lyon, Interpol. Meyer demande à l'Allemagne d'ouvrir une enquête de son côté dans le but de creuser la piste Kunst & Fuchs. Palmiers et pilule au soleil ou pas, Jörg Fuchs doit bien rester joignable sur un portable. Il serait bien le seul à ne pas être constamment emmerdé par ce bijou de technologie.

L'O.P.J., une main devant la bouche, dissimula son sourire en entendant sonner au même instant le portable de Bastelica. Quand on parlait du loup... Après avoir brièvement consulté le nom du gêneur sur l'écran du diabolique outil, le commissaire prit l'appel, sous l'œil un brin étonné de Martini.

−Ne quitte pas ma belle, je suis à toi dans une minute...

−Euh...Bon, on rediscute de tout cela plus tard, Martini. Et dites aussi à Vergniaud de chercher du côté des anciens voisins et des amis des Sénéchal. On ne sait jamais.

Puis il indiqua à l'O.P.J. la porte du bureau, l'enjoignant à sortir sur un sourire béat. Martini, ayant franchi l'embrasure, se dit que l'intransigeant Laurent

Bastelica n'était apparemment pas le célibataire aussi endurci qu'il paraissait et avait, comme tous les oursins, un peu de tendresse à revendre, savamment planquée sous les piquants.

L'impalpable

Dans l'ère virtuelle dans laquelle nous vivions, les cartes postales le devinrent aussi. C'est ainsi que, sans trop y croire, je reçus au gré des jours, déposées dans la boîte aux lettres de mon téléphone, des images de Cabo Verde, Fuerte Ventura ou Kualalumpur.

Pour autant, les missives cybernétiques n'avaient pas – malgré la beauté des photos qu'elles renfermaient, la sensualité d'une enveloppe qu'on déchire. Rien ne valait, quoi qu'on en dise, l'instant furtif où l'index se glissait au creux de la pliure, avant de se frayer un chemin pour en déchirer délicatement l'extrémité. L'émotion, ensuite, qui picotait la poitrine lorsqu'on extrayait la feuille de son étui... Puis le cœur, qu'on sentait s'affoler à la lecture des lignes que l'on s'empressait de commencer à parcourir, avant de les relire ensuite, encore et encore, mille fois... Mais dans le siècle du zapping où tout allait trop vite, la grâce de l'attente n'avait guère de séjour.

Chaque mms (Mes Messages Sublimes) du Viking était accompagné de mots choisis. Des photos de cartes postales qui surgissaient à l'improviste et que j'ouvrais comme une surprise. Sur fond de ciel parfait, quelques palmiers penchés frôlaient le bleu vierge de l'Océan, le long de plages blanches dont on imaginait les grains de sable fin disputer aux coquillages les caresses des premières vagues. Sur le lointain, parfois, une ou deux voiles colorées de planche rappelaient que Yann envoyait ses messages depuis son « lieu de travail ».

Le temps perdait sa mesure. Les jours s'écoulaient avec une lenteur ou une vitesse vertigineuses. C'était selon. Deux jours sans nouvelles se muaient en catastrophe. Une seule image apparue sur l'écran me faisait vivre intensément les soixante douze prochaines heures et tout redevenait possible. J'essayais en vain de me raisonner. Je ne pouvais décemment vivre sous assistance de mms respiratoires.

C'était ridicule.

J'adressais parfois en retour à Yann une ironique photo volée depuis le pare-brise de la voiture, engluée dans les embouteillages périphériques du matin glauque. La vision tentaculaire de voitures agglutinées sous la pluie était cependant presque magnifique. En plissant un peu les yeux, on ne voyait plus que des milliers de petits points rouges lumineux à l'infini, au parterre d'un plafond anthracite. Une œuvre pointilliste en mouvement. Mon soleil à moi était artificiel et décliné sur boucle bitumée.

C'était ridicule, mais c'était comme ça. J'avais pourtant déjà décousu deux longues semaines au fil du temps. Les touristes, la chaleur et les hirondelles regroupées sur les câbles téléphoniques s'apprêtaient à déserter Paris pour de longs mois. Si les volatiles parés d'une queue en double pointe étaient bien moins nombreux que dans mes souvenirs de gamine, le plaisir que j'éprouvais à les observer était identique. Cela me semblait invariablement tenir du miracle.

Le nez au vent, comme au ciel de mes six ans, j'attendais la minute où tous partiraient d'un battement d'ailes en un « V » majestueux d'un synchronisme parfait. Je doutais que les humains, fussent-ils dotés de la faculté de voler, eussent été capables d'une telle perfection disciplinaire commune. Pas une hirondelle ne dépassait sa congénère. Toutes se tenaient exactement à équidistance voluptueuse, derrière celle qui menait la danse.

Enfant, la mélancolie de ce départ avait toujours été comblée par l'acquisition d'une blouse neuve pour aller à l'école que ma grand-mère et moi allions choisir cérémonieusement à la dernière grande foire de la saison, dans mon bled de Vendée. Adulte, la migration des hirondelles correspondait surtout à l'arrivée imminente du tiers provisionnel des impôts. Si chaque âge avait ses plaisirs, ceux-ci devenaient décidément fort singuliers en grandissant.

Bouillon de seize heures

Ça ne l'arrangeait pas bien de devoir avancer son départ. Mais là, il n'avait plus le choix. Rester sur Paname et même en Europe, c'était la garantie de se faire serrer dans le mois, en prenant vingt ans au passage et sans se poser sur la case départ. Restait seulement à savoir ce qu'il allait faire de ce connard de Frantz.

Louis était surpris, en y repensant, que Gianni ait été aussi docile. Le moins qu'on puisse dire, c'est que c'était pas un visionnaire, le transalpin. Bon, en même temps, pour son dernier déjeuner en terrasse, Louis avait soigné les choses. Les Saints-Jacques au caviar et l'espadon à la fleur de courgette, ça lui avait coûté un bras. Sans compter le pinard. Le Chablis grand cru, plus le Champ', côté tarif, ils y allaient pas de main morte à la Voile Bleue. Et le père Gianni, ben il avait rien vu venir. Il s'était empiffré sans sourciller dans le gastos désert, vu que les touristes s'étaient tous arrachés pour aller cramer à l'horizontale sur la plage, à quinze centimètres les uns des autres. Louis avait même vu le moment où il allait finir par bouffer l'assiette, une fois vidée.

Au café, le rital s'était quand même étouffé sur un petit four, lorsque Louis lui avait sorti l'article de la Biennale sous le blase. Il en avait même sulfaté sur le damas immaculé de la nappe qui s'était retrouvé constellé de miettes de tartelette à la framboise. Aucun savoir vivre. Un italien, pourtant. Quel gâchis pour la patrie de Botticelli. Après s'être enfilé un verre d'eau pour faire passer et tenté d'essuyer les taches à coups de serviette trempée dans le godet (très classe), il s'était escrimé à bredouiller des excuses de merde avec son accent chantant à deux balles. Il savait pas, il était pas au courant, il jurait sur sa mère qu'il avait fourgué le tableau y'a plus de quinze piges, il ignorait à qui, il comprenait pas. Bref, rien qui méritât une attention soutenue. En tout cas, Louis trouvait que ça faisait beaucoup de hasards fâcheux en trois semaines et que les explications confuses de Gianni ne tenaient pas la route dix secondes. Ca amenait de l'eau à son moulin, c'est tout. Du coup, Louis, magnanime, avait rassuré le rital et lui avait renouvelé sa confiance en commandant un digeo. Autant jouer grand seigneur, vu que, même si c'est Louis qui casquait la douloureuse, c'est Gianni qui allait le payer au prix fort, son gueuleton.

Louis n'en revenait pas. Quand même, être noir comme du cirage à ce point-là, c'était ahurissant. Dire que pendant près de trente cinq berges, tout avait glissé comme une lampée de Pomerol sur un gosier sec. C'était trop con.

Enfin, toujours est-il que lorsque Louis l'avait raccompagné jusqu'au camion, il avait même pas trouvé ça bizarre. C'est dire... Limite s'il attendait pas une bise sur le front. Dans la venelle à l'abri des regards, Gianni avait ouvert la porte arrière pour s'assurer scrupuleusement que son chargement était intact. Quand Louis lui avait mis la gueule sur la tôle, au sol du camion, il avait même pas réagi, même pas gueulé. Rien. Le temps de lui rajouter sur la tronche deux des couvertures soigneusement pliées sur le passage de roue, histoire que ça ne fasse pas trop de raffut, la précision du Heckler avait fait le reste. Deux coups de 9 mm, à bout portant, ça laissait cette fois-ci peu de chance au hasard. Après, Louis avait mis un peu de bordel dans le véhicule, embarqué le larfeuille de Gianni et dispersé quelques grammes de coke sur le plancher. Ca ferait toujours une piste pour les condés, ils aimaient bien les enquêtes qui reniflaient le polar de gare. Puis, après avoir remballé les jambes du rital et refermé la porte d'un coup sec, Louis s'était tiré gentiment, non sans un dernier œil sur le corps affalé, regrettant le sang qui ruisselait sous la couverture vers une jolie toile XVIIIème. Pas un artiste majeur, mais tout de même, ça risquait d'endommager le tableau.

Un souci de moins, cependant. C'était important de pouvoir réfléchir sereinement. Surtout qu'avant son départ, Louis avait besoin de concentration : tout ça ne disait pas ce qu'il allait faire du teuton. Il devait le rejoindre dans quelques jours vers Tongres, où Frantz était chargé de s'assurer que les Belges ne s'étaient pas mis aussi en tête de faire dans le grandiose pour vendre le tableau restant. Quand la connerie est à la mode... Même si les poulets avaient un peu de grain à moudre d'ici là, ils finiraient forcément par faire le rapprochement. Z'étaient pas blaireaux à ce point.

Louis avait encore plus d'une semaine à tenir et pas mal de trucs à régler entre temps, bien qu'il ait paré au plus pressé et se soit déjà occupé de l'essentiel. Les fonds avaient été virés, un conteneur de came était sur l'eau (et mon Dieu, quelle came!), son nouveau passeport était très réussi. Quant à son billet d'avion, également au nom de Guillaume Costel, il décollerait à 10h22 de Francfort dans douze jours, direction Caracas.

Là-bas, à une paire d'heures de bateau, l'attendait Margarita. Une île du Venezuela, en plein cœur des Caraïbes.

Au cas où

Une fois encore, depuis le promontoire bétonné du balcon qui me rapprochait de quatre étages vers le ciel, j'avais accompagné les hirondelles dans leur envol...

−Pourquoi tu souris comme ça, M'man ? me demanda Perceval.

−... C'est à cause des hirondelles...lui répondis-je évasivement.

−A cause de quoi ?? insista-t-il, une note d'incompréhension dans la voix.

−A cause des hirondelles qui migrent vers l'Afrique, comme tous les ans… J'ai toujours trouvé ça... émouvant, expliquai-je, le regard un peu vague.

−Ce qu'il y a de bien, avec toi, M'man, c'est qu'il en faut pas beaucoup pour que tu sois ravie ! me répondit Perceval en riant aux éclats. Bon, ben, bon journée avec les p'tits oiseaux, alors ! J'te laisse, je file au lycée parce que je suis un peu à la bourre, là ! dit-il.

−Tu veux que je te dépose ?

−Non, m'man, c'est cool, mais t'inquiète ! Si je speed un peu, ça va le faire ! A toute m'man, Ciao ! Je t'aime.

Mon « moi aussi je t'aime » résonna sur la porte que Perceval venait de claquer en partant.

« Pas grave », pensais-je, quand même avec une petite contracture imprimée sur le palpitant. Tout ça parce qu'un jour, un ami, un vrai celui-là, au détour d'une conversation sibylline, avait pourtant prononcé des mots qui étaient restés gravés : « il ne faut jamais oublier de dire à ceux qui nous sont chers qu'on les aime. On ne sait jamais, c'est peut-être la dernière fois qu'on peut le faire. Il ne faut jamais se quitter fâchés, même pour cinq minutes. »

Depuis, jamais ne s'était écoulée une fois sans qu'Avril, Perceval ou moi nous quittâmes, la séparation si brève fût-elle, sans un « je t'aime ». Si d'aucuns pouvaient penser que nous galvaudions ces mots sans vergogne, notre amour réciproque était profond sous la parole en apparence légère. Notre trio quasi clanique revenait de loin et nous en étions bien conscients. Pour aussi illogique que cela pût paraître, nous ne nous embrassions que rarement. J'avais horreur des baisers pour rien.

Et pire encore à n'importe qui. Cette balle tirée à blanc, a fortiori sur la presqu'île duveteuse d'une joue inconnue, dépourvue d'affection et d'amour me paraissait extraordinairement étrange, les effusions animales entre congénères superflues. Comme deux chiens se reniflaient dès qu'ils se croisaient, les humains ne pouvaient s'empêcher de se lécher le museau. C'était comme ça. Et il y avait mille manières de se léchouiller en plus. Le baiser poli de celui qu'on ne connaissait pas et qui claquait sur la joue d'un bruit sec, le baiser appuyé et un brin collant de la grand-mère qui ne pouvait pas s'empêcher de montrer qu'elle vous aime. En général, avec celui-là, en prime, on écopait d'un bruit bourdonnant – de préférence proche de l'oreille – et, cerise sur le gâteau, répétitif. Il y avait celui du mec qui ne part plus et qui vous frôle les lèvres parce que vous avez eu la présence d'esprit – même pompette et à deux heures du matin- d'esquiver pire. La bise, aussi, de celui ou celle qui vous aurait bien mordu parce qu'il vous détestait mais qui finissait par déposer son empreinte sèche et chargée de haine uniquement par convention ou peut-être par crainte d'une morsure en retour.

Et puis, rangé soigneusement dans une case à part de la mémoire, il y avait le premier, le vrai, qui avait virtuellement frémir pendant des mois et dont le souvenir faisait encore frissonner.

Du coup, j'avais lâchement déserté le dessous des boules de gui les soirs de Nouvel an, à cause du danger potentiel qu'elles représentaient.

Définitivement, à cette agression consensuelle, je préférais de loin une bonne poignée de mains, qui, en sus de l'évident avantage du contournement de maintes invasions microbiennes intempestives, permettait de regarder l'autre droit dans les yeux. Parce qu'un regard ne ment jamais.

Trente secondes après le départ de Perceval, le tintement strident de la terrasse mit fin à ma rêverie. Je grommelai – il avait certainement, une fois encore, laissé son trousseau de clé sur son bureau. « Punaise, ce n'est quand-même pas compliqué de vérifier si on a bien pris ses clés ! C'est pas vrai ! Merde !...»

Terminant de maugréer mon monologue intérieur, j'ouvris la porte d'un trait et m'exclamai :

–T'es vraiment pénible ! tu...

Mon invective naissante fut tuée dans l'œuf. Je me trouvai bouche bée face à une paire d'uniformes bleus qui emplissait l'embrasure de ma porte d'entrée.

–Bonjour. Morgane Delande ? demanda l'un des deux flics, carte de gendarmerie en main, dans l'attente de l'affirmative.

–Euh... oui,... C'est ...moi...Il est arrivé quelque chose ? répondis-je, blême, envisageant d'emblée le pire.

« Quelle imbécile ! Mais quelle imbécile !», pensais-je. Pourquoi n'avais-je pas déposé Perceval au collège... Je m'en mordais les doigts. Mère indigne. J'étais juste une mère indigne. C'était l'affaire de deux minutes de voiture, tout au plus. Je n'aurais jamais, mais jamais dû le laisser partir tout seul en cavalant pour être à l'heure. Deux minutes. Deux minuscules minutes monstrueuses. Cent vingt secondes qui faisaient que maintenant, je me trouvais là, à attendre, tremblante, le verdict terrible qui allait s'échapper des lèvres des deux émissaires.

—Ne vous inquiétez-pas, Madame Delande, rien de grave, mais pourrions nous entrer et nous entretenir avec vous quelques instants, s'il vous plaît ?

—Ah !... Ouffff... Euh, oui... Bien sûr ! Entrez, je vous en prie.

Mon cœur, après trois loopings incontrôlés et une centaine d'extra-systoles, venait de reprendre sa place dans son orbite d'origine. Jamais, jamais plus je ne laisserai partir Perceval – pas plus qu'Avril, du reste – filer en cours à pied pour essayer de remonter le temps. En attendant, j'avais deux gendarmes debout dans le salon qui, a priori, n'étaient pas venus jusqu'ici pour me faire lecture des Petits Poèmes en Prose de Baudelaire et j'ignorais toujours la raison de leur présence.

Les yeux baissés, je recroquevillai promptement les orteils de mon pied gauche constatant un affligeant trou qui laissait apparaître un ongle recouvert de vernis bleu ciel à l'extrémité de la pointe de ma chaussette noire.

Couture

Le moindre point jeté du bout de l'aiguille sur la toile tendue provoquait systématiquement mon émerveillement.

Je tentai chaque fois de déchiffrer les méandres de cette science si ésotérique à mes yeux. Le matériel était plutôt basique, pourtant : un morceau d'étoffe, une fine tige métallique - une extrémité acérée, l'autre percée afin d'accueillir un bout de fil d'une vingtaine de centimètres. Le reste tenait pour moi de la magie. Concentrée, j'avais suivi des centaines d'heures la pointe argentée, fermement dressée au bout de doigts de ma mère, perforer le tissu puis ressortir, exactement un millimètre plus loin, entraînant dans son sillage vigoureux un trait de bobine dans un alignement exemplaire aux tirets de coton précédents.

Aussi fascinant qu'un numéro de close up dans l'obscurité mystérieuse d'un cabaret de prestidigitation. Tout était là, juste devant, à portée. La main virevoltait. Je ne voyais ni ne comprenais rien. J'aurais presque applaudi devant un ourlet ou une réparation invisible.

J'avais ainsi, au gré de mon enfance, vu jaillir des doigts habiles de ma mère, rideaux, coussins, robes et ouvrages méticuleux à l'infini. Pour ma part, le seul enfilage du fil indocile dans le chas microscopique confinait au miracle. Les rares fois où il m'arrivait de m'essayer à la manœuvre par nécessité d'un bouton manquant à une veste ou d'un accroc interdisant tout accès à mon chemisier préféré, l'exercice se commuait rapidement en un puits sans fond. Au bout de tentatives répétées, le fil, réfractaire, gluant de salive et désormais dédoublé sur la quasi intégralité de sa longueur, devenait ingérable. Je clôturais donc généralement l'essai non transformé par un -voire plusieurs - juron des plus éloquents et abandonnait le textile maudit sur la manchette du canapé, non sans l'avoir au préalable gratifiée d'un regard chargé de haine profonde et sincère. Le truc était sans aucun doute envoûté. J'aurais pu certifier sans faillir que l'inventeur de l'aiguille était aussi l'instigateur des premiers rites vaudou. D'ailleurs, leurs sorciers ne faisaient-ils un usage immodéré de ces instruments perfides pour martyriser des poupées de cire ? Si ça, ce n'était pas une preuve irréfutable.

Toujours est-il que statistiquement, au bout de quelques mois, l'accoudoir du sofa était encombré de vêtements de tous ordres à repriser, du tee-shirt à la bretelle de soutien-gorge. Considérant qu'il existât des manières plus graphiques d'égayer une pièce de mobilier, je finissais toujours par m'emparer de la pile, en exhumais tout de même un chemisier ou un pantalon borgne d'une agrafe qui me regardaient d'un air suppliant, avant d'entasser le reste dans un sac plastique, dont le contenu était inexorablement voué à l'expédition vers un conteneur de la Croix Rouge, dans le meilleur des cas. Les éléments les plus endommagés et ne méritant probablement pas une réincarnation humanitaire, partaient quant à eux, après un puissant coup de pédale, rejoindre en tourbillon mou un pot de yaourt collant, un trognon de pomme ou les reliefs d'un gratin de pâtes au pesto, dans le fond de la poubelle de la cuisine.

Les rares vêtements qui avaient évité ce sort de justesse mettaient lourdement à contribution mes nerfs ainsi que ma créativité à produire de nouvelles insultes, et engendraient le plus souvent une perle carmin au bout de mon majeur ou de l'index, malencontreuses victimes des dérapages plus ou moins contrôlés des fourbes aiguillons d'acier. La blessure la plus douloureuse étant en toute certitude celle de mon amour propre : j'étais définitivement incapable de coudre un bouton correctement. Certes, il y avait une part de magie dans mon œuvre. Je me demandais toujours comment le bouton recousu par mes soins arrivait à tenir. Lui aussi, se le demandait. D'ailleurs, las de s'accrocher, il finissait en général par retomber une ou deux semaines plus tard. A l'impossible, nul n'était tenu, pas même une rondelle de nacre ou de plastique.

In coffee veritas

−Je vous sers un café ? J'étais sur le point de m'en faire un, proposai-je aux deux gendarmes, avec un large sourire, rassurée qu'ils ne vinssent pas m'annoncer une mauvaise nouvelle, oubliant au passage qu'il ne s'agissait pas d'une paire de potes venus faire un coucou à l'improviste.

Cette manie stupide, aussi, depuis que Georges Clooney avait réinventé la cafetière, de brandir l'option café dès que quelqu'un franchissait la porte. D'un autre côté, il fallait bien admettre que l'icône d'Outre Atlantique était nettement plus engageant que le Gringo, affublé d'un couvre-chef ridicule, malaxant ses sacs de grains sous un soleil de plomb, qu'on avait dû se coltiner pendant dix ans de pub. Les habitudes alimentaires tenaient parfois à peu de choses.

J'ignore si c'était aussi à cause de Georges ou de mon sourire, mais l'un des deux me répondit, une pointe d'étonnement dans la voix cependant :

−Euh...oui, allez, pourquoi pas.

En même temps, pour une fois qu'il ne se faisait pas accueillir à coups de lance-pierre, de fusil de chasse ou de frigo balancé par la fenêtre, cela devait détendre. Tandis que j'attrapais trois capsules colorées du café le plus cher du monde et autant de verres (vu que dans la foulée, Georges avait aussi réinventé le verre - c'est Saint Gobain, du haut de son nuage, qui devait être content), j'écoutai attentivement l'exposé de mes invités impromptus.

–Voilà, Madame Delande : nous sommes à l'heure actuelle sur une enquête dans laquelle vous pourriez certainement nous être utile.

Autant dire que j'étais super avancée quant au pourquoi de leur visite.

–Ah bon...et sur quoi enquêtez-vous au juste ? m'enquis-je.

–Sur un vol. Un vol avec recel. Un vol de tableaux, en fait, essentiellement, précisa l'un des deux.

What else ? Stupéfaite à l'écoute de la réponse mais heureusement abonnée au self control après vingt cinq ans d'arts martiaux, je parvins à ne pas renverser le verre fumant que je m'apprêtais à leur servir sur le comptoir étincelant de mon bar américain. C'est Georges qui aurait été fier de moi. Je me contentai de demander en retour, sur un ton faussement désinvolte :

–Sucre ?

–Oui, s'il vous plaît, merci.

–Donc, vous disiez, un vol de tableaux ?...Et en quoi pourrais-je vous aider ? Je ne vois pas bien, questionnais-je, tendant sucrier et cuillère.

263

Dans un subtil plouf de carré blanc à la surface du breuvage, le monsieur en bleu poursuivit posément :

—En fait, Madame Delande, les tableaux qui font l'objet de notre enquête appartenaient à vos voisins.

—A mes voisins ??

J'étais plutôt surprise, visualisant d'emblée le catalogue de mes voisins immédiats. Le deux pièces jouxtant le mien était vacant. Une baba cool, étudiante aux Beaux Arts et dont les associations vestimentaires aurait donné une migraine ophtalmique à un perroquet, vivait dans le studio du premier étage. De ce côté là, la seule chose qu'on aurait éventuellement pu lui piquer étaient les pots de marijuana dont les feuilles dentelées verdoyaient élégamment sur le balcon.

A l'étage supérieur, une charmante vieille dame ridée comme une golden après trois mois d'hiver qui développait une relation fusionnelle avec les émissions de télé-achat de l'Hexagone. Je pariais qu'il y avait probablement à braquer chez elle plus de prix du concours Lépine et autres Foires de Paris que de toiles XVIIème. Donc, à moins que le cambrioleur ne soit un fanatique du balai à chiottes télescopique ou du nain de jardin à éclairage solaire, je ne voyais rien non plus de ce côté là.

L'immense duplex de l'étage supérieur était occupé par un couple de lesbiennes, tendance BoBo zen. Quand je dis zen, c'était un minimum. La seule fois où j'avais mis les pieds chez elles pour leur apporter un colis de jouets pour adultes consentantes (atterri chez moi par erreur), j'avais cru un instant avoir été précédée par les huissiers. Là, un malfrat aurait été bien embêté : il n'y avait rien à embarquer du tout.

Autant dire que dans notre petit bâtiment d'immeuble, au reste étrangement féminin, je ne voyais pas trop qui pouvait faire matière à l'ouverture d'une enquête.

Constatant mon étonnement, il reprit :

−Non, pardon. Je me suis mal exprimé. Ces tableaux étaient la propriété de vos anciens voisins. Des voisins de vos parents, pour être précis, à Vincennes, il y a à peu près vingt cinq ans. Les Sénéchal. Vous étiez bien voisins, n'est-ce pas ?

−Attendez.... Laissez-moi réfléchir... oui, oui, ils s'appelaient bien comme ça.

−Vous souvenez vous d'eux ?

Tu parles si je me souvenais d'eux. Tellement imbus d'eux-mêmes. Des fats. Des arrivistes. Non. Le terme exact, c'était : des gros cons. Comme il n'en rencontrait que dans les films et qui se pavanaient toute l'année pour nous étaler sous le nez le fric que nous n'avions pas. Il faut dire que dans le quartier, à l'époque, nous étions un peu le village gaulois qui résistait encore et toujours à l'envahisseur, avec notre petit pavillon enchâssé entre deux châteaux-forts.

−Les Sénéchal ? ...Oui, je devais avoir dans les seize ou dix-sept ans quand ils ont déménagé mais je m'en souviens assez bien. Il était quatre, je crois, c'est ça ? C'est vrai qu'ils avaient un hôtel particulier ravissant. Comment l'oublier, répondis-je très hypocritement, sourire avenant à l'appui.

—A vrai dire, nous recherchons les personnes que les Sénéchal pouvaient côtoyer, à l'époque. Nous espérons recueillir des informations, des détails qui pourraient nous aider à retrouver la piste des cambrioleurs qui avaient dévalisé leur demeure, expliqua le second avant de laisser le premier enchaîner.

—Nous souhaitions contacter vos parents, initialement, mais nous n'avons trouvé que vos coordonnées. Si vous aviez la gentillesse de nous les indiquer.

Soulagée de la raison réelle de leur présence, quoique voyant assez mal pourquoi ils se mettaient sur le dossier seulement maintenant, je leur expliquai que mes parents avaient déménagé en Bretagne, du côté de Brest, il y avait quatre ans de cela, après m'avoir momentanément hébergée, avec les enfants. Puis, à force de regarder l'Atlantique chaque matin au réveil, ils avaient fini par traverser l'océan et habitaient désormais en face, à Long Island, Etat de New York. Depuis, ils pouvaient à loisir imaginer les découpes altières de la côte bretonne, à cinq mille kilomètres de là, lorsqu'ils ouvraient la fenêtre en prenant le breakfast. Une question de point de vue, finalement.

—Mais vous savez, ajoutai-je, les Sénéchal ne nous fréquentaient pas trop. On se croisait de temps à autre devant le portail mais c'est à peu près tout, complétai-je d'une moue dubitative.

Douce litote pour dire qu'on ne les voyait jamais. Avant qu'ils abaissent le pont levis pour faire rentrer des gueux dans le château, nous aurions eu plus vite fait d'apprendre l'escalade et l'art du grappin. Ce n'était pas bien grave, chez les Delande, nous étions de toute façon plus bord de mer que montagne de fric.

Je notai méticuleusement sur un post-it (ce n'est pas ce qui manquait à la maison) les coordonnées complètes de mes parents aux Etats-Unis et leur tendis.

—Merci de votre aide, Madame Delande, dis le premier gendarme en me saluant.

—Je vous en prie, rendis-je en retour.

Alors que le second venait de poser sa main sur le laiton lustré de la poignée de porte, l'autre se ravisa et, se frottant le menton d'une main qui cherchait la réflexion, se retourna puis reprit, à mon intention :

—Pardon de vous embêter encore, mais juste au cas où, pourriez-vous jeter un œil sur les photos des tableaux. On ne sait jamais.

Une décharge électrique me parcourut l'échine lorsque je vis apparaître l'angle inférieur gauche de la photographie que l'homme en uniforme exhumait de son dossier de cuir noir.

J'aurais voulu fermer les yeux et ne surtout pas voir le reste.

La signature datée du tableau, « Lapito, 1883 » suffisait déjà amplement.

Byzance

−Laisse-moi dix secondes, Jens, je satellise un con et je suis à toi.

Louis, jetant un œil agacé au nom qui s'affichait à l'écran de son portable, prit l'appel tout en inspectant machinalement entre le pouce et l'index, les onze carats rutilant sur le carré de velours noir. H-VS1 et D-VS2, entre autres. Ca représentait un joli petit paquet de fric.

−Salut Loulou, c'est moi.

Introduction prometteuse. Dans le genre phrase à la mords-moi le noeud, y'avait pas mieux. « C'est moi ! »...Le truc d'une parfaite inutilité et qui ne voulait rien dire. Et en plus, l'enclume appelait de son portable perso, tant qu'à faire.

−Franky, je te rappelle plus tard, coupa Louis, sèchement.

−Non, attends, j'en ai pour une minute, c'est important, insista Frantz.

−Putain, Frantz, je te rappelle, j'te dis, répondit Louis, un ton au dessus.

−Pour le rendez-vous, c'est....

Louis avait raccroché sans écouter la suite. Comment pouvait-il être à côté de ses pompes à ce point ? Si les condés avaient mis Frantz sur écoute – l'hypothèse était à ne surtout pas écarter, suite au bref séjour du teuton chez les bleus, il n'était peut-être pas utile de leur filer le lieu, le jour et l'heure du rencard. En attendant, le numéro de Louis faisait certainement désormais partie de la liste des numéros à checker. Il lui passerait un coup de grelot plus tard, depuis le fixe du Belge. Si l'heure du rendez-vous avait été modifiée, y'avait pas non plus mort d'homme. A ce propos, Louis songea qu'il allait devoir agir vite avant que Frantz ne commence à déraper sévère.

Pour Gianni, rien n'avait filtré, c'était déjà ça. De ce côté-là, on pouvait faire confiance à la presse pour la boucler. En dessous du minimum syndical de cinq morts – à moins qu'il ne s'agisse du roi de la pop ou d'une figure du sérail – les journalos y allaient rarement de leur prose, sauf extrême urgence en l'absence cruelle de famine dans la Corne de l'Afrique, de mouvements du billet vert ou de truculentes frasques d'un *people* en vogue ou d'une figure politique. Autant dire qu'il y avait rarement pénurie. Du coup, le rital avait à peine eu droit à un entrefilet dans la rubrique faits divers du Midi Libre qui précisait du reste « le corps retrouvé avec deux balles dans la tête à l'arrière du véhicule après cinq jours, à cause de l'odeur pestilentielle dégagée, reste à ce jour non-identifié. Le S.R.P .J. a ouvert une enquête ».

A cette heure, les flics devaient probablement être en train de pousser la brouette, battant le pavé dans les rues de la Grande Motte avec une photo du rital sous le bras. Ca prendrait forcément un peu de temps. Louis était en tout état de cause assuré du silence du patron de la Voile Bleue. Un vieux service rendu. Du genre radical. D'ici à ce que les poulets trouvent que deux points formaient une ligne droite, Louis effeuillerait déjà les pétales de Margarita.

Le seul hic, c'est que Frantz était nettement plus retors que Gianni (moins n'aurait pas été raisonnable). Il fallait donc la jouer fine. Lui savonner la planche, peut-être, pour que le teuton se prenne le bébé et l'eau du bain dans la gueule. Ca faisait partie des possibilités soft qui évitaient de ressortir la seringue. Restait à réfléchir à un montage un peu sioux et à la manière de mettre la maison poulaga sur sa piste. Dès qu'il en aurait terminé à Anvers, Louis se pencherait sérieusement sur la question. Il avait au préalable deux ou trois autres mecs à voir mais il lui resterait un peu de temps à tuer avant de rejoindre Frantz, à Tongres.

Jens reposa le compte-fil dont il s'était servi pour examiner les cailloux avec circonspection et repoussa la lampe articulée dont la vive luminosité tranchait avec l'éclairage feutré du reste de la pièce. Puis il tourna vers Louis la feuille sur laquelle étaient consciencieusement additionnés les chiffres de son estimation. Ce dernier opina dans un demi-sourire qui témoignait de sa satisfaction.

—OK, Jens. Ca marche. Tu verses les fonds aux Caïman comme convenu.

—C'est toujours un plaisir de traiter avec toi, Loulou, conclut le diamantaire, une légère inflexion flamande dans la voix, en tapotant amicalement l'épaule de Louis, avant de le raccompagner vers la sortie.

Louis s'engouffra dans l'une des rues aux abords de la gare centrale, dont le tumulte brouillon contrastait avec le silence religieux de l'échoppe qu'il venait de quitter.

Le plaisir était partagé. Jens venait de lui offrir au bas mot de quoi se rhabiller pour un bon paquet d'hivers. D'autant que là où il allait, le manteau n'était guère de rigueur.

Céphaloclastophile

−Salut Martini, ça gaze ? lança joyeusement Vergniaud à l'O.P.J., l'œil rouge, rivé sur les agrandissements de photos floues étalés sur son bureau, non loin d'un cendrier dégueulant de mégots.

−Tu parles, j'ai surtout l'impression d'être gazé, oui. Ca fait quatre plombes que je me coltine ces clichés de merde un par un en les comparant au fichier. Je pète un câble. C'est un truc de dingue ! Y'a pas un meuble ni un bibelot de la mine d'or des Sénéchal qui ressort sur T.R.E.I.M.A. T'y crois, toi ?! 'Faut dire que, vu la tronche des tirages, c'est sûr que ça aide pas à la manœuvre. Merde, je ne sais pas, moi, quand on est assis sur un tas de blé pareil, on prend des photos qui ressemblent à autre chose qu'à ça. Non, mais regarde, sans déconner, on dirait que c'est le chien qui a shooté les photos de la patte avant avec un appareil jetable en même temps qu'il rongeait un os ! Et côté factures, je ne t'en parle même pas... Ah, ça, les brocs sont plus calés en comptage de biftons qu'en orthographe. Tiens, mate un peu celle-là, c'est une de mes préférées.

Chris Martini poussa négligemment de la main un demi format A4 informe, jauni et froissé sur lequel apparaissaient, sous un entête approximatif, une ligne péniblement manuscrite. « *1 père de foteille époque loui XVI estempilé Georges Jacob : 250 000F* ».

‒Ah… Oui…Effectivement, c'est pas mal. Par contre, la vache, le broc' s'est pas gouré sur le tarif ! T'as vu ça !! Deux-cent-cinquante-mille balles les deux sièges. Ca fait quoi ça… Attends…Putain ! Pas loin de quarante mille Euros. Pour ce prix là, tu peux t'offrir la moitié d'un Ikéa complet, livraison incluse, remarqua Vergniaud, impressionné.

‒M'en parle pas. Et tout est dans la même veine. Apparemment, chez les Sénéchal, valait mieux pas être maladroit : le moindre truc que tu pétais, t'en avais comme qui rigole pour un mois de salaire... Enfin…de mon salaire, en tout cas. La blague. Et sur le fichier rien. QUE DALLE. Un truc de fou, reprit Martini, en se grattant la tête.

‒D'un autre côté, vise un peu ce que leur a remboursé l'assurance. Là, pour le coup, tu peux appeler Ikea et te faire livrer tous les Smoldüg, Glundag et autres Klügbliks du monde – à condition d'avoir fait un stage intensif pour arriver à prononcer l'ensemble au moment de passer la commande, bien sûr, ironisa Vergniaud pour détendre l'atmosphère.

‒Certes… En attendant, on est dans la merde. On avance à coups de millimètres. Et vu qu'on ne bosse pas dans la recherche microbienne, ce n'est pas ce qu'on pourrait appeler des pas de géant. Jörg Fuchs, le proprio de la galerie de Berlin, a fini par répondre au bigophone. Lui aussi, dans le genre, il vaut le déplacement. Une grande folle avec une voix de fausset qui se la raconte à mort. Toujours est-il que primo, il a acheté le tableau en toute légalité il y a trois ans à un marchand de Düsseldorf, qui, après vérif', l'avait lui-même acheté précédemment, également en toute légalité, il y a six ans à un Belge qui le tenait lui-même d'un Lyonnais. On en est là. Donc pour l'heure, à part le fait de constater qu'à chaque passage de main, les mecs ne se sont pas grattés pour culbuter les zéros, on est en gros au point mort, poursuivit l'O.P.J., affligé.

Et le deuxio ? interrogea Vergniaud en se mordillant l'intérieur de la joue, partagé entre l'envie de rire et la crainte d'une info glauque.

Eh ben, deuxio, le Lapito de la Biennale est à Hong Kong, à l'heure qu'il est. Dans le salon d'un gentil collectionneur qui reluque la Toscane. C'est sûr, ça doit le changer du panorama de buildings. Et là, pour récupérer la toile, ça va être une autre paire de manches. Des fois qu'il y ait un truc easy dans cette putain d'affaire ! Je te jure Vergniaud, dans une prochaine vie, je postule pour un job de flic au Moyen Age. Rattraper un carrosse, même sur un chemin de terre boueux, au milieu d'une forêt touffue grouillante de brigands assoiffés de haine et armés jusqu'aux dents, c'était vachement plus simple.

—Houlà…T'es remonté comme un coucou suisse, toi ! Mais t'inquiète, une enquête de ce calibre, c'est comme un puzzle de 1000 pièces. Une fois que t'as fait les angles, ça commence à prendre un peu de forme et tu rajoutes tranquillement les morceaux au milieu. Tu crois que t'auras vite fini. Mais pour le finir vraiment, faut se taper le ciel. T'as l'impression d'y perdre ton latin parce que tous les morceaux se ressemblent. C'est le plus chiant. Là, on est en plein dedans.

—C'est même pas dans les nuages qu'on est, là. C'est dans un brouillard épais comme de la purée de poix.

—Garde ton calme, Martini. Essaye les bouts un par un. Y'en a toujours deux qui finissent par s'emboîter au moment au t'allais foutre la boîte en l'air.

—Si tu le dis…

Baisse de forme

« Les emmerdes, ça vole en escadrille ». La maxime présidentielle était si vraie. Sauf que là, c'était de ma vie qu'il s'agissait. Mon humeur badine de vieille minette immature était ensevelie par des tonnes de plomb en fusion. Je ne voyais même plus par quel bout attraper le chaudron sans qu'il me retombe en entier sur le coin de la figure.

Quant à la journée qui avait débuté quelques heures plus tôt, j'avais vraiment gagné la queue du Mickey et un tour gratuit pour de somptueux ennuis que je voyais se profiler comme Katrina sur les côtes de la Nouvelle-Orléans. A la réflexion, et après avoir passé une bonne partie de l'après-midi à consumer cigarette sur cigarette, sur fond de rongement d'ongles frénétique, je commençais à trouver sérieusement qu'un séjour horizontal ad vitam aeternam (ou plus exactement ad mortem) sur de moelleux capitons, entre quatre planches de chêne, avec une sympathique famille de lombrics qui butinent les orteils, avait in fine un air gracieux.

J'enterrai illico cette pensée morbide en entendant le bruit de la clé tourner dans la serrure de l'appartement.

Perceval et sa sœur, mes deux astres si réconfortants, venaient de rentrer de cours. Accompagnés. Quand les trucs partent en vrille, c'est comme ça jusqu'au bout...

Dans le genre « y'en a un peu plus, je vous le mets quand même ? », s'agissant de problèmes, je dois avouer que j'aurais bien fait impasse sur le rab. Mon tome 1, suivi d'un jeune homme coiffé à coups de 220 volts et dont le visage était plus clouté que le blouson de Renaud dans les années 80, m'annonça fièrement qu'il avait rendez-vous le lendemain pour se faire perforer la langue et y accrocher une breloque. Soudain très lasse, les seules choses qui me vinrent à l'esprit instantanément furent les sommes, efforts et temps préalablement investis et qui avaient permis de gommer définitivement le terrible cheveu sur la langue dont était affligé mon chérubin. Le défaut capillaire était en passe d'être remplacé par un clou. Génial. J'avais grosso modo vingt quatre heures pour le convaincre de l'hérésie de son projet.

Le volume 2, pour sa part, me présenta un corbeau, sans doute élevé au Substral, à en croire son mètre quatre-vingt dix pour un maximum de soixante-cinq kilos. Elle me précisa que le sombre volatile s'appelait Damien, qu'il était gothique et que c'était trop cool. Ils venaient bosser l'interro d'histoire, ainsi qu'en attesta dans les minutes qui s'ensuivirent le volume sonore maximal d'un tube de musqiue informe dans la chambre d'Avril. Je préférai ne pas épiloguer sur la nouvelle passion de ma rejetonne pour l'ornithologie satanique. L'urgence d'agir me semblait moindre.

En revanche, point de vue urgence, je me demandais ce que j'allais bien pouvoir expliquer aux flics, après leur visite de ce matin. Ils n'avaient pas pipé mot, après que j'aie manqué de défaillir à la vue du tableau qui m'avait jadis appartenu. Je ne doutai pas un seul instant qu'ils n'en pensaient pas moins. Ma mine avait dû se parer d'un franc vert pâle, puis passer à un subtil camaïeu de blancs, avant de tourner au rouge vif. Un mûrissement de tomate aussi prompt, à moins qu'on se trouvât sous les cieux de Tchernobyl, était plus que louche. Les deux avaient échangé un regard, m'avaient de nouveau remerciée et était sortis. Me laissant comme une grenade dégoupillée au milieu d'un magasin de feux d'artifice.

Je ne voyais pas très bien comment sortir de ce bourbier. Reconnaître que j'avais été en possession du tableau pendant une dizaine d'années me plaçait directement en numéro un de la liste des suspects potentiels. Ne rien dire aussi. Un peu comme si on me donnait le choix entre le supplice du pal ou l'écartèlement. Chouette programme. D'autant qu'en l'occurrence, je n'avais pas la moindre idée de la manière dont mon Lapito avait pu se retrouver à la Biennale et subséquemment entre les mains des flics.

Il y a cinq ans encore, la Toscane trônait merveilleusement au mur de mon ex-maison, dans mon ex-vie avec mon ex-mari. Et de ce dernier, rien à tirer comme explication. Les dernières nouvelles que j'avais eu de lui n'étaient pas vraiment fraîches – environ trois ans – et se résumaient à une carte postale postée aux enfants depuis Kingston, dans laquelle il leur annonçait en huit lignes son choix d'aller brûler les neurones ayant survécu à ses errances dans la patrie de Bob Marley. Depuis, silence radio. Radio Jamaïque, cela va sans dire. Avril et Perceval avaient un peu tiqué, sur le coup, mais s'accrochaient depuis au souvenir argentique de leur père avant qu'il ne commence à vivre au bruit des glaçons. Pour avoir vécu avec lui au cœur de ses égarements liquides par quarante degrés même en plein hiver, nous avions tous trois fini par comprendre qu'il y avait des choses contre lesquelles on ne pouvait pas lutter. Le whisky en faisait partie.

Expliquer tout cela à un inspecteur de police me paraissait injouable et risquait de passer franchement pour du foutage de gueule. Je les imaginais déjà me répondre que si mon scénar très créatif et digne d'une série B hollywoodienne était vrai, pourquoi ne l'avais-je pas dit plus tôt. Ca aurait été une excellente question, à laquelle je n'avais pas la réponse. La boucle était bouclée, et moi au Ground Zero des solutions possibles pour me tirer cette sale écharde du pied.

Histoire de rajouter une couche de crème au mille-feuille de mes ennuis, je n'avais aucune nouvelles du Viking. Et à contrario du dicton que j'abhorrais, ça ne sentait pas du tout la bonne nouvelle. Il devait être rentré depuis deux jours, selon mes calculs. Plusieurs hypothèses pouvaient expliquer son silence :

1)Son téléphone portable avait disparu au creux d'une vague et malgré de longues recherches. L'outil demeurait la proie des flots– mon numéro était donc englouti avec.

2)Il s'était fait dévorer un bout de jambe par un requin et luttait entre la vie et la mort dans un hôpital sans clim au fin fond d'un bled tropical. Seul mon délicieux souvenir lui permettait de faire front à l'incommensurable douleur.

3)Une Cyclade avait surgi de l'écume, emportant le Viking dans ses filets sournois. Dans le style bronzée-90-60-90. Bref, une garce. Et il avait tout oublié de sa vie antérieure.

Je biffai mentalement les options 1 et 3, pour ne garder que la seconde. Non à cause de l'attrait de récupérer un surfer bancal mais parce que lorsqu'on craignait le pire, il était important de savoir se convaincre du meilleur – ou en tout cas, du moins pire.

En lieu de sucre glace à mon appétissante pâtisserie, j'avais sous le nez depuis un quart d'heure les listes respectives des fournitures scolaires de mes bambins, que j'avais mission d'acquérir sans tarder.

Quand ça part de travers…

Usine à gaz

C'était hallucinant. Le nombre de choses dont on avait besoin avant de commencer à s'instruire, au XXIème siècle...

Je ne parlais pas des livres, bien entendu. Quoi que de ce côté-là, on pouvait difficilement blâmer Avril et Perceval pour leur participation active à la déforestation planétaire. L'Amazonie pouvait dormir tranquille. S'ils lisaient trois livres par an, sous la menace d'une arme (pour un ado, comprendre une interdiction de TV ou d'accès à l'ordinateur), c'était un grand maximum. Pourtant pas faute de leur avoir mis sous le nez une bibliothèque aux rayonnages foisonnant d'ouvrages hétéroclites, de Duras à Victor Hugo en passant par Stephen King, Harlan Coben ou Frédéric Dard. Mais à l'instar d'un confiseur écoeuré à la vue du plus petit bonbon, mes petits chéris refusaient d'effleurer le moindre in-octavo. Les profs n'aidaient pas non plus à la manœuvre, me devais-je d'admettre... Inciter un ado à la lecture en lui proposant les soporifiques Chimères de Gérard de Nerval, on devait pouvoir trouver mieux. Quant à Proust et sa Recherche du temps perdu, Perceval avait vite trouvé comment gagner du temps, en n'ouvrant jamais le pensum.

Pour sa défense, et au regard de la liste exhaustive des choses à acquérir, je me demandais s'il arrivait aux profs de faire un saut dans la vraie vie, à leurs heures perdues, justement. Même si je considérais que la majorité des enseignants était rentrée à l'école vers l'âge de trois ans pour ne jamais en sortir depuis, ils devaient bien avoir des besoins humains de temps en temps, ces gens-là. Je ne sais pas, moi, faim, soif, besoin d'une fringue, d'une boîte de pinces à linge ou d'un bâton de colle. Bref, besoin d'un truc qui les amenât à un moment donné – et bien qu'on trouvât à peu près tout pour survivre aux pages du volumineux catalogue virtuel de la Camif - dans une boutique ou un supermarché, peuplés du commun des mortels et des choses bêtes qui existent au quotidien.

Parce que, depuis que Perceval avait franchi le porche de l'Education Nationale, à chaque rentrée, c'était toujours pareil : les instits demandaient des fournitures dont la dénomination ne manquait jamais de me laisser dubitative :

« Une règle métallique, 20cm, mais pas carrée », par exemple. Et bien, mon esprit contrariant ne voyait pas à quoi ça pouvait ressembler, une règle carrée. Un bidule plane de vingt centimètres de côté... Le seul ustensile que je visualisais dans ce genre de format, c'était un plat à gratin. D'aucune utilité à l'école. Quoique. Toujours est-il qu'on pouvait s'estimer heureux que la liste ne stipulât pas quarante centimètres. Pour le coup, c'est le format du cartable attenant qui m'aurait laissée songeuse.

Ma pièce favorite, je crois, était le cahier 24x32 de 150 pages. Pour une raison très simple : ça n'existait nulle part. J'exultais, chaque fois que je voyais, chez mon libraire fétiche, des parents scrupuleux se farcir la pile complète de cahiers dudit format, les retournant nerveusement un par un, en quête du graal. Les malheureux pouvaient toujours chercher... Un cahier 24x32, ça faisait 140 ou 192 pages. Entre les deux, rien. Je me gardais généralement de leur signaler cet élément crucial, de peur de les plonger aussitôt dans un nouvel abysse de perplexité : le choix cornélien entre un cahier dont l'épaisseur dépassait la consigne ou un autre auquel les dix pages décisives feraient cruellement défaut en fin d'année.

La frénésie quasi névrotique du pauvre élève de sixième compulsant la même pile à la recherche d'un cahier de marque Seyes était quant à elle touchante. Autant chercher une aiguille qui ne se trouvait pas dans la botte de foin. Seyes, ça voulait juste dire « grands carreaux », en fait. Du libraire au nom éponyme qui avait déposé au début du siècle une demande de brevet pour un type de réglure dont il affirmait être l'inventeur. Pas de veine, l'homme ne s'appelait pas Monsieur Grandscarreaux, ça aurait simplifié la vie de générations d'humains. Cela dit, franchement, était-ce si compliqué de qualifier les choses de façon basique, histoire que tout le monde comprenne ? Pour un prof, de toute évidence, oui. Dans ce cas de figure, je ne pouvais m'empêcher de voler au secours du gamin qui me gratifiait en retour d'un sourire mi-penaud, mi-ravi.

Je passe sur la fois où le graal avait pris le visage d'une boîte de peinture de six pastilles dont la fratrie, dépassant celle des œufs, se portaient invariablement à un minimum de huit. De toute façon, tout le monde savait pertinemment que pas un chef d'œuvre pictural n'avait été réalisé à la rondelle de peinture compressée et que Léonard s'en était très bien sorti, sans pastille ni même tube (l'invention de ce denier ne remontant qu'au XIXème), lorsqu'il avait pondu la Joconde.

L'agenda scolaire «pas trop épais» méritait quant à lui un sous-titrage à mes yeux : dans les agendas, il y avait une page par jour. Dans la mention qui précisait l'épaisseur de l'objet, devait-on comprendre que les devoirs s'arrêtaient à Pâques ? Conclusion qui aurait absolument séduit mes deux écoliers.

Invariablement, je me disais que si Charlemagne s'était douté un seul instant que sa belle idée finirait par tourner au vinaigre à ce point, il aurait laissé la pelle dans le mortier avant que ça ne vire au grabuge. D'autant qu'à titre personnel, L'empereur à la barbe fleurie s'en moquait, vu que lui, ça faisait belle lurette qu'il savait lire, écrire et compter. Trois fondamentaux qui, pour autant que je pusse en juger, ne me semblaient pas totalement intégrés dans le cerveau des enfants Delande. J'étais conséquemment contrainte à partir une fois encore à la conquête du merveilleux catalogue d'objets introuvables.

40°C à l'ombre

Presque dix-huit ans qu'il écrasait. Qu'il subissait. Les insultes, les humiliations, les coups même, de temps en temps. A part les trois ou quatre premières années, qui avaient été un peu plus fastes, peut-être. C'était devenu intolérable. Sa patience avait des limites. Elles étaient désormais atteintes, et même pulvérisées.

Alors ce jour-là, il y a six mois, avenue Edmond de Rostand à Hossegor, sous les arbres qui commençaient à verdir puissamment des premières feuilles de la saison, il avait pris sa décision. Louis était allé trop loin. Il n'avait pas le droit de parler comme ça.

Ombre. C'est à peu près ce qu'il avait fait de mieux depuis quinze ans. Il connaissait par cœur. Et il s'était dit que ce serait facile de se fondre plus que jamais dans le rôle.

Il avait d'abord vendu sa magnifique collection de Dinky Toys, précieusement conservée dans un large coffret de chêne clair, offerte par Louis il y a une dizaine d'années. Ce n'était pas un gros sacrifice. Les cadeaux de Louis n'avaient que trois visages : le pardon facile, le silence financé ou la contrepartie à venir. Valait mieux ne pas trop réfléchir d'où ça venait, de toute façon. Ce qu'il avait en tête risquait de lui prendre pas mal de temps. Il aurait besoin de fric. Le nerf de la guerre. Pour une guerre des nerfs.

Puis il avait commencé à le suivre, avec une discrétion absolue. Tout le temps. Partout. Il avait collé ses pas à ceux de Louis comme une mouche au plus près des excréments. Dès qu'il pouvait. Pendant la semaine, le week-end, la nuit, le jour. Parfois jusqu'à la nausée. Jusqu'à vomir. Il s'était préparé à la chose, pourtant, et il savait en gros à quoi s'attendre. Il savait que ça n'aurait pas l'allure d'une partie de mini-golf. Mais voir agir Louis, en vrai, lui avait retourné les tripes plus d'une fois. Il l'avait vu franchir les seuils des bouges les plus infâmes devant lesquels il avait attendu terré dans un recoin, ou grimé sur un banc à côté d'un clochard. Caché dans une poubelle de ville, quand il n'y avait pas mieux. Pourriture pour pourriture, ça restait raccord. Il l'avait vu ressortir au milieu de la nuit, souvent ivre, affublé d'une fille ou deux, aux bouches hurlant de vulgarité sur les frontons desquelles ils asseyaient des galoches poisseuses ou des mots qui l'étaient tout autant. Pendant ce temps, la famille était supposée patienter bien sagement à la maison, des fois qu'il leur fasse l'honneur de rentrer pour dîner.

Il y avait les soirs, aussi, où il avait dû attendre que Louis ait fini de jouer les seigneurs aux parterres trop clinquants d'établissements chics qu'il quittait en claironnant de cet affreux rire de gorge.

Cela avait constitué la routine des premières semaines. Pour être sûr. Ensuite, il avait fureté dans ses affaires, fouillé dans ses papiers, à la moindre occasion. Il avait été jusqu'à courir le risque de sortir des documents, d'en faire une copie avant de les remettre en place, quelques heures plus tard ou le lendemain, croisant les doigts jusqu'à en avoir les jointures douloureuses pour que l'autre ne se soit rendu compte de rien. Il préférait ignorer d'office ce qui aurait pu lui arriver, sinon.

Au fil des jours, il avait appris tout, patiemment. Les habitudes qu'il ignorait, les rencards minutés, les visites la nuit dans des hangars minables, les allers-retours en province, les voyages en Belgique ou à Londres. Tout.

Louis était un être abject. Un cafard immonde. La pire des enflures. Un homme étanche, sans la plus petite once d'humanité. Prêt à tout. On ne se rend pas compte de ce que ça peut vouloir dire avant de l'avoir vécu.

Ce jour-là, crevant de chaud sous une perruque surplombée d'une casquette, il avait patienté une heure et demie dans un transat au soleil, derrière de larges lunettes noires, pendant que Louis finissait son gueuleton avec l'Italien, à l'ombre d'une table élégamment nappée de blanc. Ensuite, après que le serveur soit venu récupérer les billets qui voletaient sous le cendrier argenté, il leur avait emboîté le pas, à une vingtaine de mètres, dans son accoutrement de touriste. Lorsque les deux étaient arrivés à la hauteur du camion, lui était resté planqué, juste après l'angle de la rue, derrière la palissade mal en point d'un entrepôt désaffecté. Le seul endroit où il avait une petite chance de ne pas se faire choper.

Trois minutes plus tard, il avait vu Louis fracasser la tête de l'Italien dans le camion. Quand Louis avait abattu froidement l'Italien à bout portant, il était resté bouche bée, derrière l'écran de son portable. Louis était reparti tranquillement, en sifflotant, après avoir pris le temps de ramasser les deux douilles. Lui, dans la pénombre, n'avait pas bronché. Il n'avait pas hurlé, pas appelé à l'aide. Il avait laissé Louis buter froidement l'Italien. Mais cette fois-ci, son doigt rivé compulsivement sur le déclencheur, il avait filmé, sous le battement régulier de la diode rouge du cellulaire. Ses mains tremblaient comme celles d'un alcoolique en début de sevrage. Son cœur lui défonçait la cage thoracique à coups de boutoir. Ce n'est qu'à ce moment, tandis qu'il sentait la puanteur des rigoles brunâtres qui, par capillarité, affleuraient sur le lin beige de son pantalon en longues sinuosités, qu'il comprit qu'il s'était fait dessus.

Depuis son retour, il y a quatre jours. Il avait la tête à l'envers et tergiversait. Il pesait le pour et le contre. Stopper Louis à tout jamais. Ou pas. La décision était si difficile à prendre. Durant toutes ces années, il s'était contenté d'exécuter les ordres, de suivre, de se taire. L'exercice du libre-arbitre n'était pas dans les habitudes d'une ombre.

Avant hier, lorsqu'il avait découvert que Louis allait planter tout le monde, quand il était tombé sur le billet d'avion et le passeport, dans le double-fond de l'armoire, il avait su. Qu'il ne lui laissait pas le choix. Que Louis ne verrait jamais les côtes du Venezuela. Parce qu'il l'en empêcherait. De façon définitive. Il suffisait désormais de trouver le moment opportun.

Louis, du haut de sa vaniteuse omnipotence, avait commis une erreur. Il ne craignait rien, ni personne. Il aurait dû se méfier de lui, l'ombre. On devrait toujours avoir peur de son ombre.

JDM

La tendance était plutôt au survoltage, ce matin. Un paquet de manifs était annoncé pour la journée et, bien que cela ne concernât pas directement son service – à chacun son lot de plaisirs - Martini savait que ça promettait d'être un joli bordel, aujourd'hui. Songeur quant aux heures à venir, il remonta sa braguette puis tira la chasse, embarquant involontairement au passage le rouleau de papier qui tourbillonna mollement une seconde avant d'opter pour la chute verticale, finissant sa course dans un lamentable flottement au centre de la faïence qui étincelait en son fond d'un bleu chimiquement tropical.

–Putain de merde ! C'est pas vrai !... soupira Martini, tandis qu'il roulottait sa manche de chemise en visualisant la future pêche qui n'avait vraiment rien de miraculeux.

Après avoir exhumé sa prise aquatique avec une mine de dégoût et lui avoir offert pour nouvelle sépulture la poubelle attenante à la cuvette, il poussa du coude la porte des toilettes et se dirigea, le bras humide, vers le lavabo. Il en ouvrit le mélangeur, ce qui provoqua aussitôt chez l'O.P.J. un glapissement strident, au contact de l'eau brûlante qui lui giclait sur les doigts. S'ensuivit un chapelet de jurons colorés. Remis de la vive et passagère douleur, il régla la température sur une chaleur moins cosmique, non sans avoir pris soin d'insulter au passage l'homme capable de se laver les mains à l'eau bouillante, dans un français assez imagé qui mettait en doute, dans l'ordre, l'hétérosexualité dudit homme et la probité de la mère de ce dernier. Ses mains préalablement égouttées au dessus du lavabo, il tira sur le dévidoir à sa droite qui resta bloqué sur vingt centimètres de tissu sale et biffé en marge d'une ligne rouge appelant à la nécessité du changement de rouleau. Il leva un œil las vers le miroir qui lui faisait face, tout en grattant d'une main pensive sa barbe de trois jours au milieu de laquelle apparaissaient de rares poils blancs.

−Journée de merde. Pfff, Non mais regarde-moi cette gueule, en plus. Nosferatu, vampire, dessiné par Villemin. Fais chier ! Temps que cette putain d'affaire se termine.

Il gratifia son reflet d'un tirage de langue façon Mick Jagger puis se dirigea vers la porte de l'entrée, un regard méfiant sur la poignée de cet endroit chargé d'ondes négatives. Puis il quitta les lieux, presque étonné que la poignée inox qu'il venait de frôler ait remis à plus tard ses indubitables velléités d'un accroc mesquin à sa veste.

Au sortir de sa pause qui avait, de façon imprévue, pris plus de temps que la nature humaine l'eût habituellement exigé, il manqua de percuter Vergniaud et se demanda si ce dernier serait également victime de sorcellerie hygiénique, une fois le pied dans la place.

—Ah, tiens ! Salut Chris ! Je te cherchais, justement.

—...Dans les chiottes ?... répondit Martini, nettement désabusé.

—T'es vraiment con, des fois... Non, je viens de passer dans le bureau. Bastelica est avec Pessac et Fortier. Ils ont vu la fille Delande, l'ancienne voisine des Sénéchal. Apparemment, y'a une belle longueur de fil autour de la bobine. Le diviz nous attend dans dix minutes.

—Géniaaaal. Quelle bonne nouvelle !... lança Martini se payant ostensiblement la tête son collègue. Bien mené, je sens qu'on va encore hériter d'une belle botte de foin et d'une toute, toute petite aiguille. Sympa comme tout pour notre collec'. Ca manquait. On va bientôt pouvoir se targuer d'être les « spécialistes couture & fourrage » sur la place de Paris. T'imagines l'enseigne, peinte en lettres cursives, tout à la main, avec dans un angle, une incrustation de Van Gogh, style meules de paille, comme logo – vu que dans le goût, on est un peu artistes maudits, nous aussi, non ?... Moi je dis que ça peut avoir méchamment de la gueule. Tu préfères quoi, Vergniaud, la fourche ou l'aimant ? Allez, je suis seigneur, je te laisse le choix de l'arme...

—Martini...

—Non ! Inutile que j'entende la suite de ce que tu as à me dire. C'est couru d'avance. On va nous donner la contenance de la baignoire, la marque du bain moussant et avec ça, il faudra qu'on se démerde pour trouver l'âge du capitaine. C'est ça l'idée ?

–Martini....

–Ouais... quoi ?

–Tu fais chier. Et t'es vraiment très con. Ramène ta fraise, on va être à la bourre. Je te rejoins dans une minute.

–...Que tu crois !... marmonna Martini entre ses dents, d'un air cynique. Attends de faire attaquer à revers par le balai à chiottes... poursuivit-il mentalement avant de lancer index et majeur en fourche, accompagnés d'un « kkksssss » sifflant, en direction de l'innocent bonhomme blanc frappé sur le plexiglas de la plaque de porte des toilettes.

A l'autre bout du couloir, Martini aperçut la frondaison blanche de la tête de Bastelica, déborder de l'entrebâillement de la porte. Elle émettait des signes visibles d'impatience. Si on ne pouvait même plus aller pisser tranquille, en plus...

Erreur d'aiguillage

Je fouillai frénétiquement le fond de son sac, tout en me disant, comme chaque jour, qu'il fallait que j'arrête d'acheter des fourre-tout sans fond dans lequel je ne trouvai jamais ce que je cherchais. (Ca, c'était avant que je n'acquiers systématiquement la fois suivante un modèle encore plus grand parce que, en toute objectivité, on profitait beaucoup mieux des subtils assemblages de toile sur un format seize neuvième et qu'un Gucci à moins trente pour cent, c'était une affaire qu'on ne pouvait décemment pas laisser passer). Et mon portable qui n'arrêtait pas de sonner. Qui pouvait bien m'appeler à huit heures quarante cinq du matin, de toute façon ? Les vendeurs de fenêtre n'allaient pas se mettre à lui fourguer des huisseries sur mon portable, quand même ! Au réveil, en plus...

Avant que la dernière sonnerie ne retentisse, réduisant ma quête précipitée à néant, je finis par prendre le problème et le sac à bras le corps et en retournai frénétiquement le contenu qui s'écrasa sur le cuir moelleux du canapé en un furieux concert de gling-gling hétéroclites. Je s'empressai d'empoigner l'objet sonore apparu au milieu des décombres et manquai de m'évanouir à la vue de l'appelant. L'écran scintillait d'un magnifique « Viking ». Je décrochai, le cœur battant.

—Toujours partante ? demanda la voix ensoleillée.

—Salut M'sieur ! Ca fait plaisir de t'entendre. T'es rentré quand ? demanda Morgane en retour, presque rayonnante.

—…......

Yann, reconnaissant la voix qui venait de répondre, prit un instant pour vérifier le nom qui apparaissait sur la vitre de son cellulaire et fit un tour sur lui-même avant de se mordre le poing pour étouffer un « putainnn mais queeeel con ! ». Saloperie de doigt trop large qui avait appuyé sur la mauvaise touche. A une ligne près, il avait appelé Morgane et non Maureen, la sulfureuse blonde qu'il avait rencontrée dans l'avion, sur le vol Kuala-Paris, trois jours plus tôt.

—Allo ? T'es toujours là ? m'enquis-je comme un pinson qui venait d'interrompre ses gazouillis, un peu refroidi par le silence que la réponse avait engendré.

—Euh, oui, oui... Je suis là. Ca va, toi ? La forme ? reprit le viking cherchant de conserve son entrain et un sauf-conduit à la question qui allait nécessairement finir par tomber.

—Ouais, couci couça. Plutôt paralympique, la forme. On se voit quand ?

Et voilà. On y était.

Que lui répondre ? Rien de ce qu'il pensait dans la seconde, c'est sûr. A savoir, au choix, trois réponses aussi radicales que pourries :

a) Pas.

b) Plus

c) Jamais.

Yann n'était pas un enfoiré et elle ne méritait pas une réponse pareille. Morgane était ravissante. Morgane était vive. Morgane était drôle. Morgane faisait divinement bien l'amour. Mais Morgane était tombée amoureuse. Elle était même accro. Lui, pas. Pas le genre de truc qui s'explique. Il n'était pas amoureux, c'est tout. Voilà.

Et à dix mille bornes de là, il s'en était rendu compte. Morgane ne lui manquait simplement pas. Continuer leur histoire ne servait à rien et ne ferait qu'empirer la situation. Elle cavalait après un truc qu'il ne pouvait pas lui offrir. Pas maintenant. Peut-être jamais. Il ne voulait pas s'engager. Il ne voulait pas entendre parler de sérieux. Il ne se barrerait pas de chez lui parce qu'affronter un divorce lui semblait au dessus de ses forces, même si ça n'était pas vraiment Byzance, à la maison. Ca lui coûterait un bras, des mois d'engueulade et de négociations horribles. Il n'avait pas les moyens ni de l'un, ni de l'autre. Puis il y avait les mômes. Et ouais, surtout, c'est vrai, il était lâche. Comme la moitié de ses potes. Et comme la plupart des mecs, pour être honnête. A chaque sexe ses travers.

Pourquoi avait-elle eu besoin, aussi, de se croire tout à coup dans un scénar d'Allen. Les grands mots sans grands remèdes. La nécessité d"entendre des certitudes. Les promesses jetées sur l'avenir. Merde, tout le monde savait, pourtant, que dans les films de Woody, l'héroïne, les yeux rougis de chagrin, finissait toujours par renifler dans un kleenex. C'était tellement chouette et frais avant que ça prenne des allures graves. Ca avait été trop vite. Il avait flippé. Il n'était pas sûr de son coup. Très mal dans ses baskets, entre deux vies. Pas envie de lui faire mal non plus. Il n'y avait aucune raison. Il aurait fini par lui dire. Il l'aurait appelée pour lui expliquer, bien sûr. Enfin peut-être. Plus tard. Ou pas.

Dans l'immédiat - il s'en voulait - mais Yann n'avait à l'esprit que la bouche pulpeuse de Maureen. Ses mains fines et longues aux ongles manucurés délicatement teintés de rose pâle, qu'il avait frôlées pendant la moitié du vol. Vachement douces. Et son cul, sur lequel il rêvait de poser les siennes, de mains. Yann n'arrivait pas à se concentrer. Et, Morgane, à l'autre bout du fil, attendait une réponse. C'était la chiotte.

−Dîner demain, ça te branche ? proposait-elle à présent.

Yann détesta les mots qu'il s'entendit articuler.

−Ecoute, je rentre juste, là. Laisse-moi le temps de me poser, de me remettre du jetlag, de défaire mon sac, etc.... Je te rappelle. OK ?

—Bon, ben, OK... J'attends ton appel, alors. A très vite. Je t'embrasse.

—Bisous, se contenta-t-il de répondre à Morgane dont la voix morne lui indiquait qu'elle parvenait mal à cacher son évidente déception.

Au concours international de l'absence totale de courage, il se dit qu'il méritait de se voir décerner le premier prix. En fin de compte, si. Dans ses veines, courait bien le sang d'un enfoiré.

Loney Tunes

−Ah! Vous voilà enfin, Tic et Tac, jeta Bastelica, contrarié, à Vergniaud et Martini, depuis le seuil de son bureau.

Martini détestait lorsque le Patron les apostrophait au moyen de ce surnom débile. Tout ça parce qu'au sein de leur SRPJ, ils étaient les deux policiers dont les dossiers relatifs aux objets d'art constituaient le domaine de prédilection. Rien qui méritât une comparaison avec la paire d'écureuils hyperactifs qui passaient leur temps à se mettre sur la tronche. A part sur un point, éventuellement : les affaires qu'ils avaient élucidées à eux deux, depuis le début de leur collaboration, certes pas toujours exemptes de quelques différences de points de vue, avaient rendu à leurs propriétaires de beaux paquets de noisettes avec lesquels on pouvait fabriquer plus d'un pot de pâte à tartiner. Dans son malheur, il avait toutefois échappé à pire : au SRPJ de Lille, leurs homologues étaient au nombre de quatre et circulaient sous le surnom gracieux de Dalton... Dans sa désopilante créativité à usiner du sobriquet, Bastelica, considérant le mètre quatre vingt dix de Martini, lui aurait probablement offert Averell. Pour lancer une carrière, c'était moyen.

Le Patron fut interrompu dans son début de sermon es ponctualité par la sonnerie de son téléphone de bureau.

−Si, vous me dérangez, Sophie. Faites vite.

−……...

−Ah !...D'accord.... Merde, oui, c'est vrai, nous avions rendez-vous, j'avais complètement oublié. Dites lui de monter. Merci Sophie. Et ne me passez plus d'appel jusqu'à midi. Sauf urgence, évidemment. Je serai dans le bureau de Vergniaud et Martini.

Chris Martini remercia intérieurement l'intervention salvatrice du perturbateur anonyme grâce auquel il venait de réaliser l'économie substantielle de dix minutes de passage de savon. C'était toujours ça de pas pris.

−Bon, Martini et Vergniaud, Pessac et Fortier sont dans votre bureau − vous vous connaissez, je crois. Ils vont vous expliquer le topo. La fille Delande en sait plus qu'elle ne dit, semble-t-il. Je vous rattrape dans deux minutes, je vais accueillir mon amie Dominique Leccia. compatriote et ex du SRPJ de Lyon. Allez, à tout de suite.

Bastelica tourna les talons en direction de l'ascenseur tandis que les deux OPJ entraient dans leur bureau, exceptionnellement habité d'un air sans tabac. Le patron avait vraiment gueulé sur le sujet ces derniers temps et l'allumage de clopes était en veilleuse, sauf sur la terrasse dont les lauriers roses n'avaient pas encore osé porter plainte pour tabagisme passif.

Pessac et Fortier attendaient patiemment, discutant devant deux tasses de café, sur la paire d'inconfortables sièges bas de gamme, recouverts de skaï bleu, qui accueillaient en alternance victimes et suspects. Ils se levèrent joyeusement à la vue des deux officiers.

—Salut les mecs ! Bastelica aurait pu le dire que c'est vous qui étiez sur l'enquête ! dit Pessac en tendant la main à Martini, un large sourire sur le visage.

—En même temps, c'est vrai que Tic et Tac... On s'est bien douté qu'on n'avait pas rencard avec une paire d'écureuils mais honnêtement, on ne pouvait pas deviner...compléta Fortier, hilare.

Martini secoua la tête en signe de dénégation, avant de saluer Pessac à son tour.

—Tic, pour te servir. Sympa de te voir. Qu'est-ce que tu veux, le boss est tombé dans la marmite de calembours quand il était petit mais c'est un grand mec et on fait du bon boulot. Alors vas-y, balance ! Qu'avez-vous récupéré comme infos ?

—Côté infos pures et dures, pas des tonnes. Les Sénéchal n'avaient que trois voisins. Ceux de gauche sont décédés, il y a douze ans. En face, les arbres du bois de Vincennes – plutôt du genre discrets et taiseux. A droite, pour finir, les Delande. On a retrouvé la fille, Morgane Delande, à Nogent-sur-Marne. Une bonne quarantaine – super bien gaulée, au passage – divorcée, deux mômes.

Elle nous a filé les coordonnées de ses parents qui se sont cassés aux US depuis un moment – ce pourquoi nous étions passés la voir. On ne les a pas encore eus en ligne. De toute façon, apparemment, ils ne connaissaient pas vraiment les Sénéchal. L'ambiance était plutôt au chacun derrière sa grille, comme au zoo, dans le quartier. A ceci près que les cages étaient super rutilantes, pour la plupart, exposa Pessac.

–Ouais, et ? questionna Vergniaud qui ne voyait pas trop pourquoi Bastelica lui avait présenté l'entretien comme crucial.

–On a pas mal discuté avec Morgane Delande. Pas grand chose à tirer de tout ça. Jusqu'à ce que je lui sorte la photo du tableau. Et, c'est là que ça devient sympa. Quand elle a vu le Lapito, on a cru qu'elle allait s'évanouir. La barbouille, elle la connaissait, c'est certain. Là où ça semblait bizarre, c'est qu'elle nous a affirmé n'avoir aucune accointance avec les Sénéchal et donc aucune raison d'avoir mis le nez chez eux – et, quoi qu'il en soit, aucune raison de devenir blanche comme un linge à la vue du tirage, développa Fortier, tirant machinalement sur le pan de la chemise un peu étriquée qui dissimulait mal son début d'embonpoint. Foutus sandwichs.

–Du coup, vu que tout ça n'était pas super rationnel, on a cherché deux trois infos sur le CV de la dame. Oui, je sais, normalement, c'est plutôt votre rayon. Et devinez ce qu'on a trouvé ? continua Pessac.

—Je ne sais pas, moi...elle est d'origine italienne et c'est la photo de son jardin, suggéra Martini, narquois.

—Encore mieux que ça... Elle est broc'. Enfin, pas tout à fait. Elle achète de la came qu'elle refourgue aux Américains. Ca ne vous semble pas curieux, comme coïncidence ? D'ici à ce qu'elle soit mêlée d'un peu trop près à l'ensemble, y'a pas très loin, non ? Moi je dis que ça vaudrait le coup de l'interviewer, la fille Delande, conclut Pessac, fier de son exposé.

—Qu'est-ce que je te disais, Vergniaud... « Tic & Tac, Couture et Fourrage ». Tu choisis la fourche ou l'aimant ? demanda Martini à son collègue, devant la mine interloquée des gendarmes qui avaient vraiment la conviction d'avoir loupé un épisode.

—Laissez, les mecs, Martini s'est levé du mauvais pied ce matin. je...

Avant que Vergniaud n'ait eu le temps de finir sa phrase, les quatre paires d'yeux se rivèrent sur l'entrée de la pièce. Echappée d'un dessin animé de Tex Avery, une Jessica, version tailleur gris clair juchée sur de centimètres talons aiguilles, embrasait l'encadrement de la porte. Le quatuor de loups, attendant qu'on les présente à la bombe qui irradiait le bureau, gardaient le museau hermétiquement clos de peur qu'il ne s'en échappât intempestivement un mètre de langue, voire carrément de bave.

Martini, ayant baissé un instant ses mirettes éblouies vers le sol, en quête de souffle, regretta d'avoir passé outre l'opération cirage de pompes, ce matin. Il n'était pas un cador en la matière, ainsi qu'en témoignait regrettablement le cuir terne de ses chaussures.

Ciel patricien

—Je vous présente Dominique Leccia, nous avons travaillé ensemble, au SRPJ de Lyon, il y a une bonne dizaine d'années, sur une enquête de trafic de toiles de maître qui nous avait pas mal donné de fil à retordre. Tu te souviens, Domi ?

—Ca, je ne risque pas d'oublier !... répondit Jessica., évasive.

Dominique Leccia...Toujours faire gaffe aux prénoms androgynes... Là, il n'y avait aucun doute sur le sexe de la compatriote du boss. La Corse ne recelait pas que des fromages...

Martini, observant la commissure de la bouche de la divine créature se relever légèrement, se questionna sur la nature réelle de ses souvenirs communs avec Bastelica et se dit que, dans un élan d'abnégation, lui aussi serait prêt à travailler nuit et jour en étroite collaboration avec Jessica-Domi, pour les besoins de l'enquête. Le Patron ne se faisait pas chier, quand même !... Elle devait avoir au bas mot quinze ans de moins que lui. La reluquant discrètement du coin de l'œil, Martini, arrivé à hauteur de la limite sensuelle que formait le genou délicat de la déesse avec sa jupe, se demanda si elle était plutôt bas ou collants. Il fut cruellement éjecté de sa poétique investigation qui imaginait déjà deux centimètres de dentelle noire à mi-cuisse, au son de son nom, prononcé par la voix testostéronée de Bastelica.

—...avec vous, Vergniaud et Martini. C'est OK ? termina le boss, à l'adresse des deux OPJ, avant de s'attarder sur le regard flou et figé de Chris, que complétait un sourire béat.

—Martini, je ne sais pas à quoi vous pensez, là, mais si je vous ennuie, vous le dites ! reprit Bastelica, avec évidente exaspération.

—Désolé, Patron...C'est cette enquête, H24...Suis un peu claqué, s'excusa l'officier, estimant qu'il était préférable de passer pour narcoleptique que pour un obsédé de première zone.

—Je reprends donc, puisque j'ai dérangé notre ami dans son hibernation... Dominique a fait partie de l'OCRVOOA (ancien OCBC) pendant pas mal de temps, raison pour laquelle je lui ai demandé de venir nous prêter main forte sur l'enquête en cours – ce qu 'elle a fort gentiment accepté. Dominique a conservé de nombreux contacts et je pense que son aide peut nous être précieuse. Je compte donc sur vous, Martini et Vergniaud, pour lui faire part de l'ensemble des éléments que nous avons pour l'heure. C'est OK ? demanda Bastelica, pour la forme.

—C'est bon pour moi, Patron, confirma Vergniaud.

−Pareil, ajouta Martini, songeant qu'il avait déjà reçu des ordres de mission plus désagréables...

De surcroît, Dominique Leccia devait être une pointure, dans son genre. Derrière le sigle imprononçable, l'Office central pour la répression du vol d'oeuvres et d'objets d'arts était hébergé à Nanterre, au sein de la Direction centrale de la police judiciaire. Seules quelques reproductions de tableaux divers signalaient les bureaux discrets et modernes de l'Office.

Cette police de l'art, compétente sur tout le territoire national, n'employait pourtant que trente cinq flics – dont quinze se consacraient exclusivement à nourrir le service documentation. T.R.E.I.M.A, c'était eux. En contact avec l'ensemble de la police judiciaire, la gendarmerie, les douanes, le ministère de la Culture et Interpol (rien de moins!), l'Office était chargé – en sus de sa mission de prévention – de centraliser toutes les infos relatives au trafic illicite des œuvres et objets d'art. Mais les flics de l'Office n'étaient pas que des bibliothécaires consciencieux. L'OCRVOOA était une police très spéciale, bien introduite dans le monde feutré et plutôt confidentiel de l'art.

Les policiers de l'Office étaient connus pour leurs enquêtes haut de gamme. Ils ne jouaient pas seulement dans la catégorie confidences sur canapés en ingurgitant des petits fours dans les inaugurations d'expos prestigieuses. Ils étaient aussi sur le terrain et montaient des opérations d'autant plus facilement qu'ils étaient habilités à déclencher une enquête d'initiative en se saisissant eux-mêmes si certains points éveillaient leurs soupçons. Il n'était pas rare de les retrouver cités dans les journaux dès qu'une enquête d'envergure avait abouti.

Martini avait du reste eu le loisir de goûter à leur réel professionnalisme lors d'un des deux colloques thématiques que l'Office organisait chaque année à l'intention des OPJ et auquel il s'était rendu, quelques mois plus tôt. Ces flics-là touchaient vraiment leur bille et il était ressorti de la conférence avec la nette impression de faire figure d'amateur, en comparaison.

En revanche, à dire vrai, les spécialistes de l'œuvre d'art avaient une nette tendance à se croire supérieurs et ça, c'était vraiment pénible. Du coup, quand il y avait une affaire qui sentait l'importance, chacun bossait dans son coin par magistrat instructeur interposé dès qu'il fallait sortir de l'hexagone. Ca pouvait vite tourner au bordel quand on se retrouvait à se tirer la bourre sur un dossier, avec l'Office et la BRB-Antiquaire. Pour peu que les gendarmes aient rajouté un groupe Ovnab (Objets volés négociables auprès des antiquaires et brocanteurs) à la sauce, il valait mieux faire vinaigre pour gagner la salade. Pas toujours fastoche de speeder quand il fallait se taper les perquises, les scellés, la manut' des objets volés, le stockage, les confrontations, etc... C'était un boulot de romain.

L'arrivée d'une romaine parvenue en territoire SRPJ de son plein gré – et quelle romaine! était donc bénie.

Avec son expérience, l'accès direct au fichier et les recherches qui avaient été menées jusqu'ici, il y avait peut-être une chance de finir le ciel du puzzle. Et puis...ça laissait aussi un peu de temps à Martini pour clore son enquête personnelle. Bas ou collants, le détail avait son importance.

Iceberg

Mises à part l'eau qui se déversait du ciel en trombes ininterrompues depuis qu'il avait posé le pied hors du lit, Louis n'était pas mécontent de ce début de journée. Son détour flamand avait été fructueux et lui permettait de se barrer au Vénéz les poches vides et le compte en banque aux îles Caïman, plein.

Charmantes îles, quand même. Fort accueillantes de surcroît, pour les petits entrepreneurs. Le montage de sa société off shore lui avait pris en gros deux jours, à Londres, moyennant quelques papelards et une addition qui n'avait rien d'astronomique à casquer aux British pour leur tambouille administrative. Le compte en banque avait été ouvert deux semaines et demi plus tard. Basta. La liste des avantages valait aux yeux du reptile toutes les brochures touristiques du monde : pas d'imposition fiscale sur les profits offshore, pas de tenue ni dépôt de comptabilité, pas de publication annuelle des comptes. C'était ce qu'on pouvait appeler au minimum une souplesse de fonctionnement et une invitation au voyage difficile à refuser. D'autant que le vol Georgetown-Caracas n'était pas la mer à boire : juste une heure quinze à contempler le bleu sublime des Caraïbes. Ca restait dans le domaine du supportable.

Louis avait trimé comme un dingue pendant trente-cinq piges mais au bout du compte, quand on tirait le trait, ça valait la peine. Le nombre de zéros avant la virgule promettait à la retraite bien méritée de Guillaume Costel d'être plutôt sympathique.

Fallait juste régler la question des affaires courantes. Devant un jus d'orange pressé émaillé d'une paire de glaçons et tandis que Louis finissait de ficeler mentalement les détails qu'il prévoyait de laisser traîner pour aider les condés à plomber Frantz, celui-ci entra dans la salle du petit-déjeuner.

—Alors quelles nouvelles nous amène le beau Franky ? Ca s'annonce comment du côté belge ? entonna Louis, après avoir lentement relevé sur le front les lunettes fumées qui estompaient son regard.

Frantz, qui pour sa part, préférait presque que les yeux de celui qui lui faisaient face soient dissimulés, répondit sur un mode accorte. Le patron avait le visage assez détendu et ne présageait pas d'emmerdements dans les minutes à suivre.

—Salut Louis. T'as bonne mine. Ca te réussit de vadrouiller au pays de Tintin.

« C'est ça, oui, connard... » pensa le voyageur qui, hormis un léger mouvement de mâchoire, parvint à conserver son calme.

−Et oui, comme tu vois ! Quand les affaires glissent toutes seules et qu'on travaille en confiance, ça met du baume au cœur, hein, Franky ? Dis-moi, ça raconte quoi, alors, pour le paysage ?

−Ben écoute, ça me semble pas trop mal barré. Ils ont toujours le Lapito, au chaud dans la p'tite salle du fond. Z'ont failli le vendre y'a deux semaines mais ils ne sentaient pas trop le mec. Trop regardant sur la paperasse. Vu les canards en circulation qui parlent de la Biennale, z'ont préféré calmer le jeu. Par contre, ils ont vu hier un Schleu qui achète pour des Ruskov pleins aux as et qui paye en fraîche. Ca se casse direct en camion via la Finlande, sous couvert d'ambassade. Pas de souci pour le passage frontière. Si l'affaire se fait, il nous garde un billet, comme convenu. Enfin...quand je dis un billet, tu me comprends, hein, Loulou, ajouta Frantz sur un clin d'œil qui déclencha un nouveau mouvement de maxillaire chez son interlocuteur.

−Bon, bon, tant mieux Franky. Je préfère entendre des choses comme ça, tu vois. Dis-moi, mon grand, par contre, je suis un peu inquiet, reprit Louis, tout en avalant une lampée de jus d'orange pour tenir en haleine l'abruti dont le regard venait se voiler au son du terme volontairement choisi d' « inquiet ». Chacun savait que le patron n'aimait pas les tracasseries.

Après avoir reposé son verre sur le set de table en lattes de bois sombre, il poursuivit sereinement, les prunelles fixées dans celles de Frantz :

−Tu as des nouvelles de Gianni ? J'ai tenté de le joindre plusieurs fois depuis deux ou trois jours. Je tombe toujours sur sa messagerie, continua Louis, tout en lissant machinalement le portable éteint du rital qu'il conservait dans sa poche gauche de veste depuis leur virée à La Grande Motte.

Il y consultait quotidiennement les messages – l'imbécile n'avait même pas un mot de passe sur son téléphone – afin de s'assurer que les flics n'essayaient pas de rentrer en communication avec Gianni. On n'était jamais trop prudent.

Frantz, nerveux, commençait à se demander où Louis voulait en venir. Si ça se trouve, c'était encore un de ses jeux à la con.

−Bah... Non, Loulou. Non, j'ai aucune nouvelle, moi non plus. De toute façon, tu sais bien que c'est toujours toi qu'il appelle en premier, alors..., rétorqua Frantz, très perplexe.

−A voir. La dernière fois qu'on a déjeuné ensemble, dans le sud, il avait rendez-vous avec toi le soir même. Et depuis, plus de nouvelles. Je trouve ça curieux. Pas toi ?

Louis plongea de nouveau ses rétines aiguisées dans le regard de Frantz, attendant calmement l'effet escompté.

−Louis, t'es pas sérieux là ! Oui j'avais rencard avec Gianni. Et c'est vrai qu'il ne s'est pas pointé. Mais tu connais le rital, c'est pas la première fois qu'il fait faux bond sans prévenir. Qu'est-ce que tu vas chercher ? Et quel rapport avec moi ? Je comprends pas, Loulou.

Frantz, les yeux lourds de détresse, tentait d'affronter les pupilles immobiles plaquées sur le visage impassible.

—Moi non plus je ne comprends pas, Franky. C'est bien ça qui me gêne. J'espère pour toi qu'il ne lui est rien arrivé. Un mot en emportant un autre. Ce serait... disons... très regrettable... Tu reprends un café ? reprit Louis nonchalamment, tandis qu'il hélait un serveur, tout en se délectant de la mine hébétée de son acolyte qui commençait à perdre ostensiblement pied.

—Heu... Oui, si tu veux... Tu m'excuses une minute, Louis, j'ai oublié mes cigarettes dans la voiture. Je reviens tout de suite, répondit Frantz, devant la nécessité d'aller respirer l'air humide de l'extérieur.

Il se leva prestement, laissant sa veste de cuir sur le dossier du siège. Frantz avait peur de comprendre et ses idées s'emballaient à toute vitesse. Que s'était-il passé ? Qu'avait-il manqué, ces deux derniers jours ? De quoi Louis était-il en train de l'accuser ?

Louis n'attendit pas que Frantz ait franchi le seuil de l'hôtel pour entrouvrir la veste et y glisser les deux douilles de neuf millimètres dans la poche intérieure droite, au fond de la doublure soyeuse, au chaud. Dès demain, lorsqu'il serait en route vers l'aéroport, un coup de fil anonyme aux perdreaux viendrait éclairer leur lanterne en mal de lumière.

Frantz n'avait rien vu venir. Quand on ne maîtrisait pas la nage en eaux troubles, il ne servait à rien de sortir sous la flotte pour aller chercher une bouée.

Titanic

—Reconnaissez tout de même que tous les éléments convergent vers vous, Madame Delande. Et aucune de vos explications n'est convaincante, admettez-le. Ca fait quand même beaucoup de coïncidences, vous ne trouvez-pas ? Continuer de vous taire n'est vraiment pas dans votre intérêt. Réfléchissez, je reviens dans un quart d'heure.

La porte venait de claquer derrière l'inspecteur. Je serrai convulsivement les bribes résiduelles de kleenex dans lequel je n'avais cessé de me moucher bruyamment depuis une demi-heure. J'essuyai de nouveau une larme qui perlait au bord des cils et que je ne parvenais plus à ravaler. J'étais éreintée et totalement dépassée par la situation. Un ventilateur au plafond brassait poussivement un air vicié, chargé de relents de tabac froid et de moiteur. Près de deux heures, maintenant, que j'étais assise sur un inconfortable siège bleu crasseux, dans le bureau de l'inspecteur Martini, harcelée par des questions auxquelles je n'étais pas en mesure de répondre. Celui-ci discutait à présent âprement avec un homme aux cheveux blancs, dans le couloir. Tout ceci n'avait ni queue, ni tête.

Lorsque j'avais appelé le commissariat parisien, hier, pour connaître le motif de ma convocation, on m'avait simplement répondu qu'il était impératif que je me présente ce matin à 8h30 mais qu'on ne pouvait me donner aucune explication par téléphone. J'avais certes une bonne quinzaine de contraventions de stationnement non réglées sous le coude et vaguement envisagé qu'on me rappelât pour passer à la caisse. Il fallait bien que ça arrive un jour, même si le moment était mal choisi : le règlement de la douloureuse grèverait immanquablement une partie du budget que je destinais à mes projets de ski pour les vacances de Noël. Mais pas une seconde je n'avais envisagé de me retrouver suspectée d'être la clé d'un trafic d'œuvres d'art...

L'inspecteur Martini n'y était pas allé par quatre chemins. A peine m'étais-je assise, après lui avoir remis ma pièce d'identité, qu'il m'avait mis sous le nez la photo du Lapito, avec un sourire affable, me regardant droit dans les yeux. Je m'étais attendu à tout, sauf à ça. Sans nouvelles des gendarmes depuis leur visite à l'appartement, j'avais pensé que le mystère avait été élucidé et totalement oublié l'incident. Avec la rentrée scolaire, les enfants qui donnaient un peu de fil à retordre, mon boulot qui me faisait cavaler aux quatre coins de la France, et le Viking qui jouait l'arlésienne, j'avais d'autres chats à fouetter.

Devant le tirage papier de la Toscane, j'avais instantanément blêmi. L'inspecteur Martini avait alors cessé de sourire puis enchaîné froidement :

—Comment avez-vous acquis ce tableau, Madame Delande ?

Tremblante de tous mes membres, j'avais été incapable de formuler une réponse claire à l'interrogation et avais commencé à bredouiller.

—Je… C'est vieux… Je ne sais plus vraiment… Je ne l'ai plus… Enfin, je crois… Je…

S'en était suivi un flot de questions sur la nature exacte de mes activités, sur mon emploi du temps, sur les personnes avec lesquelles je travaillais, sur mes revenus. Bien que m'étant efforcée de répondre au mieux à l'avalanche interrogative, je n'étais pas parvenue à donner des réponses claires et concises. Pis encore, j'avais le sentiment terrible que chacune de mes paroles ne faisait que renforcer la conviction de l'inspecteur quant à ma supposée culpabilité.

Il est vrai que vu de l'extérieur, à bien y réfléchir – et dans la mesure où j'en étais encore capable, le scénario laissait la part belle aux conclusions hâtives :

J'avais acheté le tableau sur une brocante mais ne me souvenait plus du lieu ni de la date exacte. Je n'avais pas de facture correspondante. La toile était encore dans mon salon, il y a quatre ou cinq ans – du moins le supposais-je. Mon ex-mari, qui aurait éventuellement pu fournir d'autres informations, avait disparu dans la nature, quelque part en Amérique du sud, mais j'ignorais où. Je travaillais toujours dans le milieu des antiquités et y avais de nombreux contacts. J'avais admis connaître de vue les deux brocanteurs dont l'inspecteur m'avait montré des photos – au point où en était, rien ne servait de mentir, d'autant que je n'en voyais pas l'utilité, n'ayant rien à me reprocher. Sauf que l'inspecteur venait de m'apprendre que l'un des deux avait été retrouvé, il y a quelques jours, abattu de deux balles dans la tête. A Montpellier. Juste après le déballage professionnel d'antiquités où j'avais reconnu me trouver, tant qu'à faire.

J'étais embringuée dans un somptueux pétrin, carrément même une merde noire et ne voyais absolument pas par quel bout m'en sortir. D'ici à ce que je finisse en garde de vue, il n'y avait qu'un pas. Mes neurones bouillonnaient comme des crevettes dans une casserole. Ma tête s'était muée en étau.

Vêtue d'une robe et chaussée d'une paire de bottes, je n'aurais au moins pas à remettre à l'inspecteur ma ceinture et mes lacets. Mince compensation.

Quand l'angoisse et l'incertitude vous éventrent, on s'efforce de sourire de ce qu'on peut.

J'éclatai en sanglots.

Urbi et orbi

—Ca donne quoi, Martini, l'interrogatoire de Morgane Delande ? demanda le divisionnaire à l'O.P.J. qui, depuis le couloir, conservait un œil sur la suspecte effondrée sur le siège, dans son bureau.

—Je ne sais pas encore à quel degré cette fille est impliquée dans l'affaire, mais elle l'est. J'en ai la certitude, Patron. C'est une question de temps, développa Martini sous le regard dubitatif de Bastelica qui contemplait à son tour la silhouette recroquevillée, animée de spasmes larmoyants.

—Mmm... Vous êtes sûr de votre coup, Martini ? Parce que je sais bien qu'il y a plus d'un criminel à la bouille angélique à qui on donnerait le bon dieu sans confession, mais elle, elle n'a vraiment pas la tête de l'emploi, ajouta le commissaire sceptique, une main dans la poche de son pantalon de costume gris.

—Pour ce genre de trucs, j'ai un compteur Geiger. Et là, ça sent clairement l'uranium. Je l'ai attaquée au bluff. Pessac et Fortier étaient quasi certains qu'elle connaissait le tableau. Je lui ai sorti la photo. Elle n'a même pas essayé de nier. Il faut la garder au chaud. J'ai suffisamment de présomptions pour la coller au frais, insista Chris Martini, avec conviction.

—N'oubliez tout de même pas la présomption d'inn…

La sonnerie du cellulaire de Bastelica fit office de fin de phrase. Pour que Vergniaud l'appelât sur son mobile, alors que tous deux étaient dans le bâtiment, c'est que l'objet devait être important. Le divisionnaire décrocha, non sans avoir pesté contre les intrusions permanentes du portable dans son quotidien. Fichue technologie.

—Oui, Vergniaud, qu'est-ce qu'il y a ?

—Désolé de vous embêter, patron, le standard vient de recevoir deux fois de suite un appel d'une personne qui veut parler à l'inspecteur qui s'occupe du recel d'œuvres d'art. Je ne sais pas comment il a eu nos coordonnées. Il insiste, il dit que c'est important et très urgent. Il est toujours en ligne.

—OK, Vergniaud, dites au standard de me le passer dans mon bureau. Allez savoir, si jamais c'était Saint Martin de Tours qui nous faisait un appel du pied... Et montez dans le bureau de Martini, s'il vous plaît. Il est en train d'interroger Morgane Delande et la mariée me semble un peu trop belle.

Bastelica raccrocha et, se dirigeant vers la sonnerie de la ligne fixe qui stridulait trois portes plus loin, rajouta pour Martini :

—Ah !... Vergniaud monte. Il sera là dans quelques secondes. Laissez-le mener un peu la danse, je ne suis pas convaincu qu'il trouve la fille si rock'n roll que vous. On se voit après... Oh, pitié, Martini, ne faites pas cette tête là et remballez votre orgueil. Comme disait Clémenceau, « l'honneur, c'est comme la virginité, ça ne sert qu'une fois » ! Le reste, c'est sur le terrain et à force d'expérience qu'on l'acquiert.

Martini s'efforça de chasser la réconfortante image de strangulation meurtrière à l'encontre de Bastelica qui venait de traverser son esprit, nonobstant le fait qu'il fût furieux que le Pape de la résolution d'énigme le prit à ce point pour un novice. La violence ne résolvait rien. On n'avait cessé de lui seriner ça à l'ENSOP. Quoique.

N'empêche, il s'était mis un point d'honneur à démêler l'écheveau de cette enquête, y travaillait d'arrache-pied et ne voyait pas pourquoi le patron s'obstinait à refuser l'évidence : quoi de plus parfait, justement, pour passer au travers des mailles du filet, qu'une nana qui n'avait pas la tête de l'emploi ?

Certes, il n'en disconvenait pas, quand il la voyait pleurnicher comme une gamine, dans son bout de mouchoir en papier, il se disait qu'il y avait plus féroce, comme chef de bande. Mais si on voulait jouer au jeu des citations et proverbes, il y en avait deux qui pesaient lourd dans la balance :

−Primo : « les apparences sont trompeuses »

−Deuxio : « l'habit ne fait pas le moine ».

Martini, satisfait de sa brillante argumentation, retourna dans le bureau pour terminer de découvrir -sans attendre l'arrivée de l'archange Vergniaud- qui se dissimulait vraiment sous les cinquante kilos reniflants.

Sur la branche

L'informatique était une bête d'invention. Bien sûr, ça demandait un peu de temps d'éplucher tous les profils sur le net, entre les machins pros, les réseaux sociaux. C'était pas les infos qui manquaient. Il suffisait juste de ne pas se décourager, être patient, soigneux. Passer tout bien en revue, croiser les données. Il y avait toujours une petite brèche à exploiter. A force, Max avait trouvé. La seule l'info dont il avait besoin : l'adresse de Morgane. Après, il avait planqué, tracé son emploi du temps. En gros. Il avait suivi les mômes aussi. Les siens, qui n'étaient plus vraiment les siens. En loucedé. Ils étaient beaux, la vache. Ils avaient grandi. Du mal à les reconnaître, même. Il ne leur avait pas parlé. Quoi leur dire? Il se souvint des promenades en poussette, il y a longtemps. D'une chasse aux oeufs, à Pâques. De parties de ballons au parc. Après, il ne se rappelait plus bien.

Calé dans le cuir rouge et lisse du fauteuil, Max rapprocha son verre, se versa un whisky, leva l'index d'un air savant. « Pas plus haut que le bord, hein ! ». Il avala une longue gorgée, sentit l'ambre lui chatouiller doucement les entrailles, les ensevelir. Le soir, le sky était la plus efficace des vitamines. Ca vous requinquait un homme pour la nuit, mieux qu'une gonzesse. Son téléphone, posé sur la table à côté de la bouteille, tressaillit. Laurence. Trois fois qu'elle appelait en vingt minutes. Il laissa sonner. Après minuit, Laurence avait toujours trop abusé de la ligne blanche. Mauvais plan. Max attrapa la télécommande, alluma la télé et un joint. Deux valeurs sûres. Il fit défiler plusieurs chaînes, stoppa sur des dauphins qui volaient sur l'eau. Magnifiques. Ca lui rappelait le large, le calme. Il traîna sa carcasse jusqu'à la platine. Rien à dire, son pote avait du bon matos. Il fouilla dans la pile de disques, cala un Zappa avant de relâcher le diamant sur la quatrième piste du 33 tours. Le disque laissa chuinter une paire de crissements sourds avant de cracher du pur son. Vraiment rien à voir avec le numérique. Les vinyls avaient de l'âme, du corps, de la profondeur. Il abandonna sa silhouette usée au moelleux du fauteuil tiède, mima les accords de Drop Dead sur une guitare imaginaire. Les dernières notes du morceau terminées, il remit son verre à niveau, poussa la bouteille puis se saisit du Sig Sauer dont il caressa la crosse sombre, longuement.

−Drop Dead ma chérie, Drop Dead. Fallait pas me faire chier. Tu te souviens, je t'avais dit. Tu m'as fait tomber très bas, tout au fond. T'as joué la maligne. Pourquoi tu m'as fait ça, hein ? Espèce de salope. Maintenant tu mérites. Faut passer au comptoir payer l'addition. Patience chérie, patience.

Sur le magnolia, les oiseaux commençaient à piailler. Il était plus que temps d'aller se mettre au pieu pour quelques heures.

Dix de der

−Commissaire Bastelica, à l'appareil. A qui ai-je l'honneur ?

−Vous êtes bien en charge du recel d'antiquités et d'oeuvres d'art ? questionna la voix au téléphone, cherchant à éviter de devoir répéter dix fois la raison de son appel, en jouant au yoyo entre les différents services de police.

−Mmoui, si on veut, entre autres... Venez-en au fait, Monsieur, je n'ai pas beaucoup de temps, répliqua sèchement Bastelica, prêt à envoyer paître son interlocuteur s'il advint qu'il s'agissait d'une affaire sibylline ou d'une mauvaise blague.

Cela lui était arrivé une fois, au tout début de sa carrière, de se rendre ridicule sur une antenne radio, après s'être fait trimbaler deux bonnes minutes pour une invraisemblable histoire de chien braqueur qui tenait en joue une vieille dame avec un calibre calé entre ses pattes avant. Sur le moment, la voix chevrotante et prise de panique de la personne âgée – ou à tout le moins l'usurpateur qui endossait le rôle à merveille, avait été si persuasive, qu'il était stupidement tombé dans le panneau.

Il n'avait plus regardé les octogénaires de la même manière, dans les six mois et l'inextinguible honte qui avaient suivi – et conservait une méfiance viscérale depuis, chaque fois qu'on lui passait une communication dont l'appelant n'était pas distinctement identifié.

–Voilà, Monsieur le Commissaire... J'ai en ma possession un certain nombre de preuves qui vous permettront de démanteler un important réseau de trafic d'antiquités et de mettre sous les barreaux un assassin.

Bastelica éclata d'un rire sonore qui résonna dans le bureau entier. Reprenant son souffle, il rétorqua à son interlocuteur passionné :

–Rien que ça !... Dites-moi, vous n'y allez pas de main morte. Ce n'est pas bon, vous savez, de trop regarder les séries à la télé. Je suis en direct sur l'antenne ?

La voix masculine à l'autre bout de la ligne mit fin au sarcasme du divisionnaire.

–Je ne plaisante pas. Ce n'est pas une blague. Je suis sérieux... Très sérieux.

Devant le ton posé et néanmoins très péremptoire, Bastelica marqua une courte pause puis reprit, sur un mode cette fois dépourvu de désinvolture :

–Et qu'est-ce qui me prouve que ce que vous me dites est vrai ?

L'autre souligna à son tour la conversation d'un silence mesuré.

–Les cent trois pages du dossier que j'ai constitué et qui peuvent être sur votre bureau dans cinquante cinq minutes.

–Comment vous appelez-vous ?

–Ca n'a aucune d'importance pour le moment.

Bastelica hésita. Pourquoi accepterait-il de recevoir un inconnu qui se refusait à décliner son identité ? Cela n'avait aucun sens et allait totalement à l'encontre de sa déontologie habituelle. Il n'accueillait d'ordinaire dans son bureau, eu égard à son planning ultra chargé, que les rendez-vous qu'il lui était impossible de déléguer aux membres de son équipe.

Les yeux plongés dans le vague, il songea à la devise qu'il avait inscrite sur le fil de son épée de commissaire. « Je cherche l'or du temps... ». Il se devait d'être fidèle aux six mots d'André Breton, qui n'avaient cessé de l'habiter depuis qu'il les avait croisés, gravés sur la tombe du poète surréaliste, décorée simplement d'un octaèdre étoilé, au cimetière des Batignolles. Pour une fois, il ferait fi de l'intelligence et se laisserait guider par son instinct.

–Entendu... Je vous attends. Dans cinquante cinq minutes.

Artaban

Allongé sur le matelas moelleux aux rayures marine, détendu après quelques brasses couronnées d'un passage au spa, Guillaume Costel – Louis appréciait l'élégance de son nouveau patronyme – savourait à présent la vue panoramique qui s'offrait à lui. Le Steigenberger Airport Hotel de Francfort méritait indéniablement ses cinq étoiles et constituait une étape idéale comme conclusion à ses dernières heures sur le sol européen.

Il avala une gorgée du verre d'orange pressée situé à sa droite, le reposa sur la table basse, tourna le regard vers les disques d'opaline du plafond qui se reflétaient subtilement dans l'eau turquoise de la piscine, puis consulta sa montre. Lisant 21h sur le cadran crème, il estima qu'après cette pause régénératrice, consécutive aux trois heures de route depuis Tongres – où il avait abandonné, pour son plus grand plaisir, un Frantz troublé et perplexe, il était temps de regagner le confort urbain et raffiné de sa suite luxueuse.

Il lui restait à accomplir quelques tâches avant son départ, demain, sur le vol Lufthansa de 10h30, en partance pour Caracas. Boucler ses bagages ne prendrait que peu de temps, là n'était pas le problème. Les vêtements qu'ils avaient achetés la veille, lors de son arrivée en ville, dans les boutiques du centre – peau neuve pour identité idoine – et ses affaires de toilette, tenaient dans le volume d'un bagage cabine. Il aurait tout le temps de se refaire une garde robe digne de ce nom au Vénézuela et préférait éviter le déroulement lancinant du tapis de gomme noire, recrachant les bagages de soute à l'arrivée. Source de contrariété et perte de temps tout à fait superflues.

Il n'oubliait pas son coup de fil, à passer aux flics pour balancer Frantz et se blanchir du même coup. Il s'en délectait à l'avance. Ce serait l'affaire d'une poignée de minutes, en attendant la navette qui le conduirait au terminal, vers 8h.

En revanche, il devait réfléchir à la lettre qu'il posterait avant de passer la douane, à Kevin et à Suzanne, sa femme. Non pas qu'il regrettât sa décision de les abandonner à leur sort – celui-ci n'avait rien de triste : il avait placé sur un compte une somme conséquente qui suffirait amplement à pourvoir à leurs besoins pour de très longues années. Simplement, il lui semblait que les quitter sur une note romanesque – que son incapable de fils et son épouse trop dévouée ne manqueraient pas d'apprécier – avait un certain panache. Autant laisser un bon souvenir gravé dans l'Histoire.

Parvenu à sa chambre et après avoir enfilé tee-shirt et caleçon en remplacement de son peignoir d'éponge immaculé, Guillaume Costel s'assit derrière le bureau blanc. Puis, le stylo bille suspendu au dessus d'une feuille de papier à lettres aux armes de l'Hôtel, il contempla les lumières scintillant à l'infini sur la nuit allemande, tentant de trouver un peu d'inspiration.

Le roseau et le chêne

Bastelica reconduisait maintenant son visiteur vers la sortie du commissariat, au rez-de-chaussée. Il lui avait donné rendez-vous le lendemain matin, à l'aube, devant la porte 12 du terminal 1 de Roissy-CDG.

C'était la seule condition que ce dernier avait posée. Etre présent au moment de l'arrestation. Parfaitement contraire au code de procédure. Le commissaire avait mûrement réfléchi à la question, au cours de la journée. Puis, après que l'homme ait patienté tout l'après midi, dans la pièce attenant au bureau du divisionnaire, tandis que l'équipe épluchait minutieusement chaque pièce contenue dans le dossier au préalable de sa vérification soigneuse, Bastelica avait accédé à la requête. Il savait qu'il s'exposait à une sanction sévère mais avait pris ses responsabilités. Il lui devait au moins ça, après ce qu'il venait d'entendre.

Leur vol pour Francfort décollait à 6h30, demain. Il était déjà 21h et la nuit serait courte, le temps de vérifier que tout était effectivement en place pour le déclenchement de l'opération, dans quelques heures. Le procureur général avait envoyé son accord pour l'extension de compétence territoriale – il convenait tout de même de faire les choses un minimum dans l'ordre. Leur groupe homologue avait été informé de la situation par le menu et était déjà sur le pied de guerre en Allemagne, terminant de préparer les détails ultimes de l'intervention.

Un souffle de profond respect emprunt d'émotion balayant les certitudes de son âme endurcie, Bastelica regarda la silhouette frêle du jeune homme franchir la porte de verre et s'engouffrer dans la nuit.

Il avait de prime abord été extrêmement surpris lorsqu'il avait aperçu l'adolescent en bas, debout à l'accueil, après que le brigadier l'eût averti que son rendez-vous était arrivé. Eu égard à la voix grave qui s'était exprimée au téléphone, il n'avait pas songé un instant qu'il s'adressât à un mineur. Puis fâché, lorsqu'il avait envisagé de nouveau qu'il pût s'agir d'un canular. Sidéré, enfin, à l'écoute des premières paroles que le jeune homme avait prononcées, d'un timbre profond et assuré, le regard fixe et intense, après avoir déposé sur le mélaminé beige, une épaisse chemise rouge cartonnée, portant au feutre l'inscription « Louis Lestradec », soulignée d'un trait.

−Bonjour Monsieur le Commissaire. Je m'appelle Kevin Lestradec. Je suis né à Lille, il y a dix sept ans. Je viens pour vous parler de Louis Lestradec. Mon père.

Puis, il avait tout déballé, en commençant par le début. Il avait raconté son enfance, ses déceptions, ses humiliations. Ensuite, il avait narré le reste, calmement, sans omettre le moindre détail. Il avait expliqué ses recherches, ses filatures, ses découvertes, les exactions de son père, ses complices, les cambriolages, les hangars, les recels. Il n'avait marqué qu'un seul temps d'arrêt. Avant de parler du meurtre de Gianni Ferramonte, dont il avait été témoin, à La Grande Motte. Puis il avait décrit les projets de fuite à l'étranger, le Venezuela. Il avait enfin précisé qu'il fallait faire vite : son père embarquait le lendemain matin à Francfort. Sous le nom de Guillaume Costel. Il s'était excusé de ne pas être venu plus tôt, sobrement.

Ca avait duré trois heures. Trois heures pendant lesquelles Laurent Bastelica avait écouté, attentivement, sans l'interrompre, pendant qu'il compulsait avec effarement les pages du dossier, patiemment constitué au cours des six derniers mois. Cent quatre-vingts jours et pas mal de nuits d'un travail acharné, sans relâche, d'une concision extrême. C'était hallucinant.

Après que Kevin Lestradec eût terminé son exposé, le commissaire avait appelé Martini, lui demandant de rappliquer. Il avait laissé l'adolescent dans le bureau, la porte ouverte, pendant qu'il briefait rapidement l'O.P.J. interloqué, la mine aussi blafarde que l'éclairage du couloir.

Il fallait mettre l'équipe entière sur le coup et absolument tout passer à la loupe, avant la fin de l'après-midi. Si tout s'avérait exact, ainsi que le pensait Bastelica, il faudrait aussi relâcher Morgane Delande, en lui demandant néanmoins de ne pas quitter le territoire, le temps que l'affaire soit entièrement élucidée. Si elle était mêlée à l'histoire, ce n'était que par un malheureux concours de circonstances. Elle n'avait en tout cas, semblait-il, retiré aucun bénéfice de la transaction, ainsi que le confirmait Martini, à son grand dam. Puis, s'étant assuré d'avoir donné toutes ses instructions, Bastelica était retourné dans le bureau, où l'attendait le môme, impassible, les yeux immobiles face à l'affiche de prévention routière, punaisée sur le mur. Le slogan « Sauve ta vie » revêtait probablement une résonance différente, pour Kevin Lestradec.

Le commissaire considéra gravement le jeune homme pendant quelques secondes. Un gamin de dix-sept ans était en passe de résoudre une affaire sur laquelle travaillaient depuis plusieurs mois un escadron de gendarmes et d'officiers de police, aguerris, motivés et compétents.

Le roseau venait d'abattre un chêne, sans même attendre les impitoyables rafales de la tempête. De quoi laisser un peu de place à la relativité des choses humaines.

100% pur jus

Il était 21h40. Le bzzz de l'ouverture commandée retentit. La pastille verte s'éclaira, m'enjoignant à sortir. Je posai la main sur le maneton métallique et mis un pas au dehors. La porte de verre du commissariat se referma derrière moi dans un froissement pneumatique.

La nuit était tombée, le vent, levé.

Instinctivement, je traversai la rue, accompagnée d'une bourrasque glacée et filai vers l'enseigne lumineuse d'un café, à une centaine de mètres, sur le trottoir d'en face. Je me laissai choir, éberluée, sur une des chaises de rotin de la terrasse ouverte, encore accessible aux fumeurs, espèce en voie d'extermination que je ne parvenais pas à abandonner, pour profiter du plaisir encore possible d'une cigarette grillée entre deux gorgées de n'importe quel liquide fort, sous le microclimat d'un parasol chauffant.

Une caricature de serveur, pantalon et gilet de costume noir, chemise blanche à manche courtes malgré les 8°C extérieurs, torchon plié sur l'avant bras et souliers trop lustrés, m'apostropha de son grand front chauve. « Elle veut quoi la p'tite dame? ». La p'tite dame lui commanda un cognac, avec un verre d'eau et un s'il vous plaît.

En attendant l'arrivée des quatre centilitres ambrés et salvateurs, je remontai la manche de ma robe et pinçai férocement la chair de mon avant-bras. A la marque rouge et vive laissée par mon ongle sur la peau, je n'étais pas en train de rêver – ce que me confirmait la douleur vive que j'éprouvais à présent en retour. J'avais peine à croire que j'étais sortie du cauchemar qui avait commencé ce matin.

Je levai le nez vers les tables alentour. A la table voisine, une paire d'yeux émergeant entre un bonnet kaki et une écharpe rouge se concentrait sur le lointain semblant guetter la venue d'une autre paire d'yeux. A droite, une sexagénaire ivre de solitude, parlait à son Yorkshire en touillant un sucre fondu depuis longtemps dans le fond d'une tasse qui ne fumait plus. De l'autre côté, un cadre trop dynamique, costume griffé, oreille collée sur le portable, engloutissait un demi entre deux cigarettes nerveusement écrasées. Sur la gauche, depuis sa poussette cane, un bébé aux joues roses affublé d'un trop grand béret multicolore buvait sa mère du regard, elle les yeux perdus au loin au dessus d'un verre de blanc.

Le garçon de café, sourire vinyl et entrain forcé, posa lestement le verre devant moi, glissant l'addition sous le cendrier. « Et voilà ! Un remontant et un verre d'eau pour la p'tite dame ». Je le remerciai d'un sourire mince et m'emparai du cognac. Je grimaçai à la première gorgée qui tapissa ma langue avant de consumer mes viscères. Je détestai l'alcool fort, mais c'était la première chose qui m'était venue à l'esprit lorsque le serveur s'était trouvé devant moi. Dans les films, quand on tombait d'une échelle en s'étonnant de se retrouver sur ses pieds, on commandait toujours un cognac pour se remettre.

J'avalai une deuxième lampée de ce breuvage de circonstance, qui me parut un peu moins désagréable que la première, puis composai le numéro de la maison.

—C'est toi, M'man ?! Qu'est que tu fous ? Avril et moi, on était super inquiets. Ca fait deux heures qu'on essaye de te joindre sur ton portable et que tu ne réponds pas ! Du coup, on a dîné sans toi...

—Je suis désolée, Perceval. J'arrive. Je serai à la maison d'ici une petite heure. Un peu compliqué, aujourd'hui. Je vous expliquerai... Soyez rassurés, tout va bien. Je vous aime, répondis-je simplement, sans être très sûre de ce que j'allais pouvoir leur expliquer, n'ayant pas vraiment compris comment j'avais pu me retrouver dans une telle panade, encore moins par quel miracle je venais d'en sortir. Je n'étais pas convaincue non plus qu'il fût utile de ressortir aux enfants l'intégralité du dossier.

Je grillai plusieurs cigarettes, essayant de retracer les épisodes de la journée, dans l'espoir d'y mettre un peu d'ordre.

Tandis que je laissais glisser dans ma gorge la troisième rasade de mon deuxième cognac, qui, finalement, était plutôt goûteux, je cliquai de nouveau sur l'icône « Maison » au cadran de mon téléphone. Ce fut cette fois Avril qui décrochât.

—Ouais, M'man ?

—On aura le temps de parler de ça tout à l'heure mais... Je me disais... ça vous dirait d'aller faire un saut à New York, ce week-end ? Ca fait longtemps qu'on n'a pas passé un moment ensemble, tous les trois. Et puis, ça pourrait être sympa, non, d'aller voir Papy et Mamy ? proposai-je gaiement à ma fille, persuadée d'emporter illico les suffrages de la fratrie.

J'avais failli perdre pied, au cours de mon ubuesque mésaventure, et éprouvais un besoin urgent de retrouver un peu de racines.

—??... A New York ??....Ben, M'man... Ce serait vraiment très chouette mais... Juste pour le week-end ? Tu es sûre que tu ça va?... Puis, Perceval et moi, on devait aller chez Luc et Léa, ce week end, tu te rappelles ?... me répondit gentiment Avril, d'une voix fluette, emprunte de compassion.

L'âme cotonneuse, je me souvenais à présent de cette escapade prévue chez mes amis, prévue de longue date, et pour laquelle j'avais donné mon consentement. Je m'excusai rapidement de l'oubli, rassurai ma fille et lui confirmai ma présence à la maison sous trente minutes.

J'envisageai un instant de passer un coup de fil au Viking pour lui faire part de ma sidérante journée. Si c'était le jour des miracles inexpliqués, cela valait peut-être le coup d'en profiter : j'avais peut-être une chance qu'il décrochât - même si j'avais le sentiment que le bateau dans lequel j'avais sauté avec ferveur était tranquillement en train de couler, sans trop bien comprendre pourquoi. Je me ravisai, au vu des 22h30 affichés sur l'écran, et reposai mon téléphone.

Je m'acquittai de ma paire de cognac puis hélai un taxi, estimant plus sage de confier le trajet aux soins d'un professionnel. Je passerai récupérer la voiture demain. Pour l'heure, la plante en mal de racines manquait surtout affreusement d'eau...

Fluctuat et mergitur

L'aube s'employait à tisser ses premiers fils d'or sur l'étoffe de la nuit, lorsque Louis, mains amarrées dans le dos, s'engouffra sur la banquette arrière de la BMW blanche, griffée en son flanc d'une bande bleue Polizei.

Il tourna la tête et jeta un ultime regard à son fils qui se tenait debout, à une vingtaine de mètres, aux côtés d'un homme à la crinière blanche, visage tantôt dans l'ombre, tantôt éclairé par les lueurs agressives des gyrophares.

Kevin, immobile, à peine ému, dévisagea froidement son père. C'était la première fois qu'il le voyait courber l'échine.

Bastelica, massant mécaniquement sa barbe qu'il n'avait – une fois n'était pas coutume – pas pris le temps de tailler au lever, observait longuement le jeune homme dont le sang froid persistait à le surprendre.

–Kevin... Je peux vous poser une question ?

Le gamin continua de regarder, droit devant lui, la voiture qui s'éloignait à présent.

–Oui, bien sûr...

–Pourquoi faites-vous cela ? Enfin, je veux dire...pourquoi êtes-vous là ?

−J'avais besoin d'être sûr...répondit évasivement le jeune homme, se tournant vers son interlocuteur, après que le véhicule de police eût disparu de son champ de vision.

−D'être sûr ?... Je ne suis pas certain de comprendre... reprit le commissaire, irrésolu.

−...Sûr que parfois, la pomme peut tomber loin de l'arbre, poursuivit Kevin, les prunelles fixes, rivées dans le regard attentif du divisionnaire.

−...Y a-t-il quelque chose que je puisse faire pour vous ?

−Ce que vous pouviez faire pour moi, vous venez de le faire... La suite m'appartient, répondit l'adolescent, imperturbable.

−Et bien... Bonne chance pour la suite, alors... se contenta d'ajouter le divisionnaire.

−Merci, Commissaire. Je reprends les cours à la Fac demain. J'ai déjà quinze jours de retard à rattraper. Et ça ne rigole pas de trop en première année de Droit, conclut Kevin, un pâle sourire au visage.

−Il se peut que j'aie besoin de vous joindre, pour préciser quelques points, dans les semaines à venir. De votre côté, au cas où, voici ma carte. Je vous ai noté mon numéro de portable, précisa le commissaire en tendant au gamin le rectangle de bristol à son nom.

Kevin le remercia de nouveau.

Tandis qu'il accueillait la poignée de main très ferme de l'adolescent, au moment où celui-ci embarquait sur le vol Francfort-Paris, Bastelica espéra que le jeune Lestradec ait vu juste, à propos de la pomme et de l'arbre. En vieux briscard qu'il était, toutefois, il savait qu'il n'était pas simple d'échapper à l'atavisme. Surtout lorsqu'on avait l'aplomb, à dix-sept ans, de balancer froidement son père, sans une once de remord.

A bord de l'avion qui le ramenait vers Paris, Kevin releva son dossier et boucla sa ceinture. Par le hublot, il regarda les hommes en combinaison grise et gilets fluos, s'agiter en sémaphores sur le bitume du tarmac, puis il leva les yeux et admira la jeune fille qui s'installait sur le siège à côté du sien. Grande, brune, un regard de lac après la tempête. Elle le considéra à son tour d'un air espiègle.

Pour une fois, Kevin eût l'impression que la vie lui faisait signe.

Il esquissa un sourire.

Carnassier.

Ligne de flottaison

Parfois, lorsqu'un bateau coule, il est trop tard pour sortir les rames. Pourtant, à 9 heures, j'avais rappelé Yann. Il avait décroché. Nous avions convenu de nous retrouver à 11h, au Tai Ji.

Après avoir manqué de défaillir, en ce samedi matin, pendant le cours qui devait être le premier que nous prenions en commun, depuis son retour, je l'avais rappelé. Besoin de savoir. Il avait ri, gentiment, et promis de me passer un coup de fil dans la soirée, pour convenir d'un lieu de rendez-vous. « C'est compliqué, à tout à l'heure», avait-il fini par dire, avant de raccrocher. C'était très simple, au contraire.

Depuis mon appel, je venais de faire défiler ma vie en un jour comme au seuil du dernier. Un jour long comme trois hivers. Je me sentais affreusement mal. Parce que, debout au milieu du salon plongé dans une semi-obscurité, avec mon élégante robe noire et blanche à damiers, juchée sur mes huit centimètres de bottes à talons aiguilles, maquillée comme une star qui s'apprête à monter les marches du palais des festivals de Cannes, j'étais jolie pour rien, pour personne et surtout pas pour lui.

Parce que j'attendais comme une imbécile, statufiée à côté de mon portable sur lequel il ne m'avait pas appelée et sur lequel je savais pertinemment qu'il n'appellerait pas. Parce que j'avais mal à en crever. Parce que je revoyais tous les moments que nous avions passés ensemble, nos fous rires, nos promesses feintes, nos étreintes illusoires. Parce que je ne comprenais pas. Parce qu'il m'échappait. Parce que j'avais perdu le fil de notre histoire et j'ignorais à quel moment. Parce que plus rien n'avait de sens. Parce que je me tenais droite au bord du précipice, dans l'espoir fou qu'on m'y pousse.

Dans une vaine tentative de lutte contre l'inutile, je sortis de la troisième étagère de la bibliothèque le cahier d'écolier sur lequel j'avais usé ma plume à écrire tout ce que je ne lui avais jamais dit. Je l'ouvris à la recherche de mes dernières lignes adressées au néant et les relus amèrement.

...« *Ne bouge pas*
encore
juste là
nichée
au chaud de l'âme
des larmes au creux
tout au bord
du gouffre

névrotique complice
insidieuse
insolente tumeur
quotidienne fringale
du sans soleil
entracte extatique
aux heures inopportunes
frénésie d'inconscience
reste encore
là
encore
ma folie »...

Folie sans aucun doute, d'avoir cru une seconde à l'éventualité d'un nouveau lendemain. J'avais usé les dix huit derniers mois de mon existence à noyer mon âme pour essayer de nager vers la sienne. Il me laissait impassiblement sombrer vers les profondeurs, gardant fermement serrée contre lui la bouée ronde et rouge en laquelle résidait mon salut.

La sonnerie de mon téléphone déchira le silence du salon. Je sursautai et attrapai le portable.

C'était Perceval.

Qui m'assura que sa sœur et lui étaient bien arrivés chez nos amis. Qui me conta sa journée par le menu. Comme lorsqu'il avait huit ans et qu'il m'appelait de Vendée, où il était en vacances en compagnie de sa sœur, avec mes parents. C'était drôle, chacun de ses appels continuait d'être presque identique à ceux de naguère, lorsqu'il me disait de sa voix fluette « Alors tu vois, en fait, Maman, aujourd'hui, tu sais, c'était trop bien! ». Le timbre de voix était grave, à présent. Il appelait moins souvent, aussi.

—Super mon grand ! Je vous embrasse fort. A demain soir ! Je vous aime, répondis-je à Perceval, la gorge nouée.

Je reposai le téléphone sur la table basse et bus une gorgée de thé. J'étais mal. Infiniment mal. Il était tellement difficile de trouver un timbre de voix clair et enjoué pour parler aux enfants, pour ne pas les inquiéter, tandis que je me mouchais encore bruyamment en effaçant des larmes quelques instants auparavant.

Je jetai un œil au dehors. Le jour n'avait pas encore décliné.

J'ôtai ma robe, que j'abandonnai en vrac par terre, y substituai un jean, un pull et une paire de baskets puis enfilai un blouson et me traînai jusqu'au bord de Marne.

Je descendis jusqu'au quai. Marchai sans réfléchir vers le prochain pont. J'étais vide, exsangue, l'âme douloureuse.

Sous mon col roulé de laine noire et malgré mon manteau matelassé, j'avais froid. Les écouteurs de mon mp3 rivés sur les oreilles, je laissai Diana Krall pleurer une rivière en écho à mes larmes, me tirant, en boucle, jusqu'au plus profond de la tristesse. Mes baskets dont le coût exorbitant me semblait maintenant bien dérisoire, frôlaient en un craquement humide les feuilles d'automne qui commençaient depuis quelques jours à s'accumuler au sol. Le soleil s'apprêtait à finir sa course diurne sur l'eau, la caressant d'un ultime rougeoiement. Au bord, saules pleureurs, érables et marronniers rivalisaient de jaunes orangées et formaient d'étranges reflets mouvants qui flamboyaient sur la surface de la rivière, parfois troublée par l'arrivée silencieuse et glissante d'un cygne qui plongeait brusquement son long cou duveteux sous l'eau, à la recherche d'une quelconque pitance. Au loin, vers Joinville, on devinait les premières coques des petits bateaux amarrés au port de plaisance.

Je continuai d'avancer, groggy, comme un boxeur au sortir d'un mauvais round. Je distinguais à présent le barrage et regardais les flots se déverser un peu plus bas dans un bouillonnement vif. Là haut, sur le ciel, les réverbères venaient de s'embraser et jetaient à leur tour leurs reflets lumineux sur l'eau noire. Passé le pont, je m'assis aux planches d'un ponton lancé sur la rivière et m'adossai à un petit banc, le regard tourné vers l'ouvrage métallique qui enjambait l'eau dans une grâce infinie. Le parfum un peu acide et si particulier de l'humus parvenait jusqu'à mes narines. Le vent fouettait mes joues. Là-haut, le lancinant tango rouge et blanc des phares de ceux qui rentrent avait commencé. Je sentais la fraîcheur du bois remonter le long de mes membres. Mes mains étaient glacées. Je posai les yeux sur l'eau devenue flaque de mercure et me pris à envier les feuilles mordorées qui flottaient en surface : j'étais incapable de me laisser porter par le courant.

Je ne saurais dire combien de temps je restais là, figée, à contempler la vie. Il s'était mis à pleuvoir. Les gouttes crépitaient sur l'eau et troublaient de cercles concentriques les reflets de la ville. Lorsque je me levai, le corps trempé et endolori par le froid, la vie s'était tue. Mécaniquement, je repris le chemin de la maison, sous l'averse.

Longueur de temps

Elle était là, enfin. A trente mètres du bout du Sig-Sauer, s'il tendait le bras.

Devant la fenêtre.

En train de se désaper.

Même pas un rideau, ni un voisin.

Juste lui pour la mater un peu, une dernière fois. Et la Marne, de l'autre côté des buissons derrière lesquels Max planquait depuis deux heures. Il caressa la crosse de l'arme, la rangea sur le devant de son jean, souffla dans ses paumes pour les réchauffer. Saloperie d'hiver. Un bail qu'il n'avait plus senti le froid le saisir jusqu'à la moelle comme ça. On était loin du climat des îles. Mais le jeu valait la chandelle.

Puis il n'était pas pressé. Après cinq ans. Il savait qu'il faudrait attendre le bon moment, quitte à y passer la nuit. L'instant.

Et que sa main ne tremble pas, comme ça lui arrivait souvent, ces derniers temps.

De profundis

De retour à l'appartement, je me frictionnai rapidement les cheveux à l'aide d'une serviette éponge puis enlevai mon manteau trempé, le mit à sécher. J'ôtai mon pull, mon jean et restait en sous-vêtements humides à regarder les arbres bruisser sur la nuit, comme lorsque j'avais quinze ans.

J'ouvris un Vionnier frais et regardai le vin doré remplir le verre en cristal posé sur la table basse. Je bus une gorgée et attendis de sentir l'alcool froid qui s'engouffrait dans ma gorge parcourir mes veines et réchauffer mes entrailles jusqu'au fond. Je reposai la bouteille en essuyant une larme et allumai une cigarette. Tandis que je déposai le paquet sur le bois verni, je priai de toutes mes forces païennes qu'il tint parole. « Fumer tue ». Si la mort promise était plus douce que la blessure d'amour qui me détruisait à petit feu, j'étais prête à signer sur le champ.

Comme le Petit Prince de Saint Ex qui avait conclu un pacte avec le serpent, j'attendis dans la pénombre la sublime et définitive morsure.

A mon grand désespoir, malgré la bouteille vide et le cendrier plein, elle ne vint pas. Il était trois heures du matin. Je fermai les yeux et m'effondrai sur le canapé, en songeant à l'écriture nécessaire d'un manuel de Vie à l'intention des filles.

A mes côtés, sur la scène encadrée de lourdes tentures de velours noir, une impétueuse licorne noire à la crinière mauve se dresse en hennissant et me tend le manuscrit roulé qu'elle tient entre ses pattes nerveuses aux veines saillantes.

Derrière mon haut pupitre de verre dépoli, dans mon immense robe fluide, couleur de nuit, dont la traîne sans fin hante les rebords de l'estrade parquetée, j'ajuste le micro avant de m'adresser aux milliers de têtes présentes. Je déroule lentement le document parcheminé qui roule jusqu'au sol dans un froissement feutré et commence à lire solennellement, à voix haute et posée :

«Cette liste de conseils est exclusivement destinée à l'usage des filles. Dans l'espoir secret qu'il leur permettra de s'affranchir des obstacles et de ne pas s'abîmer au reflet d'improbables mirages...

N°1- ne pas faire confiance.

N°2- ne surtout pas faire confiance.

N°2- en fait, ne jamais faire confiance.

N°3- ne pas rêver.

N°3 bis- plutôt, ne pas rêver en grand.

N°4- se concentrer sur du rêve petit, minuscule, voire mesquin. Valeur sûre.

N°5- ne jamais croire que demain est un autre jour parce que demain est toujours le même jour et ressemble comme deux gouttes d'eau à hier.

N°6- ne croire qu'à soi, envers et contre tout, dans la mesure du possible.

N°7- ne pas chercher de donner un sens à sa vie. La vérité, c'est qu'il n'y en a aucun.

N°7bis- ne jamais penser qu'il y a toujours un ciel au dessus des nuages. Quand il fait gris, il fait gris et au dessus des nuages, il y a encore des nuages, plein de nuages, que des nuages, rien que des nuages...

N°8- ne jamais risquer d'attribuer au coeur d'autre fonction que son usage organique vital de base. Quand il bat pour survivre, c'est déjà pas mal.

N°9- ne jamais tenter la profondeur. On n'y découvrirait que de terrifiants abysses. Se limiter au superficiel, se contenter de surtout, toujours, rester à la surface des choses.

N°10- ne pas...

Tintement de mon portable qui me tire du sommeil. J'ai un mal de crâne abominable. Les boutons du coussin imprimés en creux sur la joue, je suis courbatue de ma nuit passée en Z sur le canapé. J'ai mal partout. Et froid.

Sensation atroce de me réveiller millénaire. Quel rêve stupide !

Je déplie le coude et attrape mollement le rectangle de technologie inerte. Le messager de l'Enfer ne m'a pas quittée de la nuit, dans l'espoir vain d'un appel. Il indique la réception d'un nouvel e.mail. Et accessoirement 6h17.

Réveillée pour réveillée et tant qu'à retourner en plein cauchemar du réel, je consulte, d'un frôlement d'index, ma boîte virtuelle. Apparaissent les mots suivants:

« Terence Klein vous a laissé un message sur Facebook : « Salut Morgane, Mon nom te rappelle quelque chose? Peut-être pas. Il me semble t'avoir reconnue. Au cas où... Terence ».

Je frotte mes paupières encore lourdes de sommeil.

Incrédule, je relis deux fois le message et repose mon i.phone. Terence Klein!... Si Dieu existe, sa blague est plutôt bonne...

« Mon nom te rappelle quelque chose? »...

Comment peux-tu imaginer que ton nom ne me rappelle rien, Ter ??? Ton nom me rappelle que j'ai maudit mille fois le jour où je t'ai croisé, dans une galerie de New York, un soir d'été où la chaleur brûlait le bitume jusqu'à le fondre.

Une multitude d'images savamment recluses au tréfonds de ma mémoire depuis plus de vingt ans m'éclatent au visage. La première fois, bien sûr, et tous les instants magiques qui suivirent et qui commencèrent tous dans le hall de l'aéroport de JFK. L'énorme bouquet de tulipes jaunes tendu dans l'encadrement de ma porte, lors du premier verre après notre rencontre à la galerie. Puis notre dernier petit déjeuner à Central Park, à la terrasse d'un café de mai, au milieu duquel je me suis soudain levée et partie, pour toujours, sans un adieu. Parce que, parfois, ça ne sert à rien de cavaler après le bonheur.

La tentation est immense. J'ai le cœur serré. Un peu de mal à respirer. Non, beaucoup de mal à respirer. Le ventricule gauche flirte dangereusement avec son homologue droit, la pompe s'affole. Tellement facile de mordre à l'hameçon en trois clics et de répondre quelque chose du genre « Si Central Park et les tulipes jaunes te parlent...alors oui, c'est moi ». Remettre dix balles au compteur, faire un saut dans le passé pour voir si le bonheur a toujours le même goût. Très tentant. Très absurde.

Je n'ai plus vingt ans. Il n'est pas Harry, je ne suis pas Sally. Les retrouvailles miraculeuses ne fonctionnent qu'en seize neuvième, et encore, à condition que le réalisateur ait un minimum le sens du cadrage. On ne réveille pas un fantôme qui dort. Je le sais, désormais. Même pour quelques tulipes jaunes qui auraient pu fleurir mon avenir et ont changé définitivement pour moi la couleur de la botanique. Je n'ai jamais pu, depuis, racheter une seule botte de tulipes jaunes.

Je ne répondrai pas.

Stop.

Enough is enough, comme on dit Outre-Atlantique. Trop, c'est trop.

Je considère gravement le flacon en plastique renversé devant moi la veille, par inadvertance peut-être.

La bande rouge en barre fièrement le côté comme un étendard. Les pilules ovoïdes ont roulé un peu partout sur la table. C'est joli, voire esthétique, ces tout petits cercles bleu pâle, vernissés, qui forment un sentier sur le bois chocolat, comme un chemin à suivre. J'attrape la notice, restée recroquevillée en boucle dans le fond de l'emballage cartonné, en relis consciencieusement les mises en garde, rubrique surdosage. Long comme le bras.

J'éteins mon téléphone.

Basta cosi.

Je n'ai plus vingt ans.

Je tends la main vers les autres comprimés. Oblongues, un peu plus gros. J'en fais rouler un doucement sous le bout de mon index. Je le saisis entre deux doigts. Je le dépose dans ma main. Je le regarde coller légèrement au creux de ma paume à peine humide, sur la ligne de vie. Je le pousse délicatement avec la pointe de l'ongle et le recentre. C'est mieux. Je l'avale.

Je n'ai plus vingt ans. J'attrape un second comprimé, posément, en souriant. Combien en faudra-t-il?

J'attrape le cahier à spirales, grand format, petits carreaux, laissé sur l'accoudoir du canapé de cuir bleu nuit, dans lequel j'ai scrupuleusement consigné le compte rendu de la réunion de rentrée de Perceval, au lycée, avant hier soir. Je prends aussi le critérium jetable qui est resté sur le cahier. Blanc et mauve, avec une gomme au bout et le logo d'une chaîne hôtelière. C'est comme les crayons Ikéa, ces trucs là. A force d'en piquer partout où l'on va, dans les hôtels, dans les expos, au resto, il y en a toujours un qui traîne sous la main. C'est moche, ça rassure, et ça ne sert pas à grand chose. Mais c'est là. Même si l'important, finalement, c'est tout ce qui n'est pas là.

J'avale le second comprimé.

Je n'ai plus vingt ans...

Faut être lucide. Arrêter les conneries.

Je bois une gorgée d'eau dans le verre qui traîne là depuis deux jours. Quelques poussières y luttent à présent pour rester en suspension. Rien de majeur, à part un goût un peu âpre qui accroche les papilles au passage. Je sens le comprimé tomber le long de ma trachée, emporté dans le flot.

Par delà la fenêtre, le soleil vermillonne d'un rayon hésitant la façade de briques d'un l'immeuble, de l'autre côté de la Marne. Je me sens comme la piscine en plastique qui hante la terrasse depuis plusieurs mois : vide, crevée, inutile et ridicule.

Je n'ai plus vingt ans...

Non.

En fait, si je calcule vite fait, même sans être trop douée en maths, j'ai deux fois vingt ans (hors taxes).

C'est nettement mieux.

Je doute que deux comprimés de Ginseng (un par vingtaine) suffisent, pour repartir à l'assaut de cette putain de vie ! Je ne crois pas trop à l'efficacité de ces machins-là. Admettons que ça se tente…

Toujours mieux que cet anxio atroce que le médecin a failli me convaincre de gober, en tout état de cause. Quand on regarde la notice, ça fait froid dans le dos. On risque entre autres un ultime et définitif emballement de palpitant. De ce côté là, pas besoin de comprimé, je sais très bien faire toute seule. Partir au quart de tour pour une cause perdue d'avance ou quelqu'un qui n'en vaut pas la peine, je dois admettre que je suis plutôt douée en la matière... Sauf que, comme les chats, je suis toujours retombée sur mes pattes. Jusqu'ici, en tout cas. J'espère seulement ne pas avoir hérité de neuf vies félines. Déjà pas facile de gérer celle-là.

Dans la foulée, je commence à griffonner un mot, puis deux, puis dix.

« Probabilité. J'ai quinze ans. Depuis la traverse de ma chambre, une fesse posée sur l'angle de… »

Bientôt, c'est une page entière couverte de graphite que j'ai sous les yeux. Tandis que j'écris, je me dis qu'après tout, s'il est sans nul doute illusoire de vouloir réanimer les ombres du passé, rien n'empêche de dérouler la grand voile pour repartir à l'assaut du large.

Et puis merde ! Ras la casquette de la vitre. Cette satanée vitre qui m'emprisonne depuis pas loin d'un demi-siècle. Il est grand temps de passer la première.

Sinon, autant se flinguer.

J'empoigne mon verre d'eau avec virulence et le balance dans le miroir dans lequel se reflète ma jumelle, hilare. La glace me renvoie instantanément l'écho d'un puissant craquement cristallin, avant de se confondre au sol aux débris de verre en reflets fendillés kaleïdoscopiques. Assez gracieux, je trouve.

Deux vitres à zéro. Mode Fuck Off activé.

Soyons clair : J'ai un caractère épouvantable sur 1m78 de quelconque. Aucune particularité physique. Aucun don. Aucun talent majeur, à part celui de savoir discerner une armoire Louis XV au milieu d'une pile de clés de douze ou de pinces à linge. Je sais limite tenir un stylo – très mal, en fait, j'ai fait pleurer toutes mes institutrices de primaire - et en aucun cas n'ai la plume de Verlaine.

Ca fait léger.

Et alors ?

J'ai faim. Le gros creux. Un appétit d'ogre. Une tenace et incommensurable envie d'écrire, et de vivre, accessoirement.

On a failli attendre.

Ma vie est une jolie cacophonie. Mais, comme j'ai lu quelque part, « une couille dans le potage, c'est une erreur. Deux, c'est une recette ». Va pour la recette.

Puis allez savoir, entre deux escales… Un Viking, un vrai qui n'hésitera pas à prendre la mer sous mes cieux pas toujours franchement cléments, tombera peut-être sur ces lignes, un jour, derrière la petite vitrine d'une librairie discrète du port de Brest … Un Viking qui saura que je ne suis certainement pas un long fleuve tranquille mais qu'en définitive, un long fleuve tranquille, dont on connaît toutes les escales à l'avance, c'est d'un ennui mortel.

Le lit de mon fleuve à moi a l'inestimable privilège de s'embraser, chaque jour, aux rayons ardents de deux fiers soleils. Comme un tableau signé.

En bas, à gauche.

Ca, même l'Amazone n'y a pas droit.

A quel moment un soleil cesse-t-il d'avoir besoin d'un fleuve pour se lever et briller de mille feux ? Je n'ai pas la réponse.

Ca s'appelle une raison de vivre.

Non, deux.

De l'autre côté du miroir

Morgane avait ouvert la porte-fenêtre en grand et affichait d'un franc sourire. Ses longs cheveux noirs flottaient sous la brise fraîche. Elle était au téléphone.

Max prit le temps de la détailler. Elle passa les doigts dans ses cheveux. Elle rit.

Il perçut quelques bribes.

"Entendu Chris... Pourquoi pas...Je...18h..."

Elle riait avec un autre.

Insupportable.

Cette salope était si belle, lorsqu'elle s'écroula en reflet au matin, doucement, la paume droite serrée sur le point rouge apparu sur son torse, l'autre main toujours agrippée au téléphone.

Après, elle avait disparu sous la rambarde comme on sort de scène, derrière le rideau.

Sa chute n'avait presque pas fait de bruit, elle n'avait même pas crié.

Max, qui hurlait à sa place depuis six ans, cala le Sig Sauer sous son menton, solidement, et ferma ses yeux fatigués.

La détonation emplit l'air comme un soupir.

Deux cygnes prirent leur envol sur l'eau paisible du matin.

Au loin, sirène hurlante, un gyrophare bleu colorait le ciel pâle.

Epilogue

Kevin ouvrit la boîte aux lettres et y trouva une enveloppe longue, frappée du sceau d'un hôtel.

Il la retourna, reconnut l'écriture qui mentionnait l'adresse. Il glissa l'index dans l'interstice de l'angle supérieur gauche de l'enveloppe, puis l'ouvrit. Il déplia la feuille, griffée du même nom d'hôtel, en haut. Puis il lut.

« *Kevin, Suzanne,*

J'ai été absent, souvent.

Je doute d'avoir été un bon père. La certitude de n'avoir jamais été un bon mari.

Je ne flotte qu'aux eaux troubles de mon étang.

Je vous abandonne, au calme de la rive.

Kevin, la vie est un souffle, une poussière qu'il faut savoir distinguer au milieu du vent. Je te souhaite de la trouver et de l'apprivoiser. De faire ce que tu aimeras, aussi.

Et d'aimer beaucoup de choses. Les seules qu'on soit assuré de faire bien.

Vous allez me manquer, je crois.

Louis
PS. Cette clé ouvre un coffre. J'ai mis les références. »

Kevin replia la lettre et sourit. Il tourna les yeux vers la baie vitrée et regarda l'automne poindre sur Paris, fasciné par les microscopiques poussières qui virevoltaient dans la lumière du jour.

Remerciements

Merci à ceux qui suivent les remous de mon fleuve, parfois depuis sa source, même quand la saison n'est pas terrible :

Ma maman, sûrement bien étonnée que je l'appelle comme ça, pour son âme de fée dans un gant de crin.

Mon capitaine Haddock de père, pour sa main magique et ses lettres-BD que je garde religieusement depuis quarante ans dans mon portfolio de skaï bleu.

Pitou, mon frangin, pour nos rimes en –euil, la tête en bas sur la balançoire, et nos très private jokes. Pourquoi c'est orange ?

Valentine et Nelson, la brillante paire d'astres dont je suis la fière dame de cœur. Vous éclairez si bien le chemin.

Hélène, ma grand-mère, qui se marre, là-haut, à chaque fois que je prépare un feu dans sa cheminée.

Guy, mon grand-père sûrement assis à ses côtés, sans lequel les chiens ne savent plus chanter.

Alexandre, mon autre grand-père, qui continue d'être avec moi les jours où je couche des mots au bois patiné de son bureau.

Merci à mon équipage d'exception :

Christophe Bourgois, pour les reflets changeants de son cuir tanné, son regard sur les choses, son aide précieuse et les jolis moments.

Elise Martin Chabrol - avec laquelle je ne désespère pas de monter un empire un jour, pour nos sublimes virées de pétasses et tout le reste.

Tom Chabrol, pour ses flacons toujours à température et sa patience à supporter nos virées de pétasses.

Luc Petitpré, à cause de la couleur des blés.

Nath et Zak Kouider-Dupont, pour leur 22/20 et les thés à la menthe si délicats.

Richard et Florence Engelen, pour avoir toujours été là...

Célina Goldie, pour notre complicité qui pulvérise l'âge du Christ et nos retentissantes engueulades.

Pascal Soetens, sans lequel je n'aurais jamais commencé ces lignes, pour les projets qui restent à écrire.

Tony Dehas, qui a fait de moi le plus martial des haricots verts, pour son amitié sans faille.

Tristan Corrion, le génie sans bouillir des claviers, qui développe aussi bien à l'envers qu'à l'endroit.

JB Bot....C'est une longue histoire.

Stéphanie Chupin, pour son amitié indéfectible et tous les éclats de rire.

Martin Valente, pour ses relectures pertinentes et quelques chouettes soirées.

Fabrice Borit, pour ses coups de fil qui tombent toujours à point nommé, depuis trente ans.

Philippe et Sophie Perrigne, Philippe et Danièle Vannienvenhowe, pour nos mémorables bringues.

Jay & Karen and all of the Bergevin's, my American family. I'm so lucky to have you, guys...

Michel Felten, pour son cœur aussi grand que ses pétages de plomb. Quel con.

Jean-Michel Meyssignac, pour les mots qui se sont avérés si utiles et qui me manquent tous les jours.

Merci à mes talentueux accastilleurs :

Florent Massot, qui m'a encouragé à poursuivre mes premières lignes, pour son soutien et ses conseils précieux tant qu'avisés.

Xavier Paldacci et Christophe Dagorn, pour leur disponibilité et leurs précisions techniques.

Léa Santamaria, dont la Librairie Libres Champs à Paris regorge de trésors, pour son aide adorable.

Lorie Fournier, pour avoir accepté de ne pas sourire sur la photo.

Merci à tous ceux que j'oublie et grâce auxquels je me dis que la vie pourrait finalement bien avoir un sens…

Merci à tous les autres d'avoir fui le lit de mon fleuve et de lui avoir préféré l'avion ou le train.

Merci à tous ceux qui, de près ou de loin, ont inspiré ces lignes invraisemblables. La vérité est bien pire…

Ecrit à Saint-Maur, New York, Longeville, Seattle, jamais très loin de l'eau,
et dans les cafés des bords de Seine,
entre deux escales.

Pour ceux qui voudraient avoir de mes nouvelles
ou m'écrire,
venez naviguer sur mon site

www.clairemarsac.com

A bientôt !

Juin 2014
crédits photos Valentine Rdl
ISBN 978-2-9550656-3-1